UN SI BEL HORIZON

DU MÊME AUTEUR

Le meilleur est à venir, 2021, Pocket, 2022
Quelqu'un de bien, 2020 ; Pocket, 2021
Si loin, si proches, 2019 ; Pocket, 2020
La Maison des Aravis, 2000, rééd. 2019
Gran Paradiso, 2018 ; Pocket, 2019
Un été de canicule, 2003, rééd. 2018
Hors saison et autres nouvelles, 2018 ; Pocket, 2019
Le Choix des autres, 2017 ; Pocket, 2018
L'Homme de leur vie, 2001, rééd. 2017
Face à la mer, 2016 ; Pocket, 2018
Un mariage d'amour, 2002, rééd. 2016
Au nom du père, 2015 ; Pocket, 2017
La Camarguaise, 1996, rééd. 2015 ; Pocket, 2017
À feu et à sang, 2014 ; Pocket, 2016
La Promesse de l'océan, 2014 ; Pocket, 2015
Galop d'essai, collectif, 2014 ; Pocket, 2015
D'eau et de feu, 2013 ; Pocket, 2016
L'Héritier des Beaulieu, 1998, rééd. 2003, 2013 ; Pocket, 2016
BM Blues, 2012 (première édition, Denoël, 1993) ; Pocket, 2015
Serment d'automne, 2012 ; Pocket, 2013
Dans les pas d'Ariane, 2011 ; Pocket, 2013
Comme un frère, 1997, rééd. 2011 ; Pocket, 2014
Le Testament d'Ariane, 2011 ; Pocket, 2013
Un soupçon d'interdit, 2010 ; Pocket, 2015
D'espoir et de promesse, 2010 ; Pocket, 2012
Mano a mano, 2009 (première édition, Denoël, 1991) ; Pocket, 2011
Sans regrets, 2009 ; Pocket, 2011

(suite en fin d'ouvrage)

Vous pouvez consulter le site de l'auteure
à l'adresse suivante : www.francoise-bourdin.com

FRANÇOISE BOURDIN

UN SI BEL HORIZON

PLON
www.plon.fr

92, avenue de France
75013 Paris
Tél. : 01 44 16 09 00
Fax : 01 44 16 09 01
www.plon.fr
www.lisez.com

Dépôt légal : mai 2022
ISBN : 978-2-259-30699-7
Mise en pages : Nord Compo

À ma petite-fille Madeleine, au caractère si joyeux !
Je lui souhaite du fond du cœur, pour toute sa vie,
un très bel horizon. Avec tout mon amour.

1

Résignée, Lisandra fit le tour de la voiture. Elle n'avait pas laissé les clefs sur le contact, par précaution elle les rangeait toujours dans son sac, où son fils avait dû les prendre. Lorsqu'il avait une idée en tête, il devenait malin. Et son obsession pour la conduite automobile posait un problème. Entre autres.

— Où est-il, maintenant ? demanda-t-elle en considérant les tôles froissées.

— Je l'ai vu rentrer, répondit sa fille Giulia qui se tenait à côté d'elle. Il n'avait qu'une bosse sur le front.

Au moins, il n'était pas blessé. En revanche, le joli coupé rouge de Lisandra allait nécessiter de grosses réparations. Le mur qu'il avait percuté aussi.

— J'appelle le garage, madame Lise. Ils vont le remorquer.

Elle détestait qu'on l'appelle ainsi, mais le brave José ne pouvait pas s'en empêcher.

— Contactez aussi le maçon, et qu'il fasse au plus vite.

José, employé de confiance qui tenait le rôle de factotum au sein de l'hôtel, hocha la tête avant de s'éloigner en hâte.

— Pour nos clients, soupira Lisandra, ce n'est pas un spectacle.

Elle désignait les pierres éparses et le massif d'euphorbes écrasé.

— Lui faire la morale ne servira à rien, maugréa-t-elle.

Giulia vint vers elle et lui tapota l'épaule d'un geste apaisant.

— Maman, on devrait mettre toutes les clefs des voitures… sous clef ! Sinon, il finira par tuer quelqu'un.

Imaginer que son fils ait pu réussir à quitter le parc fit frémir Lisandra. Les routes qui bordaient le cap Corse étaient sinueuses et dangereuses.

— Bon, l'incident est clos, décréta-t-elle d'un ton énergique. Rentrons !

D'énergie, elle n'avait jamais manqué. Grâce à sa personnalité et sa force de caractère, elle avait surmonté le deuil de son mari, deux ans auparavant, et repris d'une main ferme la direction de l'hôtel. Un établissement qui avait prospéré au fil des ans jusqu'à obtenir sa quatrième étoile. Il était bien loin, le temps de la petite auberge du grand-père d'Ettore ! À ses côtés avait été construit un imposant bâtiment de pierre ocre-rose, flanqué de colonnes et d'arches. Mais ce qui n'avait jamais changé était son nom tout simple : Bleu Azur. Le manque d'imagination de l'ancêtre passait aujourd'hui pour une volonté de simplicité et d'authenticité.

Hôtel Bleu Azur… En épousant Ettore Bartoli, alors qu'elle n'avait pas vingt ans, Lisandra avait accepté ce combat qui consistait à améliorer sans cesse les conditions d'hébergement des clients. Des chambres plus spacieuses, des sanitaires plus modernes, des jardins mieux entretenus, une piscine à débordement : une étoile après l'autre, ils avaient gravi ensemble les derniers échelons d'une hôtellerie de luxe. À l'époque, Lisandra ne s'arrêtait de travailler d'arrache-pied que pour donner naissance à leurs enfants. Avec trois garçons, puis enfin une fille, ils auraient dû être comblés.

L'aîné, Lucca, avait été un enfant vif d'esprit, et plus tard brillant à l'école. Après ses études de droit, il était devenu avocat, et son cabinet, ouvert à Ajaccio, avait vite trouvé sa clientèle. Mais un malheur était arrivé avec le deuxième fils, Orso. Très différent de son frère, à deux ans il piquait fréquemment d'ahurissantes crises de rage, ou bien il s'accrochait aux jupes de sa mère, en larmes et inconsolable. Avec une sexualité très précoce, il s'était mis à embêter les filles de sa classe en primaire et, à peine adolescent, à boire de l'alcool en cachette. Refusant de fermer les yeux plus longtemps, Lisandra avait fini par l'emmener chez un premier médecin, puis un autre, elle était même allée consulter des spécialistes à Paris. Le verdict, dur à accepter mais unanime et sans appel, avait classé Orso dans la catégorie borderline. Un trouble de la personnalité qui conduisait à des agissements incontrôlables. Impulsif, inconstant, autodestructeur, Orso nécessitait un suivi psychologique, toutefois il n'était pas assez atteint pour devoir intégrer une institution, il resterait donc sous la surveillance – et la responsabilité – de sa famille.

Lisandra et Ettore avaient fait face, reportant leur frustration et leurs espoirs sur leur troisième fils, Ange. Ils le voyaient comme une revanche sur le mauvais coup du sort infligé par Orso. En conséquence, Ange dut vite être parfait. Autant l'aîné, Lucca, avait été spontanément brillant, autant Ange y fut contraint. Mais pas question de le laisser choisir sa destinée car, Lucca étant occupé par sa propre carrière d'avocat, et Orso incapable d'assumer la moindre responsabilité, Ange était le successeur désigné pour reprendre un jour Bleu Azur. Expédié à l'École hôtelière de Lausanne, parce qu'elle était celle de l'excellence, il avait été formé à la gestion, au management, à tout ce qui ferait de lui un bon directeur.

Après quelques années de pause dans les naissances, Lisandra avait accouché d'une petite fille, Giulia. Un véritable rayon de soleil dans la famille Bartoli. Enfin une fille, Ettore était comblé ! À cette enfant on ne demandait rien d'autre qu'être jolie, ce qu'elle était. Mais elle était aussi intelligente, ce qui lui fit comprendre que, si elle ne voulait pas être une simple potiche, elle allait devoir s'impliquer. En conséquence, elle exigea d'aller elle aussi à Lausanne apprendre le métier.

En 2019, alors que l'hôtel Bleu Azur ronronnait comme une mécanique bien huilée, Ettore décéda brutalement d'un infarctus massif. Sans faiblir, Lisandra en reprit les rênes, secondée par Ange et Giulia qui avaient été bien formés, mais elle leur fit comprendre qu'elle ne passerait pas la main de sitôt. Elle tenait à garder le contrôle de ce petit empire qu'elle avait contribué à bâtir. Grâce au travail acharné d'Ettore, et aussi à la dot conséquente qu'elle lui avait apportée, Bleu Azur était devenu l'un des fleurons de l'hôtellerie corse : il devait le rester.

*

— Je n'y suis pour rien, répéta Orso, buté. C'est cette fichue mécanique !

Il ne se sentait jamais responsable des catastrophes qu'il provoquait.

— Maman a bien du mérite d'arriver à conduire un bolide pareil… Tu crois qu'elle va m'en vouloir ?

Ange savait ce qu'il devait répondre, sinon Orso, compulsivement assoiffé d'affection, partirait dans une de ses crises de panique à l'idée que leur mère puisse moins l'aimer.

— Non, ne t'inquiète pas, elle n'a rien dit. D'ailleurs, elle est assurée tous risques, ce sera vite réparé.

Il alla jusqu'à la fenêtre, ouvrit les persiennes.

— Pourquoi vis-tu dans la pénombre, Orso ? Il fait un temps splendide !

Quand il se sentait mal, son frère s'enfermait dans sa chambre comme un animal blessé.

— Justement, tiens j'y pense, c'est peut-être le soleil qui m'a ébloui tout à l'heure...

Ange ne l'écoutait plus et contemplait le paysage dont il ne s'était jamais lassé. Maquis et garrigue mêlés descendaient le terrain escarpé jusqu'au rivage, parsemés de figuiers de Barbarie, d'eucalyptus, d'arbousiers et de petits chênes verts. À mi-pente se dressait une tour génoise, puis la mer, d'un sublime bleu saphir, chatoyait en bas sous le soleil, avec ici et là un petit bateau blanc naviguant au loin. L'air était saturé d'odeurs de lavande et de muscari. Le cap Corse offrait ce matin-là son aspect le plus séduisant, tous les clients de l'hôtel étaient sous le charme.

La chambre d'Orso donnait du meilleur côté, même si la vue restait belle partout alentour. Leur mère, portée par l'espoir que l'état d'Orso s'améliore avec les années, ainsi que le lui avaient laissé entendre les psychiatres, avait choisi de privilégier son cadre de vie pour qu'il se sente bien, et nul ne s'en plaignait. Elle-même avait une chambre de l'autre côté du couloir, une décision prise par Ettore bien des années plus tôt, pour veiller de près sur ce fils difficile. Mais Ange, Giulia, ainsi que Lucca lorsqu'il venait en visite avec sa femme, étaient logés dans une petite maison indépendante tout à fait charmante, même si elle ne disposait pas du luxe de l'hôtel. Ce bâtiment, qui servait sans doute d'écurie à une autre époque, avait été aménagé pour la famille qui le désignait familièrement du nom de *stalla*. C'était là que Lisandra et Ettore avaient élevé leurs enfants jusqu'à l'adolescence d'Orso. Quant aux employés, leurs quartiers se trouvaient dans l'ancienne auberge des débuts de Bleu Azur, située un peu à l'écart.

Lorsque Ange se retourna, il constata que son frère avait repris sa console de jeux. Il serait donc tranquille un moment et n'irait pas traîner autour de la piscine pour regarder en douce les clientes allongées sur des transats.

— À plus tard, marmonna-t-il en quittant la chambre.

Du travail l'attendait, pour l'hôtel comme chaque jour, et aussi pour commencer à planifier l'organisation de son mariage. Deux mois plus tôt, les fiançailles avaient déjà été célébrées en grande pompe au restaurant La Gaffe, sur le port de Saint-Florent, privatisé pour l'occasion. Mais la ravissante Inès tenait à avoir des noces somptueuses. Elle avait exprimé le souhait que Bleu Azur soit le cadre de la réception, ce qu'elle estimait allant de soi, mais Lisandra s'y était fermement opposée. L'hôtel ne fermait que trois semaines en janvier pour assurer les vacances du personnel et les réparations. Alors, à moins qu'Inès n'accepte de se marier en janvier, impossible de troubler le séjour des clients par une fête familiale. Furieuse, Inès avait harcelé Ange, mais il ne pouvait pas tenir tête à sa mère. D'ailleurs, il trouvait sa fiancée trop exigeante, voire capricieuse, et s'en inquiétait vaguement. Jusqu'ici, parce qu'il était très amoureux, il avait comblé de son mieux tous ses désirs, y compris celui d'une bague hors de prix. Cependant, pour éviter de braquer sa mère, il avait fait valoir qu'un mariage l'hiver pouvait avoir beaucoup de charme. Bien entendu, Inès ne voulait pas en entendre parler. Giulia, afin d'aider son frère, s'en était mêlée, et les deux jeunes femmes s'étaient affrontées. Au bout du compte, hormis Ange, le seul à apprécier Inès était évidemment Orso qui la dévorait des yeux. Lucca lui-même ne semblait pas enthousiaste et, à toutes fins utiles, avait préparé un contrat de mariage stipulant la stricte séparation de biens. La signature des futurs mariés devait avoir lieu chez le notaire des Bartoli, un rendez-vous était déjà fixé.

Soucieux, Ange dévala l'escalier jusqu'au hall de l'hôtel. Il salua la réceptionniste en passant devant l'accueil et rejoignit sa sœur dans le bureau de la direction. C'était une pièce spacieuse qu'occupaient à tour de rôle ou ensemble Lisandra, Ange et Giulia. Toute la gestion de Bleu Azur se faisait là, grâce à un matériel informatique haut de gamme. Trois grandes tables étaient disposées en U, aucun des trois n'aimant partager son espace de travail, et près des fenêtres deux canapés leur permettaient de se détendre.

— J'ai vu Orso, annonça-t-il à Giulia, il est tranquille.

— J'espère qu'il n'est pas plongé dans un de ces jeux où l'on tue tout le monde, marmonna-t-elle.

Puis, levant la tête, elle sourit à son frère.

— Je viens de terminer les fiches de paie. Et puis tu sais quoi ? Ça y est, nous sommes complets pour juillet ! Il n'y avait plus qu'une chambre, elle vient d'être réservée.

Il alla jeter un coup d'œil à l'écran de l'ordinateur.

— En ce moment, nous sommes pleins, que reste-t-il pour août ?

— Pas grand-chose…

L'un et l'autre n'avaient guère d'inquiétude, la saison d'été était celle où ils refusaient du monde. Décembre et février étaient en revanche des mois plus délicats, mais il y avait toujours des amateurs du cap Corse, même en hiver.

— Il faut que nous ayons une discussion avec maman pour cette histoire de spa, reprit-elle.

— L'investissement la rebute.

— Mais c'est l'avenir de l'hôtellerie de luxe ! Les gens sont friands de massages, de soins. On pourrait traiter avec une grande marque de cosmétiques. Écoute, j'ai fait une estimation de ce que ça pourrait nous rapporter.

— En termes de fréquentation, nous sommes déjà comblés.

— Notre image serait plus attrayante.

— Crois-tu que nous en ayons besoin ?

— La concurrence est rude.

Ange posa ses mains sur les épaules de sa sœur et la secoua gentiment.

— Que d'ambition, Giulia ! On ne peut pas s'agrandir à l'infini.

— Il nous reste un petit morceau de terrain, dont nous ne faisons rien.

— Nous avions parlé d'un tennis.

— Mais en novembre ou en février, personne n'a envie de jouer dehors. Et même les hommes aiment les massages, à condition que l'esthéticienne soit jolie !

Ils échangèrent un sourire complice. Jamais ils ne se sentaient en rivalité, concernant la gestion de l'hôtel, et ils se contentaient d'échanger des idées, sachant d'avance que quoi qu'ils proposent leur mère trancherait.

— Je déjeune avec Inès à Saint-Florent, annonça Ange.

— Et moi, je dois voir le gérant de notre restaurant, il semble avoir de nouveaux soucis avec le chef. Amuse-toi bien et salue Inès de ma part.

Elle n'avait pas dit de l'embrasser, signe évident que le courant ne passait pas entre les deux jeunes femmes. Après son départ, elle commença à effectuer les virements correspondant aux fiches de paie, mais elle avait la tête ailleurs et faillit se tromper. Décidée à faire une pause, elle se leva, s'étira.

Profitant des ponts du mois de mai, Matteo, son fils de dix ans, était en vacances sur le continent, dans la famille de son meilleur copain. Le climat de la Bretagne lui convenait, au téléphone il prétendait en avoir « marre du soleil » ! Elle l'appelait chaque soir, rassurée de l'entendre babiller si gaiement. C'était un enfant adorable, espiègle et très affectueux. Il avait beaucoup aimé son grand-père Ettore, pourtant il avait surmonté son deuil. Bien qu'il n'ait pas de père, ses trois oncles tentaient de combler le vide, en particulier Ange. Et la perspective de voir celui-ci fonder sa famille, et donc d'avoir bientôt ses propres enfants, perturbait Matteo. Giulia avait beau affirmer que ce serait formidable pour lui d'avoir des cousins, il restait méfiant. Du coup, même lui n'avait pas vraiment sympathisé avec Inès.

— Cette fille n'inspire personne ici, soupira Giulia à mi-voix.

Mais Ange, soudain devenu romantique après avoir été tellement coureur, était très amoureux d'Inès depuis des mois et avait décidé qu'elle serait la femme de sa vie. Cependant, ces derniers temps, il paraissait plus hésitant, comme s'il se posait des questions. La voyait-il différemment ? Le repas fastueux qu'elle avait voulu pour leurs fiançailles, ainsi que sa bague si chère n'étaient qu'un avant-goût du grand mariage qu'elle exigeait. À l'évidence, elle appréciait le luxe et devait déjà s'imaginer régner un jour sur Bleu Azur. C'était mal connaître Lisandra… et Giulia. D'ailleurs, d'où sortait donc Inès ? Ambitieuse, ce qu'elle ne cachait pas, elle travaillait pour une agence de voyages à Bastia où elle gagnait correctement sa vie. Née à Madrid, elle avait quitté l'Espagne à vingt ans pour venir s'établir en Corse. Elle ne donnait pas les raisons de son choix, expliquant du bout des lèvres qu'elle détestait les trop grandes villes. Hormis ces quelques explications sommaires, elle n'évoquait pas son passé, entièrement tournée vers l'avenir. Et au fond, pourquoi pas ? Giulia devait faire taire son animosité, par amour pour son frère.

Après un coup d'œil à sa montre, elle se leva en hâte. L'urgence était de gagner le restaurant de l'hôtel pour arbitrer la querelle du gérant et du chef. Ce n'était hélas pas la première ni, sans doute, la dernière.

*

— Matteo, mon chéri, tu as ramassé des coquillages et tu veux m'en faire un collier ? Mais c'est merveilleux, j'ai hâte ! s'exclama Lisandra.

Attendrie par son petit-fils, elle souriait, le portable collé à l'oreille. Ce gamin, le seul descendant que lui aient donné ses quatre enfants jusqu'ici, représentait l'avenir de la famille Bartoli, et par conséquent de Bleu Azur. Sans doute Ange aurait-il des enfants un jour, mais du côté de Lucca et de sa femme, l'espoir s'était amenuisé avec le temps. Bien sûr, ils essayaient, avaient d'ailleurs à peu près tout essayé. Un drame pour eux qui désiraient tant un bébé. Quant à Orso, il n'en était évidemment pas question, des facteurs génétiques pouvant contribuer au développement du trouble de la personnalité borderline.

— Amuse-toi bien, mon trésor ! Je te rappellerai très vite.

Elle reposa son téléphone et poussa un soupir de frustration. Matteo lui manquait, il était l'élément joyeux, comme Giulia l'avait été dans son enfance. Assise à sa propre table, dans le bureau de la direction, elle avait constaté en jetant un coup d'œil à l'écran des réservations que Bleu Azur serait quasiment plein, voire débordé, pour tout l'été. Refuser des clients lui était toujours aussi pénible, à partir d'une certaine date elle ne répondait plus au téléphone pour ne pas avoir à le faire. En revanche, gérer le personnel ne lui posait pas de problème, elle tenait tout le monde d'une main de fer. Dès qu'une chambre était refaite par une femme de ménage, elle allait vérifier elle-même les moindres détails et notait ses observations sur un petit carnet bleu qui ne quittait jamais sa poche. Durant l'épidémie de Covid, elle s'était montrée encore plus vigilante, avait installé partout des distributeurs de gel, de masques, puis plus tard d'autotests avant d'envoyer tous les employés se faire vacciner. Par bonheur, l'hôtel n'avait pas trop souffert de cette période compliquée. Le restaurant servait alors les repas dans les chambres, avec un maximum de luxe pour faire oublier l'inconfort de la situation. Ensuite, ils avaient pu rouvrir la salle pour les seuls clients de l'hôtel.

À chaque problème sa solution et, grâce à son caractère solide et volontaire, Lisandra avait l'habitude de surmonter les difficultés. Quelle belle équipe ils avaient formée, Ettore et elle ! Quand l'interdiction de fumer dans les chambres était arrivée, Lisandra venait de perdre ses parents et avait fait un bel héritage. Sans hésiter, pour ne pas se priver d'une clientèle de fumeurs, elle avait convoqué un architecte chargé d'adjoindre un balcon aux chambres qui n'en avaient pas. Assez spacieux pour y installer un petit salon d'extérieur en teck, ils s'harmonisaient avec la façade et lui apportaient même un surcroît d'élégance. Dès qu'une nouvelle norme ou un énième interdit entrait en vigueur, Lisandra trouvait la parade. Pour la piscine à débordement, elle avait aussitôt fait installer un système de sécurité et agrandir les plages de dalles douces qui la bordaient pour, lorsqu'elle y serait contrainte, délimiter cet espace aquatique de la manière la plus esthétique possible.

En frappant puis entrant, José la tira de ses pensées.

— Le garagiste a fait enlever votre coupé, madame Lise. Et le maçon est au travail ! Dès qu'il aura fini, j'arrangerai la végétation.

— Merci, José. Le jardinier n'est pas là ?

— En congé de paternité, madame, rappela-t-il avec une grimace.

Il y avait toujours quelqu'un qui manquait à l'appel. Par chance, José savait à peu près tout faire, et depuis le temps qu'il travaillait pour elle, il avait toute sa confiance. Elle lui fit signe de partir puis étouffa un soupir. La faim se faisait sentir mais elle ne voulait pas gagner le restaurant, où elle prenait généralement son déjeuner, tant que Giulia n'aurait pas réglé le conflit du chef et du gérant. Sinon, elle aurait l'air d'intervenir. Bien sûr, tout le monde savait qu'elle avait le dernier mot, et c'était elle qu'on craignait le plus. Ange était trop conciliant, diplomate, humain, on s'adressait à lui pour ne pas avoir affaire à elle. Quant à Giulia, qui était capable d'autorité, on la considérait malheureusement comme « la fille de la patronne ». Lisandra essayait de leur laisser plus d'initiatives à tous les deux, de respecter leurs idées et, parfois, d'aller jusqu'à leur donner raison. Néanmoins, elle n'était pas prête à s'effacer, tout en étant consciente qu'elle vieillissait.

Décidée à tromper sa faim – mais tous les prétextes se valaient –, elle ouvrit son coffret à cigarettes, en prit une qu'elle alluma avant de savourer la première bouffée. Une addiction dont elle n'avait pas su se défaire malgré ses bonnes résolutions quotidiennes jamais tenues. Ce qu'elle ne pouvait s'empêcher de trouver joyeux. Finir en vieille dame indigne parce qu'elle aimait manger de la charcuterie, boire du vin pétillant et fumer des blondes, au grand dam de ses médecins, ne l'effrayait pas. L'avenir n'était-il pas assuré avec Ange, Giulia, et un jour Matteo ? Cet enfant sans père portait le nom de Bartoli, la descendance était bien là. Restait toutefois le problème insoluble posé par Orso.

*

Attablés sur la terrasse de La Gaffe, à deux pas des bateaux se balançant dans le port de Saint-Florent, Ange et Inès se régalaient d'un loup de ligne. Un petit vent marin tempérait à peine la chaleur de ce mois de mai qui ressemblait déjà à l'été.

— Qu'y a-t-il exactement dans ce contrat ? répéta Inès.

— Le notaire nous le lira en détail et nous expliquera tout.

— Je n'en vois pas l'intérêt. Quand on se marie, c'est pour la vie, et sans se méfier de l'autre, me semble-t-il ! Ce serait un début de bien mauvais augure, non ?

Ange avait redouté ce genre de réaction, et il avait peu d'arguments à lui opposer. Il leva les yeux sur elle, toujours aussi séduit par sa beauté. Grande, voluptueuse, son visage au teint mat entouré de longs cheveux bruns, elle était le type même des belles Espagnoles, avec un regard sombre qui envoûtait les hommes.

— Il ne s'agit pas de méfiance, plaida-t-il. Mais du point de vue de ma mère, ce contrat est important pour Bleu Azur qui doit aller exclusivement à ses enfants. Imagine que tu me quittes un jour…

— Ou toi ! Et pourquoi mêler ta mère à notre vie ? D'autant plus qu'elle ne m'aime pas, je le vois bien.

— Elle ne te connaît pas assez, laisse-lui le temps. Je suis sûr que vous finirez par vous apprécier.

— Je ne crois pas ! lâcha Inès d'un ton cinglant.

Elle avait relevé le menton, dans une attitude de défi qui ne présageait rien de bon.

— Tu n'es pas un petit garçon, Ange. Il n'est pas question que tu me parles tout le temps de ce que veut ta mère ou pas. Je ne compte pas prendre l'avis de la mienne, fais-en autant !

— À propos, dit-il pour faire diversion, j'aimerais vraiment rencontrer tes parents.

— Prends donc des vacances et accompagne-moi à Madrid début juillet.

— Tu sais que je ne peux pas lâcher l'hôtel en pleine saison.

— Toujours à cause de ta mère, je suppose ? ironisa-t-elle.

— Non. Seulement parce que j'ai le sens des responsabilités et que l'entreprise est lourde à gérer.

Il commençait à perdre patience, néanmoins il ne pouvait pas lui donner entièrement tort. Il savait, parce que Lucca le lui avait dit, que le contrat de séparation de biens, présents ou à venir, n'avantageait pas Inès. Mais à moins de vouloir entrer en guerre avec toute sa famille, il devait arriver à convaincre sa fiancée.

— Et si je refuse de signer tes foutus papiers ? s'enquit-elle d'un ton acide.

— Personne ne te mettra un revolver sur la tempe, ma chérie…

Sa tentative de plaisanterie tomba à plat. Inès repoussa son assiette et, sans consulter Ange, héla un serveur à qui elle demanda deux cafés.

— Tu es pressée ?

— Moi aussi j'ai beaucoup de travail à l'agence. Comme tu le fais remarquer, l'été est la saison des touristes !

Elle but son café trop chaud en grimaçant, puis se leva et ramassa son sac.

— On se voit ce soir ? demanda-t-il d'un ton câlin.

Penchée sur lui, elle lui caressa la joue avant de l'embrasser. La proximité de son corps provoqua une flambée de désir chez Ange.

— Pas ce soir, mon chéri. Je suis claquée, j'ai besoin d'une bonne nuit de sommeil.

Mais elle s'attardait contre lui, sachant l'effet qu'elle lui faisait. Comment n'aurait-il pas été impatient de se marier et d'habiter enfin avec elle ? Le deux pièces qu'elle louait à Bastia manquait d'espace pour eux deux, et elle n'aimait pas le rejoindre dans l'annexe de Bleu Azur qu'il partageait avec Giulia. La recherche d'une maison était une priorité mais ils ne s'étaient pas encore mis d'accord sur son emplacement. Et Inès subordonnait cette recherche à la date du mariage, lui-même dépendant de la signature de ce fichu contrat. Un casse-tête pour Ange.

Dépité, il régla l'addition puis alla bavarder cinq minutes avec le patron, puisqu'il connaissait presque tous les restaurateurs de l'île. En quittant la terrasse, il ne remarqua pas les regards des femmes qui le suivaient. Depuis qu'il était tombé amoureux d'Inès, il y était indifférent. Il en oubliait qu'il était lui aussi très séduisant avec des traits virils, un teint bronzé de Méditerranéen sur lequel tranchait un lumineux regard vert. Mais ses années de don Juan étaient derrière lui, il n'aspirait qu'à vivre auprès d'Inès et la tenir dans ses bras.

*

Juchée sur l'un des comptoirs en inox de la grande cuisine, Giulia tenait tête au chef. Un Corse farouche qui faisait une excellente cuisine, mais parfois un peu trop locale.

— Ce que ne veut pas comprendre cet abruti de gérant est que les clients sont là pour être dépaysés ! claironna-t-il.

Menu en main, Giulia relut les propositions du jour.

— Omelette au brocciu et à la menthe, arrosée de patrimonio. Pâté de sansonnets. Assiette de charcuterie : coppa, bulagna, prisuttu... Vous êtes sûr que les gens comprennent ?

— Ils demandent au maître d'hôtel et sont ravis de découvrir les spécificités de l'île, ils rentreront chez eux moins bêtes.

— Ne soyez pas agressif. Bon, je continue. Côtelettes d'agneau, chevreau rôti aux herbes, truites de torrent cuites sur galets... Et pour les végétariens ?

— Des lasagnes aux légumes du soleil, c'est là en bas.

— Bien, alors trouvez-leur aussi une entrée sans œufs ni viande.

— Et des fromages au lait de soja pour finir ? ricana-t-il.

— Tous les goûts et tous les régimes doivent être satisfaits chez nous, répliqua-t-elle sèchement.

Il leva les yeux au ciel avant de lui tourner le dos en marmonnant :

— Je vais voir ce que je peux inventer, mais ce ne sera pas gastronomique !

Blasée par sa mauvaise humeur récurrente, Giulia quitta son comptoir et regagna la salle du restaurant où l'attendait le gérant.

— Alors, que dit cette tête de cochon ? l'apostropha-t-il.

— Qu'il va essayer.

— Et c'est tout ? Sa carte devient incompréhensible. Il est tellement chauvin qu'il l'écrirait bien exclusivement en corse, tant pis si le maître d'hôtel perd un temps fou à tout expliquer. Borné à ce point, c'est ridicule ! Un peu de couleur locale, passons, mais là…

— Je suis partagée entre trouver ses idées originales ou anticommerciales.

— Je voulais aussi qu'il mette au point un menu léger pour le déjeuner. Quand il fait très chaud, les clients apprécient les salades, les petites grillades, les desserts glacés.

— Qu'en dit-il ?

— Qu'il est le chef d'un restaurant gastronomique, pas d'une brasserie. Il est tellement rétrograde et entêté ! Je ne vais pas pouvoir continuer à m'affronter avec lui tous les jours.

— Alors, où est la solution ? Lui ou vous ? Ne me mettez pas ce genre de marché en main, surtout en début de saison.

Tout en parlant, elle se demandait qui elle choisirait si elle était mise au pied du mur. Sa mère, attachée aux traditions de l'île, risquait de préférer garder le chef, or le gérant était un excellent professionnel, honnête de surcroît. Jamais de problème pour les comptes, les serveurs, la décoration de la salle, la tenue de la cave, le contact avec la clientèle. Et un autre bon chef, ça pouvait se trouver.

— Bien, conclut-elle, nous allons en discuter en famille. Vous connaissez notre manière de fonctionner. Mais je ne manquerai pas de vous tenir très vite au courant. Merci, Éric.

Cet Éric qui « venait du continent », une expression volontiers utilisée par Lisandra, lui adressa un sourire plein d'espoir. Certes, Giulia était elle aussi très liée à l'identité corse, mais sa formation à Lausanne, suivie d'un stage dans un palace parisien, lui avait ouvert l'esprit. Peut-être trop, d'ailleurs. Elle en était revenue très émancipée, décidée à mener sa vie privée comme une jeune femme libre et indépendante. Son père, Ettore, avait toutes les indulgences pour elle, mais ses frères l'avaient souvent mise en garde contre ses emballements. Et un été, elle avait eu un vrai coup de cœur pour un beau ténébreux. Il avait su la séduire parce qu'il semblait mélancolique, prétendant être venu en Corse avec son bateau pour se remettre d'un divorce douloureux. Mais près d'elle, il riait et retrouvait sa joie de vivre, ce qui était flatteur. Après l'avoir fait un peu attendre, par principe, Giulia avait craqué. Ils se retrouvaient sur son voilier, faisaient l'amour sur des couchettes étroites, allaient se baigner dans des criques. Giulia, éperdument amoureuse, s'échappait souvent de Bleu Azur, laissant Ange se débrouiller pour couvrir ses absences, et elle revenait en affichant l'air épanoui d'une femme heureuse en amour. La liaison avait duré jusque fin septembre, jusqu'à ce que Giulia parle de le présenter à sa famille. S'il avait fait bonne figure ce jour-là, dès le lendemain il disparaissait pour ne plus revenir. De Paris, il lui avait écrit peu après une brève lettre de rupture, expliquant en quelques mots qu'il avait finalement retrouvé sa femme. Choquée, atterrée, humiliée, Giulia s'en était amèrement voulu de sa naïveté. Mais cette rupture brutale n'était pas le pire, une autre mauvaise surprise l'attendait. Les jours suivants, tandis qu'elle ruminait son chagrin, elle avait constaté un retard de règles des plus angoissants. Elle qui croyait avoir été prudente, qui se pensait affranchie ! Comment les choses avaient-elles pu déraper ? Elle prenait la pilule, mais il lui était arrivé de l'oublier, elle le savait. Tout à son bonheur, à des idées d'avenir qu'elle ne repoussait pas, elle avait minimisé les risques, ou peut-être commis un acte manqué. Car lorsqu'elle avait obtenu la confirmation d'être enceinte, pas un instant elle n'avait songé à avorter.

Le plus dur avait été de l'annoncer enfin à sa famille, peu avant Noël. Ettore était entré dans une colère noire, pas contre sa fille chérie mais contre le « foutu salopard », menaçant de le descendre d'un coup de fusil s'il remettait les pieds sur l'île. Pragmatique, Lisandra avait suggéré une interruption de grossesse dont Giulia ne voulait pas entendre parler. Finalement, avec le sens de la famille qui caractérisait le clan Bartoli, tout le monde avait fait front, comme toujours. Et lorsque le petit Matteo était né, la fureur tenace d'Ettore s'était évaporée devant le berceau. Après tout, au XXIe siècle, on n'allait pas rejouer Pagnol ! Les mœurs avaient changé, Giulia était une fille de son temps, les convenances d'une autre époque n'avaient plus cours, et les mauvaises langues d'antan étaient au cimetière. Pas sûr…

Si Giulia avait gardé l'enfant, ce n'était ni par conviction religieuse, bien qu'elle soit croyante, ni en souvenir de ce premier grand amour qui avait si mal tourné, mais par une surprenante et profonde envie d'être mère. Et, ainsi qu'elle l'avait pressenti, la maternité s'était révélée épanouissante pour elle, la faisant mûrir et la rendant tout à fait sereine. Fini les coups de tête, les questions existentielles et les erreurs propres à la jeunesse, elle était passée du statut de benjamine choyée par sa famille à celui d'une adulte responsable qui allait de l'avant. Plus méfiante avec les hommes, elle était aussi devenue une femme difficile à séduire ou à convaincre, et elle se satisfaisait de quelques aventures sans lendemain en n'y mettant plus son cœur.

Dans l'allée qui conduisait à l'entrée de l'hôtel, elle avisa sa mère, apparemment impatiente d'aller enfin déjeuner.

— Alors, le conflit est réglé ? lui lança Lisandra.

— À peu près, et seulement pour l'instant. Ils sont comme chien et chat, il faudra qu'on finisse par trancher.

— Pas maintenant, en tout cas !

Giulia savait que sa mère aurait voulu résoudre le problème elle-même, à sa manière autoritaire, mais qu'elle se forçait depuis quelque temps à laisser davantage de décisions entre les mains de ses grands enfants.

— Maman, maman !

Les appels d'Orso firent se retourner les deux femmes. Il les rejoignit en courant, l'air inquiet.

— Je peux déjeuner avec toi ? lâcha-t-il, plein d'espoir.

Quand il s'y décidait, Lisandra ne s'installait pas à sa petite table réservée dans la salle du restaurant, d'où elle pouvait surveiller la bonne marche du service, mais plutôt dans un coin des cuisines où on lui dressait deux couverts. Orso, si compliqué à gérer, pouvait se montrer charmant dans ses bons jours et déchaîné à d'autres moments. Le grand mérite des Bartoli était de ne jamais l'avoir isolé ni caché comme une tare familiale. Ettore avait exigé qu'il ait sa place, et Lisandra suivait la même ligne de conduite. Elle parvenait même à l'aimer autant que ses autres enfants, pas plus et pas moins, mais bien sûr différemment.

— La voiture est réparée ? demanda-t-il d'un air anxieux.

— Il faudra quelques jours, mon chéri. Et tu ne dois pas conduire, tu le sais.

— Mais pourquoi ?

— Il faut d'abord passer le permis.

— Eh bien, je vais le faire !

D'après les médecins, cette obsession pour l'automobile était commune à une majorité de gens atteints du syndrome borderline. Par chance – si l'on pouvait utiliser semblable expression au sujet d'Orso –, son attachement viscéral pour sa mère l'empêcherait toujours de trop s'éloigner. Qu'il soit par certains aspects un petit garçon et par d'autres un homme de trente-sept ans était souvent déstabilisant, mais Lisandra en avait l'habitude.

— Un apéritif ? lui proposa-t-elle d'un ton léger. Allons au restaurant, on va déjeuner.

Elle préférait qu'il boive devant elle plutôt qu'au fond de sa chambre avec les bouteilles dérobées au bar de l'hôtel. Ils échangèrent un sourire et, à peine assis à leur table dans la salle climatisée, ils trinquèrent avec leurs verres de rosé Minuty aussitôt apportés. Mais la même question, lancinante, rôdait comme toujours au fond de la tête de Lisandra : que deviendrait Orso après elle ?

2

Malgré les trois heures de route, Lucca était venu d'Ajaccio pour épauler son frère. Ayant travaillé sur les termes du contrat avec leur notaire de famille, il devinait qu'Inès n'apprécierait pas et serait dure à convaincre. Pourtant, les choses étaient simples, évidentes. À ce jour, Ange ne possédait rien, hormis ses économies sérieusement entamées par l'achat de la bague de fiançailles. Mais au décès de Lisandra, il hériterait d'une part de Bleu Azur, et cette part devait être inaliénable. En cas de divorce, car nul ne pouvait prévoir l'avenir, Ange resterait seul maître de ses biens. Était-ce trop demander ? D'autant plus que, sans l'évoquer, la charge d'Orso pèserait un jour sur Ange comme sur Lucca et Giulia. Tous trois avaient juré à leur père, puis à leur mère, que jamais ils ne négligeraient ce drôle de frère et pourvoiraient à ses besoins jusqu'à leur mort. Si Orso devait leur survivre, une somme était bloquée depuis des années pour parer à cette éventualité.

Ange n'avait pas caché à Inès le trouble de la personnalité dont souffrait son frère, mais en faisant sa connaissance elle l'avait trouvé tout à fait normal. Était-elle de mauvaise foi ou n'avait-elle vraiment rien remarqué ? Elle pouvait, au moins, croire Ange sur parole et, en conséquence, admettre la prudence des Bartoli en matière d'argent.

Douze ans plus tôt, l'épouse de Lucca, Pia, avait signé le même genre de contrat sans émettre la moindre réserve. Pia était une femme merveilleuse, douce, attentionnée, toujours de bonne humeur. Petite, très fine, avec des traits délicats, elle faisait la fierté de Lucca, et son bonheur. Seuls leurs échecs successifs pour avoir un bébé les attristaient, sans altérer pour autant leur complicité. Au début de leur mariage, elle avait été la secrétaire de Lucca lorsqu'il avait ouvert son cabinet d'avocats puis, la prospérité venant, elle avait couru les médecins, multiplié les examens et à peu près tout tenté pour tomber enceinte. Finalement, résignée, elle se cantonnait désormais à son rôle de maîtresse de maison, organisant brillamment tous les dîners nécessaires à la carrière de son mari. En secret, elle caressait l'espoir d'une adoption, mais appartenir au clan Bartoli rendait cette éventualité très incertaine. Elle n'en avait parlé à Lucca qu'une seule fois, et s'il n'avait pas dit non il s'était néanmoins interrogé sur la réaction qu'aurait sa mère. Un inconnu, un étranger dans la famille ? Pia avait compris ses réticences mais elle n'abandonnait pas son idée, et elle savait que celle-ci finirait par faire son chemin dans l'esprit de Lucca.

Arrivés en avance, Ange et Inès s'étaient attablés sur une terrasse pour y boire un café. De là, ils virent Lucca et Pia descendre de voiture un peu plus loin.

— Sa femme est là ? s'étonna Inès.

— Lucca a pris deux jours de vacances. Nous serons tous contents de les avoir un peu avec nous, ils viennent trop rarement. Mais ils se plaisent à Ajaccio, et comme les affaires de Lucca marchent très bien là-bas, ils ne reviendront pas habiter par ici.

— C'est sûrement plus riant que Bastia, soupira-t-elle. Quand je cherchais un travail, je visais plutôt Ajaccio mais il n'y avait aucune offre d'emploi pour moi.

— Tant mieux ! Sinon, je ne t'aurais peut-être pas rencontrée.

Ange lui souriait, dissimulant son inquiétude à l'idée de ce rendez-vous chez le notaire. Il se leva pour embrasser son frère et sa belle-sœur, soulagé par leur présence. Lucca était diplomate, il parlait bien et serait un allié de poids pour convaincre Inès.

— Vous êtes pile à l'heure, il est temps d'y aller, suggéra-t-il.

Ils gagnèrent l'étude de maître Santoni en bavardant gaiement de choses et d'autres. Reçus dès leur arrivée, ils se retrouvèrent tous les quatre face au notaire qui prononça quelques mots de bienvenue avant d'en venir au vif du sujet.

— Je vais vous donner lecture du contrat établi en vue de votre futur mariage, déclara-t-il à l'adresse d'Ange et d'Inès. Ensuite, je vous fournirai toutes les explications dont vous pourriez avoir besoin.

Tandis qu'il commençait à énumérer les termes du contrat, le visage d'Inès s'était brusquement fermé. Elle écoutait, lèvres pincées et regard courroucé. À la fin, il y eut un court silence puis elle s'exclama :

— Chacun pour soi sur son petit magot !

— En effet, lui répondit le notaire sans se troubler, chacun gère ses biens comme il l'entend. Cela concerne les biens possédés avant ou après le mariage, de même que les salaires ou les revenus de ses biens.

— Rien en commun, pas de partage ? On dirait un contrat d'entreprise ! ricana-t-elle. On dirait aussi que la méfiance est de rigueur, qu'il faut absolument se protéger de la cupidité du conjoint. Mais je n'ai pas de fortune personnelle, pas de « biens », comme vous dites, et à ma connaissance Ange non plus. Alors, pourquoi tout ce cirque ?

— Inès, essaya de tempérer Lucca, ces dispositions préservent ton indépendance, pour toi comme pour mon frère. Et dans ce type de contrat, il y a un avantage non négligeable, vous n'êtes pas responsable des dettes de l'autre s'il en crée.

— On se désolidarise pour tout, j'ai bien compris. Dans ces conditions, je ne signe rien.

Elle se leva, prit le temps d'ajuster la bandoulière de son sac avant de lancer un regard interrogateur à Ange. Comme il hésitait, elle choisit de sortir la tête haute.

— Inès, attends !

Il était prêt à la suivre mais Lucca, assis à côté de lui, posa une main ferme sur son bras.

— Laisse-la se calmer.

— Tu ne la connais pas, elle va camper sur sa position.

— Qu'est-ce qui la dérange à ce point-là ? s'enquit Pia d'un ton paisible.

— Qu'on se méfie d'elle.

— En France, quarante-cinq pour cent des mariages finissent par un divorce, rappela le notaire. La prudence est donc de rigueur concernant l'avenir.

— Sauf que je n'ai pas de… commença Ange.

— Tu n'as rien aujourd'hui, le coupa Lucca, mais tu sais qu'un jour Bleu Azur nous reviendra. Il faudra alors que nous tombions d'accord entre nous, ce qui ne sera pas forcément simple, donc il n'est pas envisageable que les conjoints puissent s'en mêler.

S'adressant au notaire, il ajouta :

— Nous allons vous laisser retourner à vos affaires, maître. Merci de nous avoir accordé de votre temps.

Il donna le signal du départ, suivi de sa femme et de son frère. Une fois dehors, ils eurent beau scruter les alentours, Inès n'était nulle part en vue.

— Et si nous allions prendre un remontant ? suggéra Pia.

Ange se sentait mal à l'aise, il aurait voulu se lancer à la recherche d'Inès mais sans doute serait-il fraîchement accueilli, alors il se laissa entraîner jusqu'à une terrasse. Là il resta silencieux un moment, sirotant son verre avec les yeux dans le vague.

— Bon, finit par dire Lucca, que comptes-tu faire, petit frère ?

— Je ne sais pas.

— Convaincre Inès ?

— Sincèrement, je ne crois pas que ce soit possible.

— Et ton mariage ?

— Il peut se faire sans contrat, non ?

— Bien sûr. Mais maman n'y viendra pas, et elle risque de ne plus t'adresser la parole pendant dix ans. Voire te virer de Bleu.

Entre eux, ils désignaient l'hôtel par ce seul adjectif.

— Pourquoi y tient-elle tellement, à ce foutu contrat ?

— Pas besoin de t'expliquer, tu le sais. Les incertitudes de l'avenir, Orso à protéger… Tout ce qu'elle a bâti avec papa tombant en partie dans les mains d'Inès ? Impensable pour elle.

— Je la comprends, intervint Pia de sa voix douce. Dans votre famille, on s'est battu depuis trois générations pour faire de Bleu Azur le grand hôtel qu'il est aujourd'hui. Le mettre à la merci d'une pièce rapportée…

Lucca prit sa femme par le cou, l'attira à lui.

— Pia, mon amour, c'est comme ça que tu te considères ?

— Pas du tout. J'ai intégré ton clan avec bonheur, et sans demander je ne sais quelle garantie afin de pouvoir te plumer un jour si je me lasse de toi.

Parfois, elle disait avec le sourire des vérités un peu crues, mais Lucca en avait l'habitude et il éclata de rire. Reprenant son sérieux, il dévisagea son frère.

— Alors, Ange ? Contrat ou pas ?

Celui-ci eut besoin d'un temps de réflexion avant de maugréer :

— En somme, la peste ou le choléra…

— Si tu es sûr de tes sentiments pour Inès, et des siens en retour, vous pouvez évidemment vous marier comme vous l'entendez.

— Mais tu l'as dit, il y a Orso.

— Dont nous sommes et serons toujours seuls responsables, Giulia, toi et moi. Ce qui justifie toutes ces précautions, car il ne sera jamais autonome. Tu peux expliquer ça à Inès.

— Elle n'y croira pas, elle le trouve tout à fait normal.

— Elle ferait mieux de te croire, toi.

De nouveau, Ange s'enferma dans un silence contrarié. L'idée de perdre Inès lui était insupportable. Au pire, n'étant plus un gamin, il aurait choisi de se brouiller avec sa mère pour garder la femme qu'il aimait, hélas il y avait effectivement Orso. Un frère incapable de se gérer seul, incapable de gagner sa vie, et qui, sans la protection de sa famille, risquait de finir alcoolique, drogué, dépressif et à la rue. Ou encore de provoquer un grave accident dont il ne pourrait assumer les conséquences. Ange avait un caractère trop droit pour se débarrasser de sa part de responsabilité sur Lucca et sur Giulia. Il se trouvait dans une impasse, et quelle que soit sa décision elle serait très douloureuse.

— Bien, décida-t-il, je vais passer à son agence de voyages voir si elle n'est plus en colère. Je suppose qu'elle a eu l'impression d'être dans un tribunal chez le notaire, et que je n'ai pas pris sa défense.

Lucca regarda partir son frère, navré pour lui. Mais sa sympathie pour Inès, qui n'était déjà pas bien grande, avait encore baissé d'un cran. Cette jeune femme ne comprenait donc pas qu'elle plaçait Ange entre le marteau et l'enclume ?

— Et si nous allions directement à Bleu ? proposa-t-il à Pia.

— Bonne idée ! J'ai hâte de voir Giulia, et si Ange n'a pas le moral, tu pourras le consoler un peu. En plus, Matteo vient de rentrer, acheva-t-elle d'un ton réjoui.

Elle adorait son neveu par alliance, qui était aussi son filleul car Giulia l'avait choisie pour marraine, la comblant de bonheur. Son désir d'enfant était tel qu'elle reportait son affection sur Matteo, mais elle le faisait discrètement, afin de ne pas heurter Giulia.

— J'aime bien bavarder avec ta mère, ajouta-t-elle.

Le caractère fort de Lisandra lui plaisait et l'amusait, dès le début elles s'étaient mutuellement appréciées. Si Lisandra tapait volontiers du poing sur la table pour se faire obéir, Pia usait de douceur pour obtenir les mêmes résultats. Elle aurait été une mère formidable mais son vœu ne s'exauçait pas. Et l'adoption restait un choix très délicat, qui risquait de déclencher un nouveau conflit familial. Bien qu'elle se sente acculée, elle refusait de se désespérer et conservait toute sa gentillesse.

Lucca régla les consommations, puis ils prirent la route du cap.

*

De sa chambre, Orso bénéficiait de la vue magnifique sur la mer, mais pas sur la piscine, ce qu'il déplorait en secret. Observer les femmes en maillot de bain lui procurait un plaisir ambigu, souvent frustrant. Car lui-même n'osait pas les aborder, leur adresser la parole. D'abord parce que sa mère lui interdisait de déranger les clientes de l'hôtel, voire de les approcher, mais surtout parce qu'il n'était pas sûr de lui. Il se savait différent des autres – on le lui avait assez dit – et il redoutait par-dessus tout un échec. Être rejeté restait sa pire crainte, il éprouvait un besoin maladif d'affection.

Bien sûr, lorsqu'il avait eu dix-huit ans, Lucca lui avait parlé des filles avant de l'accompagner à Bastia où ils avaient d'abord traîné dans un bar louche. La soirée avançant, Lucca avait payé une femme trop maquillée pour qu'elle monte dans une chambre sordide où elle s'était occupée du « puceau ». Drôle d'expression. Et si ça n'avait pas vraiment marché, en revanche il avait compris des choses. En fait, ses deux frères étaient gentils avec lui, sa sœur aussi, sa mère avant tout, pourtant il sentait qu'il restait assoiffé d'une autre sorte d'amour et il rêvait d'une belle jeune fille qui le prendrait dans ses bras en le regardant tendrement.

À Ange, son cadet, il n'avait rien pu apprendre, celui-ci semblait déjà tout savoir de la vie. Et cette constatation avait amplifié chez Orso le sentiment d'être différent des autres. Mais il n'y pensait pas toujours, et « différent » ne signifiait pas « incapable ». Par exemple, de conduire, ce qu'il adorait. Certes, il ne parvenait pas à maîtriser le bolide de sa mère, mais ça viendrait si on le laissait faire, il en était certain. Il avait bien tenté de persuader Giulia de lui prêter sa voiture pour un petit tour du parc, ce qu'elle avait refusé catégoriquement. Tant pis, il trouverait un autre moyen pour y arriver. Peut-être le brave José, toujours très serviable, accepterait-il ?

Quittant l'appui de sa fenêtre, Orso se dirigea vers le grand miroir vénitien qui ornait l'un des murs. Durant quelques instants, il se contempla. Il se sentait bizarre ce matin, se trouvait laid. D'un jour à l'autre, il n'avait pas la même perception de son image, et celle qu'il voyait à présent lui donnait envie de se faire du mal. L'année précédente, il avait tenté de se suicider en avalant tous ses médicaments. Depuis, sa mère ne lui laissait plus les boîtes, elle lui donnait elle-même ses doses. Il avait protesté qu'il ne voulait pas être traité comme un bébé, mais elle l'avait pris dans ses bras, lui avait murmuré des mots tendres, et il s'était calmé. Elle était celle qui y parvenait le mieux. Le psychothérapeute qu'il voyait régulièrement s'efforçait de lui apprendre à maîtriser ses émotions, à identifier les symptômes avant-coureurs d'une crise d'angoisse. Était-ce le cas aujourd'hui ?

Il adressa quelques grimaces au miroir avant de se détourner.

*

Lisandra observait la piscine d'un œil critique, mais elle était parfaitement propre, José y veillait chaque jour de bonne heure, retirant une feuille par-ci, un insecte par-là. Non loin du bassin, les plantes avaient été choisies pour éloigner les moustiques et les mouches. Des jardinières de basilic citron et de soucis, de menthe et de verveine alternaient avec une étroite plate-bande semée de lavande et de mélisse citronnelle au joli feuillage doré. Un peu plus loin, dissimulés dans les arbres, se trouvaient des pièges à guêpes.

Satisfaite de son inspection, Lisandra fit signe à José pour qu'il installe les transats et les parasols. Tout devait être impeccable afin qu'à n'importe quel moment de la journée les clients puissent profiter du confort et du charme de Bleu Azur. La réputation de l'hôtel reposait sur la qualité de ses prestations, l'accueil, l'amabilité du personnel, la décoration soignée. Et aussi sur son emplacement privilégié à la pointe du cap Corse, avec une vue plongeante sur la Méditerranée. Les habitués venaient pour la plupart du continent, mais quelques touristes étrangers commençaient à réserver des séjours. Ils avaient parfois des exigences qui surprenaient Lisandra, allant jusqu'à se plaindre de trop de vent ou trop de chaleur ! Oui, la tramontane et le mistral soufflaient souvent avec force, mais qu'y pouvait-elle sinon garder le sourire en expliquant qu'elle n'était pas maître du temps ?

Elle regagna l'hôtel et rejoignit Giulia dans le bureau de la direction.

— Tout va bien ce matin ? lança-t-elle par habitude.

— Des petits soucis de livraison. La commande des peignoirs est retardée.

— Ah, les peignoirs… Le trophée de nos clients !

Elles en riaient entre elles, comprenant mal comment des gens fortunés pouvaient glisser le peignoir de l'hôtel dans leurs valises avant de partir. Néanmoins, elles n'avaient pas renoncé à une éponge de qualité, brodée du logo de Bleu Azur, ce qui en faisait un joli souvenir de vacances.

— Ange est dans les parages ? voulut savoir Lisandra.

— Il est descendu à Bastia.

— Voir Inès, je suppose ?

— Au moins essayer de la voir car elle le tient à distance.

— Et bien sûr, il se morfond ?

— Oui, vraiment. Il tient beaucoup à elle, il est très amoureux.

— D'autant plus si elle fait mine de lui échapper. Je n'apprécie décidément pas cette fille. Pourquoi a-t-il jeté son dévolu sur elle ? Il y en a d'autres ! Et je lui en ai connu de bien plus jolies.

— L'amour, tu sais...

— Est aveugle, oui.

Lisandra faillit ajouter que Giulia était bien placée pour le savoir, mais elle se retint. Chez les Bartoli, on ne parlait jamais du père de Matteo.

— Et Orso, où est-il ?

Une question machinale, que chacun posait aux autres à longueur de journée.

— Parti à la plage avec son vélo.

Elles échangèrent un regard, puis Lisandra haussa les épaules.

— On ne peut pas l'enfermer, lâcha-t-elle d'un ton résigné.

D'autant moins que, dans ses bonnes périodes, Orso était un homme comme les autres. Tant qu'il prenait son traitement et tant qu'il se rendait chez son psy, son comportement était quasiment normal. Longtemps Lisandra avait espéré que son état s'améliorerait avec le temps car les médecins le lui avaient laissé entrevoir, mais Orso retombait toujours dans des crises d'angoisse ou de révolte pleines d'idées suicidaires, et dans ces moments-là il devenait difficile à gérer.

— J'ai demandé au chef de nous préparer un bon dîner en l'honneur de Lucca et Pia, annonça Giulia. Nous n'aurons qu'à passer le chercher.

Dans la stalla, ainsi qu'ils nommaient toujours la maison où ils avaient grandi, Ange et Giulia se mettaient volontiers aux fourneaux mais seulement pour préparer des repas simples, vite expédiés. Leur cohabitation se passait sans heurts et la plupart du temps ils évitaient de parler travail, préférant écouter le babillage de Matteo.

— Lucca se repose avec Pia au bord de la piscine. Il n'a pas pris de vacances depuis plus d'un an et il est fatigué, ajouta Giulia. Son cabinet marche tellement bien qu'il n'arrive pas à le lâcher.

— Heureusement qu'il a une épouse formidable !

Le choix de leur fils aîné avait beaucoup réjoui Lisandra et Ettore. Pia venait d'une vieille famille corse, aussi ancienne que celle des Bartoli, et pour le mariage une fête extraordinaire avait eu lieu. Puis tout le monde s'était mis à attendre le premier bébé, qui n'était jamais arrivé. Pia et Lucca avaient tout essayé, étaient allés consulter sur le continent, avaient subi nombre de traitements hormonaux et trois tentatives de fécondation *in vitro* sans aucun résultat. Les examens, les laboratoires, les hôpitaux, les interventions, Pia avait tout supporté sans jamais se plaindre ni perdre espoir, soutenue par Lucca. Mais au bout de plusieurs années d'efforts et d'échecs, ils avaient dû se résigner. Ils n'en parlaient plus mais la frustration existait toujours. La possibilité d'une adoption restait une éventualité qui soulevait d'autres questions inquiétantes et qui les faisait hésiter. Lisandra avait fini par dire, avec tout le tact dont elle était capable, à savoir très peu, qu'un étranger aux origines inconnues dans la famille Bartoli n'était pas une perspective enthousiasmante.

— Tu savais que Lucca envisageait d'ouvrir un cabinet à Paris ? demanda Giulia d'un air innocent.

Lisandra haussa les sourcils, surprise et choquée.

— Quelle drôle d'idée !

— Un besoin de changement, je suppose…

— Changer pour quoi quand tout marche bien ? À Ajaccio il est connu, les clients se bousculent, son cabinet est réputé. Qu'irait-il faire à Paris ? Se noyer dans la masse ? Vivre dans la grisaille ?

L'idée de voir Lucca quitter la Corse la hérissait.

— Il n'est pas encore décidé, mais il y pense, tempéra Giulia.

— Moi aussi, je vais lui dire ce que j'en pense ! On ne détruit pas ce qu'on a construit pour se prouver Dieu seul sait quoi. Et Pia, dans tout ça ? Il veut la déraciner ?

Pour conjurer ce mauvais présage, Lisandra prit machinalement entre ses doigts le pendentif porte-bonheur dont elle ne se séparait jamais, quels que soient les autres colliers qu'elle ait décidé de porter. C'était un œil de sainte Lucie, beau coquillage poli par la mer et ramassé sur la plage lorsqu'elle était encore jeune fille. La légende voulait que Lucie, aveugle, ait recouvré la vue après avoir consacré sa fortune aux pauvres. Pour tous les Corses, l'œil de sainte Lucie était un gage de prospérité. Lisandra l'avait fait monter en bijou et, régulièrement, elle le purifiait à l'eau salée avant de le recharger au soleil. Ettore riait de ses superstitions, mais d'une certaine manière il y croyait aussi.

— J'espère qu'Ange ne va pas négliger son travail, reprit-elle. Nous sommes en pleine saison, alors les histoires d'amour, c'est bien joli…

— Maman ! Ce n'est pas une petite histoire, il veut passer sa vie avec Inès.

— Elle n'en vaut pas la peine.

Le ton sec était sans appel. La dérobade d'Inès chez le notaire avait scellé le jugement de Lisandra qui n'en démordrait plus.

— Ange n'est pas Orso, maman. Il est libre de ses choix, il fera ce qu'il veut.

— Et il est têtu, comme toi et comme Lucca ! Vous n'écoutez pas les conseils, ensuite vous vous en mordez les doigts…

Avec un soupir appuyé pour souligner sa contrariété, elle se leva et quitta le bureau en claquant la porte. Réprimant un sourire, Giulia se remit au travail. Sa mère faisait tout à fond, que ce soit pour s'occuper de l'hôtel ou de sa famille. Trop autoritaire, sans doute, mais tellement efficace ! Même Ettore, pourtant doté d'un fort caractère lui aussi, avait toujours approuvé ce que décidait sa femme. Ils avaient formé un tandem sans faille, faisant de Bleu Azur ce qu'il était devenu. Mais Lisandra se croyait arrivée au but alors que Giulia et Ange savaient qu'ils devaient continuer à faire évoluer l'hôtel. Ils avaient imposé l'installation du wi-fi dans les chambres, changé les téléviseurs pour des écrans ultraplats et incurvés, équipé les baignoires de systèmes balnéo. Ils avaient également suivi tour à tour des stages d'informatique pour en maîtriser les dernières évolutions et ainsi mieux gérer la comptabilité. À chaque nouvel investissement le conflit des générations ressurgissait avec leur mère. Celle-ci insistait sur la nécessité de maintenir les traditions alors qu'Ange et Giulia étaient tournés vers l'avenir, mais dans l'ensemble le trio fonctionnait bien.

Repensant à son idée de spa, Giulia décida de le chiffrer précisément.

*

Ange avait attendu, sans se décourager, guettant la porte de l'agence. Inès sortirait à un moment ou à un autre, elle serait bien obligée de lui parler. Il n'en revenait pas que leur désaccord se soit transformé en véritable querelle, allant jusqu'à une menace de rupture. L'idée de la perdre pour une stupide question d'argent le rendait furieux, mais des doutes faisaient insidieusement leur chemin. Préférait-elle vraiment le quitter que de signer ce foutu contrat ? Un contrat révocable par la suite, il le lui avait expliqué, pourtant elle ne voulait rien entendre.

Nombre de touristes déambulaient boulevard Paoli, à la belle saison Bastia était toujours envahi. Ange aimait cette ville, le vieux port, la citadelle Terra Nova avec ses remparts et ses jardins suspendus. En compagnie d'Inès, il s'était souvent promené dans les ruelles, main dans la main, amoureux et heureux en parlant d'avenir. Ange avait été prêt à s'installer ici, bien qu'il faille une heure de voiture pour regagner Bleu Azur. Il avait suggéré de trouver une maison à mi-chemin, par exemple à Erbalunga, un village de charme, mais il s'était incliné devant la volonté de sa fiancée qui tenait à rester en ville. En somme, il avait fait toutes les concessions nécessaires. Et s'il n'était pas question pour lui de céder aux diktats de sa mère, il comprenait les raisons qui la rendaient si méfiante. D'abord, Inès n'avait fait aucun effort pour sympathiser avec Lisandra, comme si sa future belle-mère était pour elle quantité négligeable. À l'évidence, elle ne comptait pas l'intégrer à sa vie une fois mariée. En revanche, elle était en admiration devant Bleu Azur. Pensait-elle qu'un jour, après Lisandra, elle pourrait y occuper une place importante, en prendre les rênes ? Elle oubliait que la réussite de cet hôtel était le fruit du travail de plusieurs générations et que seuls les Bartoli pouvaient prétendre le diriger. Une coutume héréditaire obsolète mais encore tenace dans les vieilles familles corses. De toute façon, le duo formé par Ange et Giulia assurait la pérennité de l'entreprise et ne supporterait pas d'ingérence.

À force de retourner toutes ces questions dans sa tête, Ange se sentait mal à l'aise. Il aurait pourtant suffi qu'Inès accepte de signer chez le notaire pour balayer ses doutes. Il aimait Inès, il l'avait même dans la peau, ce qui ne lui était arrivé avec aucune autre femme jusque-là.

Pour autant, ça ne le rendait ni sot ni aveugle et il s'interrogeait sur l'avenir de leur couple.

Tandis qu'il patientait, arpentant le trottoir les mains dans les poches de son jean, Inès l'avait repéré à travers la vitrine de l'agence. Au début de leur relation, elle avait trouvé flatteur de sortir avec lui. Il n'était pas seulement séduisant avec sa silhouette athlétique et son irrésistible regard vert clair, il possédait un charme particulier fait d'un mélange de virilité et de gentillesse. Habitué à séduire les filles, il traînait une réputation de bourreau des cœurs qu'Inès avait effacée en réussissant à le rendre très amoureux. Et, ce qui ne gâchait rien pour elle, il était l'un des fils Bartoli, une famille bien connue en Corse, et donc l'un des héritiers de Bleu Azur. En découvrant l'hôtel, qu'elle ne connaissait que par ouï-dire, elle avait été bluffée. Elle savait, à force de vendre à longueur d'année des séjours sur l'île, que Bleu Azur était un établissement prestigieux qui se permettait de gérer lui-même ses disponibilités sans passer par des agences ou par des centrales de réservation en ligne.

Séduite, Inès s'était mise à vraiment apprécier la compagnie d'Ange qui, de surcroît, se révélait un bon amant. Assez vite, elle avait songé au mariage, estimant qu'elle ne pourrait pas trouver mieux. Mais ses sentiments n'étaient ni passionnels ni brûlants, ils restaient raisonnés, ainsi elle gardait la tête froide.

Tout en jetant des coups d'œil au-dehors pour s'assurer qu'il était toujours là, elle répéta sa stratégie. Non, elle ne signerait pas, elle ne voulait pas, d'entrée de jeu, être tenue à l'écart. Si elle s'imposait dès le début, elle se ferait respecter par Giulia, et même par Lisandra. Avec cette dernière, elle ne souhaitait pas faire amie-amie mais au contraire lui montrer qu'aujourd'hui Ange s'émancipait de sa mère, qu'il était dans le camp de celle qui allait devenir sa femme.

Au bout d'un moment, elle éteignit son ordinateur et annonça qu'elle prenait sa pause déjeuner. Elle eut droit à des sourires compréhensifs, ses collègues ayant remarqué la présence d'Ange sur le trottoir. L'une d'elles lança, en plaisantant :

— Va retrouver ton prince charmant, il se consume !

Inès faisait des envieuses, ce qui ne lui déplaisait pas. Amusée, elle ramassa son sac et sortit d'un pas nonchalant. Ange vint à sa rencontre, s'arrêta devant elle et lui adressa un sourire tout à fait craquant.

— Tu acceptes de me parler, cette fois ?

Il se pencha pour l'embrasser doucement au coin des lèvres avant d'ajouter à mi-voix :

— Je n'aime pas quand tu boudes.

— Et moi je n'aime pas qu'on me tienne à distance, ce que fait ta famille.

— Ils ne sont pas contre toi, ma chérie.

— Oh, je t'en prie ! Le petit ton condescendant de Lucca m'a exaspérée. L'air pincé de sa femme aussi. D'ailleurs, ce contrat est très injuste, tu le sais. Vous protégez vos intérêts comme si je voulais te dépouiller ! Quelle image ton frère a-t-il de moi ? Une petite arriviste qui t'a mis le grappin dessus ? C'est très vexant... J'ai vécu la séance chez le notaire comme une gifle.

Elle parlait de son humiliation, elle se justifiait, mais elle ne lui disait pas qu'elle l'aimait.

— Je suis désolé, Inès. Ma famille n'a pas voulu te blesser. Ce contrat n'est qu'une tradition et je t'ai dit qu'on pourrait le changer par la suite.

— Une fois que j'aurai fait mes preuves ? Et combien de temps me faudra-t-il pour ça ? On dirait que les tiens veulent s'assurer de mon honnêteté, être certains que je ne voie pas en toi l'héritier de Bleu Azur ! Mais je me moque éperdument de ce qu'ils pensent, pour moi, ce qui compte, c'est toi. Or ça ne me fait pas plaisir de constater que tu préfères écouter ta chère mère que moi. Il faut grandir, Ange, te dégager du cocon !

De nouveau, elle s'énervait. Il la prit dans ses bras pour tenter de l'apaiser, et elle crut que le moment était venu de lui poser un ultimatum.

— Si tu veux que notre mariage ait lieu, tu dois choisir, mon chéri. Ta mère, ton frère et toute ta smala ou moi.

Le mot « smala » le fit tiquer. Il avait plutôt l'habitude qu'on parle du *clan* Bartoli, en général avec une nuance de respect.

— Tu voudrais que j'ignore ma famille ?

— Plutôt que m'ignorer moi, oui.

— Je crois t'avoir prouvé mon amour, mais tu ne me détacheras pas de ceux qui m'entourent.

Il l'avait dit calmement, néanmoins de façon assez ferme pour qu'elle commence à douter de pouvoir le convaincre. Elle s'écarta un peu, secoua la tête.

— Pourquoi nous disputons-nous ? souffla-t-elle tristement. Parce que je veux que tu tiennes compte de moi ? Parce que j'ai envie d'être la personne la plus importante pour toi ?

— Tu l'es ! protesta-t-il.

— À t'entendre, je ne crois pas. Et je me demande si nous ne devrions pas… nous séparer un moment.

Elle s'attendait vraiment à ce qu'il prenne peur et proteste, mais sa réaction ne fut pas celle qu'elle espérait. Il la scruta quelques instants, comme pour s'assurer qu'elle ne plaisantait pas.

— Si c'est ce que tu veux, finit-il par lâcher.

— Non, je ne veux pas ! Malheureusement, tu campes sur ta position, tu m'imposes la volonté de ta mère, et tu exiges que je cède. Tu sais quoi, Ange ? Notre relation a pris une tournure qui me déplaît, et tout ça pour une sordide histoire de fric. C'est lamentable !

Le regard d'Ange s'était durci, il paraissait choqué par ce qu'il venait d'entendre. Elle eut l'impression d'être allée trop loin et de ne pas avoir utilisé les bons arguments. Peut-être avait-elle surestimé l'emprise qu'elle avait sur lui. Pour se donner le temps de trouver comment reprendre le contrôle de la situation, elle afficha un air désespéré, lui posa ses mains sur les épaules puis s'abattit contre lui en murmurant :

— Je t'aime tellement…

Elle aurait dû le dire plus tôt au lieu de ne parler que de Lisandra et d'argent.

— Emmène-moi déjeuner, suggéra-t-elle d'un ton câlin.

— Impossible, j'ai du travail à Bleu et Giulia ne peut pas tout faire seule.

— On se voit ce soir, alors ?

— Nous avons un dîner de famille, pour profiter de la présence de Lucca et de Pia avant qu'ils ne retournent à Ajaccio.

Sa phrase arracha un mouvement d'humeur à Inès.

— Décidément ! Toujours eux, tant pis pour moi. Eh bien, fais-moi signe quand tu seras disponible.

Elle voulut faire demi-tour pour le planter là mais il la retint par le bras.

— Nous n'avons rien résolu, fit-il remarquer. Veux-tu qu'on en reparle, demain ou un autre jour ?

— On pourrait en parler jusqu'à Noël, ça n'y changerait rien. Je ne signerai pas ton truc, que ce soit bien clair.

La colère l'avait gagnée, elle n'avait plus envie de faire du charme. Elle se dégagea d'un geste brusque puis s'éloigna la tête haute mais le cœur battant, consciente d'avoir perdu cette manche. Toutefois, elle n'était pas trop inquiète, Ange lui reviendrait si elle s'y prenait mieux. Certaine qu'il la suivait des yeux, elle s'engouffra dans la première boutique venue.

*

S'apercevant qu'il conduisait trop vite sur les routes sinueuses du cap, Ange ralentit. Agacé, déçu, frustré, il se repassait la scène qu'il venait de vivre et était bien obligé de se rendre à l'évidence : la situation était bloquée. Inès ne céderait pas… et lui non plus. Pas à cause de sa mère, même s'il ne voulait pas se fâcher avec elle, mais simplement parce que l'obstination d'Inès augurait mal de leur avenir. S'attendait-elle à ce qu'il soit toujours de son avis, toujours prêt à s'incliner ? C'était bien mal le connaître.

Maintenant, qu'allait-il advenir de leur projet de mariage ? Devaient-ils rompre leurs fiançailles, se quitter ? Une perspective qui le remplissait de tristesse, cependant il éprouvait aussi, de façon paradoxale, une sorte de soulagement. Les choses étaient allées trop vite entre Inès et lui, sans une véritable réflexion commune sur ce qu'ils attendaient de l'existence. Pour Ange, se marier signifiait prendre soin de l'autre, avoir des enfants et bien les élever, partager les bonheurs ou les soucis en se soutenant mutuellement. Sinon, pourquoi s'unir devant la loi et devant Dieu ? La famille Bartoli avait des valeurs fortes, dont il était imprégné, mais qu'Inès semblait balayer d'un revers de main. Par exemple, le respect des anciens. Il commençait à comprendre que, s'il l'épousait, elle se dépêcherait d'écarter Lisandra de leur couple puisqu'elle la considérait comme une ennemie. Elle estimait aussi qu'Orso ne posait pas vraiment de problème et que tout le monde s'occupait beaucoup trop de lui. Et depuis le rendez-vous chez le notaire elle s'était prise d'antipathie pour Lucca et Pia. Tout ça augurait bien mal de l'avenir mais offrait une porte de sortie à Ange. Si elle s'entêtait dans le refus du contrat, le mariage n'aurait pas lieu. Conséquence directe, elle le quitterait car elle n'accepterait pas d'avoir perdu le bras de fer entrepris contre lui. Lui et sa *smala*. Décidément, ce mot-là, asséné d'un ton méprisant, était dur à oublier. Mais Inès elle-même, son corps, son parfum, ses yeux si sombres, son tempérament volcanique ne seraient-ils pas impossibles à oublier ?

En sortant d'un virage, dans la dernière partie de la route qui menait à Bleu Azur, Ange dut freiner brutalement pour éviter un cycliste qui zigzaguait en plein milieu. Il reconnut Orso et klaxonna pour le faire se ranger, mais il resta derrière lui sans le doubler afin d'éviter un accident avec d'autres automobilistes. Contraint de rouler au pas, il prit son mal en patience. Protéger Orso de lui-même faisait partie du devoir de tous les Bartoli.

3

En prévision du dîner familial qui risquait de s'éterniser, Giulia avait fait manger Matteo avant. Impatiente qu'il lui raconte son séjour en Bretagne. Elle se réservait toujours un moment d'intimité avec son fils pour qu'il puisse lui raconter sa journée. Ils étaient complices et elle profitait avec un plaisir toujours renouvelé de l'inépuisable gaieté de cet enfant. Même en grandissant, ne pas avoir de père ne semblait pas le troubler, son oncle Ange lui servant de modèle masculin. Il s'entendait aussi très bien avec Orso, allait parfois le retrouver pour découvrir de nouveaux jeux sur la console. Orso était sensible à sa compagnie, partageant avec lui des plaisirs de gamin.

— Tu pourras rester avec nous le temps de l'apéritif, déclara Giulia.

— Chouette ! J'aime bien Lucca et Pia. Je me suis baigné avec eux dans la piscine tout à l'heure.

— Sans…

— Sans déranger les clients ! l'interrompit Matteo dans un éclat de rire.

Il le savait depuis toujours et ne faisait pas de plongeon intempestif, ne poussait pas de cris stridents. Quand Giulia trouvait un moment, elle descendait à la plage avec lui, et là il pouvait hurler de joie tant qu'il voulait.

Le reste du temps, il se pliait aux contraintes de l'hôtel, ayant toujours vécu dans cet environnement.

Lisandra fut la première à les rejoindre, flanquée d'Orso, puis Lucca et Pia descendirent de leur chambre où ils s'étaient changés pour le dîner. Ange fut le dernier à arriver, visage fermé et apparemment d'humeur sombre.

— Tu n'es pas avec la belle Inès ? l'interpella Orso.

— Elle n'était pas libre ce soir, éluda Ange.

— Dommage ! Quand on a une jolie fiancée comme ça…

— Peu importe. Mais je voulais te dire de ne pas zigzaguer au milieu des routes sur ton vélo, tu finiras par te faire accrocher ou provoquer un accident.

— Parce que tu crois que c'est facile de remonter la côte ? s'énerva Orso. Si j'avais une voiture, je ne me servirais pas d'un vélo !

En le disant, il lança un regard plein d'espoir vers Lisandra qui détourna la tête avec un soupir éloquent.

— Excellentes appréciations de notre chef sur les sites Internet, déclara Giulia pour changer de conversation. Et on ne lui reproche même pas ses intitulés incompréhensibles !

— Les gens ne savent pas trop ce qu'ils mangent mais trouvent ça très bon, s'amusa Lisandra.

— Très typique, très local, railla Ange d'un ton cynique.

Lucca lui jeta un coup d'œil agacé avant de lancer :

— Tu es mal luné, petit frère ?

— Oui. Désolé…

Lisandra parut hésiter à prendre part à la discussion, qui risquait de mal tourner, mais elle finit par demander si c'était à cause d'Inès.

— Évidemment ! Figurez-vous qu'elle n'acceptera jamais le contrat, rien à faire pour la convaincre. Elle pense qu'on se méfie d'elle et qu'on la juge mal.

Il y eut un petit silence durant lequel Giulia déclara qu'elle montait coucher Matteo. Après leur départ, Lucca et Ange se firent face, Lisandra se mettant délibérément à l'écart.

— Tu lui as... commença patiemment Lucca.

— Expliqué, oui ! Or c'est un refus définitif qui nous conduit droit à la rupture, sauf si je cède.

— Et tu vas céder ?

Son ton ironique mit Ange en colère.

— À ton avis ? Pris entre le marteau et l'enclume, que va faire le « petit frère », hein ? S'incliner devant l'intérêt familial, bien sûr !

— *Ton* intérêt ! explosa Lucca. Ne pas épouser une femme vénale en fait partie.

— Vénale ? Ah, fous-moi la paix avec tes certitudes, ton bon droit, tes leçons de morale ! Depuis le décès de papa, tu te prends pour le chef de famille qui doit dicter sa conduite à chacun, c'est insupportable.

— Je suis l'aîné et je dis simplement ma façon de penser.

— De juger, plutôt !

— Moi aussi je suis son grand frère, intervint Orso. Et je trouve qu'il a raison d'aimer Inès parce qu'elle est très jolie et que...

— Sois gentil, tais-toi, soupira Lucca.

— Et pourquoi donc ? Pourquoi personne ne me demande jamais mon avis ? Parce que je ne compte pas, c'est ça ? Vous savez quoi ? J'en ai marre d'être traité comme un simple d'esprit et d'être laissé pour compte, marre qu'on m'empêche de conduire ou de m'intéresser à Bleu !

Sa tirade surprit tout le monde mais ne suffit pas à apaiser la tension qui régnait entre Ange et Lucca. Seule Lisandra alla vers Orso et lui entoura les épaules d'un bras protecteur.

— Nous t'aimons, mon chéri, tu le sais bien, murmura-t-elle.

Lucca vivait depuis longtemps loin de la famille et avait perdu l'habitude de considérer Orso comme une grenade dégoupillée. Il l'observa, blotti contre leur mère, et eut une bouffée d'exaspération qu'il maîtrisa. Voir Orso se comporter comme un enfant capricieux et en quête d'affection, alors qu'il approchait de la quarantaine, était toujours aussi pénible. Il détourna son regard et reprit patiemment :

— Ange, tu feras ce que tu veux. Toutefois je te rappelle que nous ne préservons pas l'avenir de Bleu par égoïsme ou par avarice mais parce que nous avons des... responsabilités familiales qui nous engagent financièrement sur le long terme.

Sa phrase désignait Orso, qui n'y prêta aucune attention, tandis qu'Ange hochait la tête en signe d'assentiment. Cette conversation-là avait eu lieu mille fois, nul ne remettait en question la charge que représentait ce frère si particulier. Ange l'avait accepté une fois pour toutes, l'avait solennellement juré à son père avant qu'il décède, mais il n'avait pas imaginé que ce serment l'empêcherait d'aimer la femme de son choix.

— De toute façon, intervint Lisandra, si tu n'avais pas toi-même un petit doute au fond de la tête quant à la sincérité d'Inès, tu nous aurais envoyés sur les roses.

— Avec son caractère, c'est certain, ricana Lucca.

— Mais je rêve, vous n'allez pas penser à ma place ! explosa Ange.

— Pourquoi criez-vous comme ça ? demanda Giulia qui venait de redescendre.

— Le cadet se met facilement en colère.

— C'est un trait de famille ! répliqua Ange.

Il avait envie de les planter là et de partir en claquant la porte. Néanmoins, sa mère venait d'appuyer sur un point sensible. Oui, il se posait des questions au sujet d'Inès, et même avant l'histoire du contrat de mariage certains propos ou attitudes de sa fiancée l'avaient déjà mis mal à l'aise.

— Je pars chercher le dîner, arrêtez de vous disputer, déclara Giulia. Tu viens avec moi, Orso ? Il y a pas mal de choses à rapporter.

Devinant la tension qui régnait, elle préférait soustraire Orso à l'orage. Dès qu'ils eurent franchi la porte, Pia se leva pour proposer un apéritif.

— Sers-nous du champagne, il est au frais, lui suggéra Lisandra.

— On fête quelque chose ? ironisa Ange.

— Oui, tous les miens réunis sous le même toit ! répliqua vertement sa mère.

Cette notion de famille, voire de clan, avait toujours eu une importance énorme pour Lisandra et Ettore, comme pour la plupart des Corses de leur génération. On se soutenait aveuglément, mais on voyait d'un mauvais œil les étrangers. Inès en faisait-elle les frais ?

Lucca alla vers Ange et lui tapota l'épaule en signe de paix.

— N'en parlons plus, si tu préfères, dit-il gentiment.

Depuis toujours, si Lucca s'était senti obligé de protéger Orso, puis sa petite sœur Giulia, il avait parfois éprouvé une sorte de rivalité de garçon avec Ange. Celui-ci refusait d'être traité en cadet par un grand frère trop bienveillant à son goût. Meilleur que Lucca dans à peu près toutes les disciplines sportives, il n'avait pas semblé impressionné par les brillantes études de droit de son aîné. Il en avait même conçu un peu d'agacement car Lucca avait pu choisir sa voie, alors qu'Ange, vu la défaillance d'Orso, ne pouvait que reprendre le flambeau de Bleu Azur. Mais par chance, l'école hôtelière de Lausanne avait été pour lui une découverte plus intéressante que prévu, et ses stages dans divers palaces s'étaient révélés tout à fait passionnants. Et que sa sœur entame la même carrière ne lui avait pas déplu. Ettore et Lisandra, en leur temps, suffisaient à peine à la direction de l'hôtel, Ange savait donc que Giulia et lui ne seraient pas trop de deux dans les prochaines années.

— Le restaurant est plein, notre chef est sur les dents ! annonça Orso en entrant.

Heureusement, la porte était ouverte afin de profiter de la douceur de l'air car il portait des plats en équilibre sur ses bras. Pia vola à son secours pour l'en débarrasser et constata que Giulia, mieux organisée, avait un panier dans chaque main.

— Menu de gala ! annonça-t-elle. Bien entendu, j'ai eu droit aux réflexions aigres du chef, comme quoi ce n'était pas le soir à lui rajouter six couverts. Mais comme il est toujours de mauvaise humeur…

— Pourquoi n'en changez-vous pas ? s'étonna Lucca.

Sa question prouvait qu'il était loin des affaires de Bleu Azur.

— Contre qui ? ironisa Giulia. Avec les émissions de télé, tous les chefs se prennent pour des vedettes, des artistes. Ma pire déconvenue a été, au début du printemps, de dîner dans un restaurant étoilé où le chef ne te laisse aucun choix. Il « t'emmène faire un voyage » à son idée… qui n'était pas la mienne !

Régulièrement, Ange et Giulia parcouraient l'île à tour de rôle pour déguster d'autres cuisines et visiter d'autres grands hôtels. Connaître les atouts de la concurrence faisait partie de leur formation, et en janvier, lors de la fermeture annuelle, ils allaient chercher les comparaisons plus loin, à Paris, Londres ou Madrid.

— Forts de cette nouvelle mode qui les met sur le devant de la scène médiatique, ils demandent des salaires exorbitants, renchérit Ange.

— Allons, les enfants, vous voyez bien que notre Antoine n'est pas le pire, et au moins il maintient les traditions, fit valoir Lisandra.

Quand elle appelait Ange et Giulia « mes enfants », c'était toujours pour les amadouer.

— Nous devrions manger tant que c'est chaud, suggéra Orso que la discussion n'intéressait pas.

Ils prirent place sur les bancs qui entouraient une longue table de ferme, au milieu du séjour. La stalla avait été conçue par Ettore, lorsqu'il l'avait rénovée, comme une maison de famille. Le rez-de-chaussée, où avaient été démolies les stalles des chevaux, n'était qu'une immense pièce avec cuisine ouverte et haute cheminée. L'hiver, Ange et Giulia y faisaient souvent des feux d'enfer car un vent violent et un froid glacial pouvaient sévir sur le cap Corse. Le premier étage comptait cinq chambres et deux salles de bains, enfin sous les combles se trouvait une salle de jeux. Un logement agréable, douillet, à la décoration un peu désuète, celle créée par Lisandra à l'époque et jamais refaite car tous les fonds disponibles étaient systématiquement consacrés à l'hôtel.

— Aziminu, annonça Lisandra en soulevant un couvercle.

Il s'agissait d'une bouillabaisse corse, décorée de moules, de petits crabes et de langoustines, avec les poissons cuits présentés à part, rouget, ombre et daurade. Giulia réprima un sourire en constatant que leur chef avait voulu faire plaisir à Lisandra qui raffolait de ce plat. En revanche, il n'avait pas encore osé le mettre à la carte du restaurant. Son effort pour s'attirer les bonnes grâces de la patronne, toujours sensible à la tradition, était d'autant plus amusant.

— Antoine te gâte, ironisa Giulia. Je lui avais suggéré un veau aux olives, mais bon…

Ignorant la réflexion, Lisandra se mit en devoir de servir chacun, ainsi qu'elle l'avait fait durant des années autour de cette même table. Sans doute regrettait-elle de ne plus habiter la stalla, mais d'une part elle tenait à veiller de près sur Orso dans la journée, et d'autre part Ange et Giulia avaient ainsi leur liberté, sans laquelle ils seraient allés vivre ailleurs. Avant qu'il ne tombe amoureux d'Inès, Ange avait d'ailleurs souvent ramené ses conquêtes ici. Giulia, plus discrète, semblait n'avoir que de rares aventures, et à cause de la présence de Matteo elle préférait s'absenter en confiant ces soirs-là son fils à son frère.

Ils dînèrent en parlant de tout et de rien, sans plus évoquer l'histoire du contrat de mariage. Ange restait sombre, mais Giulia, Lucca et Pia bavardaient gaiement.

— Notre supériorité sur les autres grands hôtels tient à notre indépendance, racontait Giulia. Nous n'appartenons à aucun groupe, aucune chaîne, c'est notre force. L'ancienneté de Bleu, tenu par la même famille depuis longtemps, est un gage de sérieux.

— Et nous le devons au grand-père d'Ettore, renchérit Lisandra. Son propre père avait eu le nez creux en achetant des terres constructibles autour de sa première auberge. Ensuite, le grand-père ne s'est pas intéressé aux villages de toile alors en vogue, je crois qu'il avait horreur des campeurs, il ne jurait que par l'hôtellerie traditionnelle. Et il a eu raison puisque, d'île oubliée, la Corse est peu à peu devenue une destination de choix.

— Mais l'actuel Bleu a été construit avec quel argent ? voulut savoir Pia.

— Les banques ont suivi parce qu'il y avait toujours les terres en garantie, et qu'elles avaient de plus en plus de valeur.

— Et pour l'architecture ?

— Ah, ça, c'était un peu la folie des grandeurs ! s'exclama Lisandra avant d'éclater de rire. Le maître d'œuvre était, paraît-il, tout à fait dépassé par ce projet d'une sorte de palais florentin du XIXe voulu par les Bartoli. Néanmoins, il a réussi à respecter la plupart des critères, comme une façade d'un bel ocre rose, des volets vert amande, des toits de tuiles à l'ancienne, des balcons, des colonnes et des arches… Compliqué à harmoniser, je l'admets volontiers, mais nous avions des idées arrêtées. Par la suite, avec ma dot, nous avons pu apporter un confort haut de gamme. Nous étions si jeunes et si audacieux, Ettore et moi !

— Avec un résultat magnifique, s'enthousiasma Pia. Votre hôtel est unique.

Lisandra n'était pas dupe de l'intérêt manifesté par sa belle-fille. Celle-ci connaissait l'histoire de Bleu, que Lucca lui avait forcément racontée, et elle voulait seulement susciter la sympathie de Lisandra avec ses questions. En réalité, les deux femmes s'entendaient bien car Pia était discrète, elle venait d'une famille corse très respectable et adorait son mari. Malheureusement, comme elle n'arrivait pas à faire un enfant, au fil des années Lisandra en avait conçu de plus en plus d'aigreur. Son fils aîné allait rester sans descendant, elle s'en désolait. Il n'y avait plus qu'Ange pour assurer une lignée, mais sûrement pas avec cette maudite Inès. Jusqu'ici, seul le petit Matteo était susceptible de reprendre un jour le flambeau, c'était très insuffisant.

Toujours silencieux, Ange se leva et annonça qu'il descendait à Bastia. Lucca leva les yeux au ciel mais attendit que son frère soit sorti pour lâcher :

— À cette heure-ci ? Il ne peut pas attendre demain pour aller relancer sa chérie ?

Giulia, qui connaissait bien Ange, n'était pas du même avis.

— Je pense qu'il a pris une décision. Et tant qu'il en a le courage...

Elle désigna le verre d'Ange, auquel il n'avait pas touché.

— Il est resté sobre pour ça.

— De quel côté crois-tu qu'il va pencher ? s'inquiéta Lisandra. S'il passe outre, je ne lui ferai pas de cadeau !

— Tu as été bien inspirée de ne pas le lui dire, il se serait braqué.

— Mais s'il cède à cette garce ?

La bouche pincée et les yeux brillants de colère, Lisandra semblait prête à déclarer la guerre à son fils.

— Maman, tempéra Lucca, Ange n'est pas homme à se laisser marcher sur les pieds, même par la femme dont il est fou. En le prenant de front, Inès joue la mauvaise carte.

Lisandra hésita. Si Ange s'entêtait, elle n'aurait pas d'autre choix que se fâcher avec lui, une perspective angoissante. Et quelle serait l'attitude de Giulia dans ce cas ? La bonne marche de Bleu Azur dépendait en grande partie d'Ange et de sa sœur. Sans ces deux-là, Lisandra ne suffirait pas à la tâche. L'hôtel s'était trop développé ces dernières années pour être entre les mains d'une seule personne. Encore moins de quelqu'un de la génération de Lisandra. Elle le savait, même si elle ne l'aurait jamais reconnu à voix haute. Trop attachée au passé, elle n'avait pas les bonnes cartes en main pour assurer l'avenir dans un monde qui avait tellement changé depuis sa jeunesse. Et Ettore n'était plus là pour l'épauler.

— On verra bien ! trancha-t-elle en se levant. Orso ? Viens, on va se coucher.

Elle dut l'appeler plusieurs fois car il était monté dans la salle de jeux du second pour y jouer tranquillement sur son téléphone, la conversation familiale ne l'intéressant pas. Lisandra l'attendit impatiemment au pied de l'escalier et le prit par le bras, comme un gamin, pour l'entraîner hors de la maison.

*

Ange avait été surpris de la réaction d'Inès lorsqu'il avait sonné chez elle à onze heures du soir. Il s'attendait à être mal accueilli, pourtant elle lui était tombée dans les bras avant de l'entraîner jusqu'à son lit. Ils y avaient fait l'amour sans parler, impatients de se rassasier l'un de l'autre. Ils se connaissaient bien, s'entendaient, se désiraient. Mais pendant toute la durée de leur étreinte, Ange s'était demandé si ce n'était pas la dernière fois qu'il la tenait contre lui. Une pensée qui avait donné un goût amer à son plaisir.

Vers minuit, tandis qu'ils reprenaient leur souffle, allongés côte à côte, il décida que le moment était venu de clarifier la situation puisqu'il était là dans ce but et ne voulait plus reculer.

— Ma chérie, commença-t-il prudemment, qu'allons-nous faire ?

— Eh bien, répondit-elle après un petit temps de réflexion, nous marier, non ? Enfin, si tu le veux toujours.

— Tu le sais bien. Mais tu sais aussi que nous avons un point de…

Comme il hésitait, elle risqua :

— Divergence ?

— Achoppement, plutôt.

— Oh, carrément ! Serait-ce rédhibitoire ?

La voyant sourire d'un air narquois, Ange se redressa, cherchant une réponse acceptable. Au bout de quelques instants, elle perdit patience.

— Alors ? Vas-y, lance-toi ! Je ne peux pas croire que tu sois prêt à mettre notre mariage à la poubelle pour complaire à ta famille.

— Non, c'est uniquement pour être libre d'assumer Orso jusqu'au bout. En toute logique, maman partira avant lui et nous aurons sa charge.

— Et en quoi serais-je susceptible de t'en empêcher ? Qui te fait croire un truc pareil ?

Elle s'emportait, devenait vindicative. Ange aurait voulu ramener le calme dans leur discussion mais elle le devança.

— Évidemment, à côté de Pia, je passe pour une brebis galeuse. Elle a tout signé les yeux fermés pour se faire bien voir. Elle est tellement gnangnan, soumise, dans votre moule ! Mais ce n'est pas ma nature, et d'ailleurs tu ne m'aimerais pas si j'étais comme elle. Je me trompe ? Quant à Orso, je trouve qu'il a bon dos ! En réalité, vous le faites passer pour un attardé mental parce que ça vous arrange.

Ange la dévisagea, d'abord incrédule, puis très vite furieux. Il se leva et commença à se rhabiller en silence. Son mutisme exaspéra Inès qui crut bon d'ajouter :

— En plus, ta famille me déteste parce que je ne suis pas une Corse de vieille souche. Vous êtes vraiment sectaires, les Bartoli, complètement rétrogrades !

— Personne ne te déteste, répliqua-t-il d'une voix sourde. Mais là, tout de suite, tu n'es pas facile à aimer.

— Ce qui signifie ? Allez, n'aie pas peur, dis-le-moi en face.

Le tempérament volcanique d'Inès avait pris le dessus, elle s'en rendit compte et se mordit les lèvres. Trop tard, le mal était fait, jamais elle n'aurait dû insinuer qu'Orso n'était qu'un prétexte. Ange récupéra ses clefs de voiture sur la table de chevet, puis il s'arrêta au pied du lit et plongea son regard dans celui d'Inès.

— Nous allons en rester là, articula-t-il.

Il fit un pas vers la porte tandis qu'elle criait :

— Si tu sors de cette pièce, je prendrai ça pour une rupture !

— C'en est une, confirma-t-il sans se retourner.

Elle le regarda partir, médusée.

*

Sur le chemin du retour, Ange se remémorait cette phrase en butant chaque fois sur les mêmes mots : « Parce que ça vous arrange. » Et il n'en revenait pas qu'elle ait osé les prononcer. Depuis bien des années, Orso était pour lui une sorte de cauchemar doucereux. Pris entre exaspération et compassion, des sentiments contradictoires le liaient avec force à son frère. Durant son enfance, on lui avait répété de ne pas le contrarier, de ne pas l'exciter, et plus tard on lui avait aussi demandé de le surveiller. Un jour, il s'était rendu compte qu'Orso pouvait mettre toute la famille en danger. Avec Lucca et Giulia, avec leurs parents, ils avaient serré les rangs autour d'Orso, s'abstenant de le juger, essayant de l'aimer, et après tout, il y avait eu de bons moments aussi. Mais son existence même était comme une blessure qui saignait quelque part. Alors, non, ça « n'arrangeait » aucun d'eux.

Au gré des virages, ses phares éclairaient le maquis en bord de route, et par ses vitres baissées lui parvenaient des odeurs de pistachiers, d'aulnes et de romarin. Quelque part dans cet enchevêtrement de végétation sauvage, des sangliers sortaient la nuit pour fouiller le sol en quête de nourriture. Un kilomètre après l'autre, Ange s'apaisait. Il avait toujours aimé conduire, ce qui lui permettait de comprendre la frustration d'Orso. Dix ans auparavant, celui-ci avait été inscrit dans une auto-école, mais rejeté au bout de trois leçons comme élément inapte, trop émotif, et surtout ingérable.

Il s'engagea enfin dans l'allée parfaitement ordonnée menant à Bleu Azur, puis tourna en direction de la stalla. Lorsqu'il dépassa les cyprès en quinconce qui masquaient la maison, il freina brutalement, saisi par ce qu'il voyait. Pia se tenait sur la pelouse, Matteo serré contre elle, tandis que Giulia gesticulait devant une échelle appuyée à la façade. Les lanternes extérieures éclairaient la scène, et en levant les yeux Ange découvrit la silhouette de Lucca à travers une fenêtre ouverte de la salle de jeux, au second. Son frère semblait entouré de lueurs mouvantes, et Ange réalisa qu'il tentait d'éteindre des flammes.

— Va les aider ! lui cria Pia. Les pompiers sont prévenus, ils arrivent !

Mais combien de temps mettraient-ils, la caserne se trouvant très éloignée de l'hôtel ? Ange fonça dans la maison, grimpa les marches de l'escalier quatre à quatre et rejoignit Lucca. Celui-ci tenait le tuyau d'arrosage que Giulia avait déroulé en bas, malheureusement la pression de l'eau était plutôt faible. Un petit extincteur, abandonné dans un coin, devait être vide.

Ange laissa son frère s'occuper des flammes qui avaient embrasé les rideaux et il se saisit d'une vieille couverture de laine qui traînait sur un fauteuil pour étouffer les flammèches du tapis. Puis il écarta à coups de pied les meubles et les objets susceptibles de prendre feu à leur tour. En quelques minutes, les deux frères réussirent à maîtriser ce début d'incendie et se retrouvèrent à patauger dans des flaques mousseuses où flottaient des cendres.

— Continue avec ton tuyau, qu'on soit sûrs... lâcha Ange d'une voix rauque.

Au loin, la sirène des pompiers se fit enfin entendre, et ils échangèrent un regard de soulagement. Autour d'eux, la pièce était complètement dévastée.

*

Les pompiers avaient pris la précaution de sécuriser les lieux en les arrosant encore. Félicitant les frères Bartoli pour leur réactivité et leur efficacité, ils avaient néanmoins fait remarquer que l'extincteur de poche dont ils s'étaient servis valait pour une voiture, pas pour une maison. Mais la stalla n'avait jamais bénéficié des normes strictes de l'hôtel ni des investissements qui lui étaient consacrés chaque année. Pour Ange et Giulia, la stalla était la maison de leur enfance, tout y était demeuré en l'état depuis bien longtemps sans qu'ils y prêtent attention.

Par chance, avant d'aller se coucher, Giulia avait eu envie de prendre un bain pour se détendre, car le matin elle se contentait le plus souvent d'une douche rapide. En regagnant sa chambre, elle avait senti une inquiétante odeur de fumée et elle s'était précipitée au second où elle avait découvert les premières flammes. Réveiller les autres ne lui avait pris que quelques instants. Réfugiée sur la pelouse, Pia avait été chargée de garder Matteo et d'appeler les secours tandis que Lucca et Giulia essayaient de s'organiser avec les moyens du bord pour que le feu ne se propage pas.

Formel, le capitaine des pompiers avait établi la cause du départ d'incendie : une bougie restée allumée. Pour la famille, ce ne fut même pas une surprise, ils se souvenaient tous qu'Orso était monté en fin de dîner pour jouer tranquillement. Il adorait faire brûler des bougies, d'ailleurs Lisandra vérifiait régulièrement qu'il n'en cachait pas dans sa chambre. Lorsqu'il allait à l'église, il remplissait le tronc de monnaie et allumait tous les cierges qu'il trouvait. Ensuite, les yeux rivés sur les flammes vacillantes, il semblait s'évader dans un monde merveilleux.

Réveillée par le bruit de la sirène et l'agitation, Lisandra avait rejoint la stalla en traînant Orso derrière elle. Les explications n'étaient pas nécessaires, elle avait déjà tout compris. Au lieu de manifester sa colère, elle écouta, consternée, les explications du capitaine, jura de faire l'acquisition d'un extincteur adapté aux lieux et offrit un petit déjeuner aux soldats du feu dans les cuisines de Bleu. Avant de partir, elle eut un regard en direction de la façade de la stalla. Mais si les dégâts étaient peu apparents à l'extérieur, au premier étage les plafonds de deux chambres ne tarderaient pas à se tacher d'humidité.

— Eh bien voilà ! lâcha Giulia en s'écroulant sur l'un des bancs de la grande table.

Trois mots qui ne voulaient rien et pourtant tout dire, ses deux frères la comprenant parfaitement.

— Tu es une fille très courageuse, lui glissa Lucca pour la faire sourire.

Puis, s'adressant à Ange, il ajouta :

— Notre petite sœur a été efficace ! Je lui tire mon chapeau d'avoir pris les choses en main aussi vite. Et je la remercie d'avoir mis Pia à l'abri.

Giulia l'avait écartée d'office, devinant qu'elle ne leur serait pas d'un grand secours car avec sa silhouette fine, presque fragile, Pia n'avait rien d'une sportive. En revanche, on pouvait compter sur son sens des responsabilités, et Giulia lui avait confié son fils, exigeant qu'il reste éloigné de la maison, sous la surveillance d'une adulte. À présent, le garçon était remonté se coucher, dispensé d'école pour la journée. En imaginant qu'il aurait pu mourir dans un incendie provoqué par l'irresponsabilité d'Orso, Giulia ressentait des bouffées de colère et de rancœur qu'elle peinait à maîtriser.

— Quelle plaie… ragea-t-elle d'une voix sourde.

De son côté, Ange continuait de ressasser la phrase agressive d'Inès qu'il n'avait décidément pas digérée. Non, et cette nuit en avait été la preuve flagrante, ça *n'arrangeait* pas les Bartoli d'avoir à gérer un homme comme Orso. Cependant, Ange admettait que pareille négligence aurait pu arriver à n'importe qui. Un oubli, une distraction… D'ailleurs, Orso avait laissé la lumière allumée, la fenêtre et la porte ouvertes, répondant sans doute à l'appel de sa mère sans se retourner. Il n'y avait rien eu de délibéré, rien qui fasse de lui un simple d'esprit. Et c'était bien là tout son malheur. Borderline, donc juste au bord, ni fou ni malade, mais tellement imprévisible ! Incapable de garder un travail, de gagner sa vie, et pourtant très habile de ses mains. Égoïste et désinvolte, charmeur à ses heures, obsessionnel et malin : son trouble de la personnalité le rendait difficile à comprendre, souvent difficile à aimer.

— Je vous ai fait un solide petit déjeuner ! annonça Pia qui allait et venait autour de la table.

Elle avait préparé des toasts, des œufs brouillés, une salade de fruits et une grande cafetière. Lucca appréciait qu'elle soit une excellente maîtresse de maison, et il savait qu'elle aurait pu être aussi une très bonne mère. Mais le sujet était devenu tabou, ils ne l'abordaient plus.

Tout en se servant du café, Ange sentit son téléphone vibrer dans sa poche. Il y jeta un coup d'œil et découvrit un long message d'Inès qu'il parcourut sans plaisir. Elle regrettait leur dispute, qu'elle qualifiait de petite querelle d'amoureux, et elle invitait Ange à la rejoindre le soir même pour un dîner aux chandelles. En lisant ce dernier mot, il eut un rire amer. Il avait eu sa dose de chandelles durant la nuit qu'il venait de vivre ! Et de toute façon, comme elle n'évoquait pas le sujet qui les avait séparés, autant ne pas répondre.

— Mauvaise nouvelle ? s'enquit Giulia en voyant l'expression de son frère.

— Rien de nouveau, non. Toutefois je dois vous dire que j'ai rompu avec Inès.

L'annoncer à sa famille l'empêcherait d'être tenté de revenir en arrière. Le mariage n'aurait pas lieu, et plutôt que de le regretter il devait peut-être s'en féliciter. Le caractère d'Inès et le sien se seraient régulièrement affrontés, il en avait désormais la certitude. Pourquoi avait-il ignoré l'évidence ? Parce qu'il la désirait dès qu'il la voyait ?

— Sans espoir de réconciliation ? demanda Lucca.

— Aucun. C'est mieux comme ça et, sois gentil, ne fais pas de commentaires.

Lucca hocha la tête, se retenant d'ajouter quelque chose. Pour rompre le silence qui s'était abattu sur la table, Pia finit par suggérer d'une voix douce :

— Nous devrions aller nous reposer un peu…

— Impossible, trancha Giulia, nous avons rendez-vous ce matin avec des fournisseurs. Il faut aussi appeler notre assureur.

— Vous aurez des travaux à faire une fois que tout aura séché, prédit Lucca. Pourquoi ne pas en profiter pour changer les papiers peints hors d'âge, refaire la décoration ? Franchement, la maison en a bien besoin, c'est l'occasion.

Ange et Giulia se consultèrent du regard et secouèrent la tête en même temps.

— La stalla n'est jamais prioritaire, tout est pour Bleu.

— Mais ce sera payé par l'assurance ! Faites-vous un peu plaisir, vous vivez là.

— Pas pour toujours, protesta Giulia. Ange serait allé habiter ailleurs s'il avait épousé Inès.

Elle utilisait le conditionnel passé avec une satisfaction manifeste. Qu'Inès n'entre finalement pas dans la famille était une bonne nouvelle.

— Allez travailler, je vais tout ranger, proposa Pia. Et je m'occuperai de Matteo quand il se réveillera.

Mais à peine Ange et Giulia sortis, Lucca la prit par la taille alors qu'elle passait à côté de lui.

— Un petit câlin pour bien finir cette nuit blanche ?

Quand il la souleva de terre, elle éclata de rire.

*

Lisandra s'était contentée d'une courte leçon de morale avant d'envoyer Orso se coucher. Elle avait servi elle-même le petit déjeuner aux pompiers, aimable bien que pressée de se débarrasser d'eux avant le réveil des clients. À ces derniers, au cas où la sirène les aurait réveillés, elle comptait raconter qu'il s'agissait d'un départ d'incendie dans une propriété voisine et que l'hôtel n'était nullement concerné. Un mensonge destiné à sauver les apparences car il n'y avait aucune propriété proche. Mais la réputation de Bleu Azur devait rester irréprochable, c'était un havre de bien-être, de paix, de sécurité et de luxe absolus.

Elle-même avait été très secouée. Ses enfants et son petit-fils en danger, la stalla menaçant de finir en cendres… Même vétuste, elle conservait de l'affection pour cette maison où elle avait coulé tant de jours heureux. Certes, Ettore et elle s'échinaient au travail et s'étaient endettés, mais ils avaient aussi fondé une belle famille. Du moins, avant que les comportements du petit Orso ne les plongent dans l'angoisse. Lisandra avait tout fait pour le soigner, ne l'avait pas chéri moins que les autres, et avait pourtant continué à s'occuper de Bleu. Les années étaient passées si vite ! Et celles qui se profilaient ne seraient pas les meilleures, évidemment.

Elle baissa les yeux vers le petit miroir posé sur le coin de son bureau, où elle vérifiait plusieurs fois par jour son maquillage ou sa coiffure afin d'être toujours apprêtée. Mais elle y voyait rarement une image agréable. Elle avait été une belle femme, sur laquelle on se retournait, ce qui n'arrivait plus jamais. L'impression d'être devenue invisible… Et chaque jour ou presque, découvrir qu'une ride s'était encore creusée, que le teint se ternissait, que les traits s'affaissaient. Seule sa chevelure restait dense, malgré les teintures, mais du côté de la tension ou du cholestérol les ordonnances de son médecin s'allongeaient, elle avait même acheté un pilulier. Elle subissait un vieillissement inéluctable, accompagné de douleurs chroniques et de multiples petits renoncements.

Comme chaque fois qu'elle se sentait triste ou nostalgique, elle ouvrit son tiroir pour prendre une cigarette qu'elle alluma sans remords. À son âge, les plaisirs se raréfiaient, et ils étaient toxiques. Mais bon, un peu plus, un peu moins, qu'y avait-il à sauver ? La santé ? Pour durer davantage ? Était-ce tellement désirable ? Sa vie, bien remplie, était derrière elle. Trois de ses grands enfants n'avaient plus besoin d'elle, de ses devoirs de mère ne restait qu'Orso, et peut-être le bonheur de voir grandir Matteo.

Elle inhala une profonde bouffée, souffla un petit nuage bleu-gris qu'elle suivit des yeux tandis qu'il s'évaporait doucement. Et bien entendu, elle se mit à tousser, comme tous les vieux fumeurs, ce qui lui arracha un rire sans joie.

— Reprends-toi, ma fille, se morigéna-t-elle. Déprimée, tu seras encore plus moche !

Elle se parlait volontiers à voix haute, mais elle l'avait toujours fait, ce n'était pas un signe de sénilité précoce. Enfin, précoce... À quel âge commençait-on à perdre la mémoire, à mélanger les mots ? Non, de ce côté-là, elle était tranquille, sa tête restait lucide et bien organisée.

— J'appelle notre assureur ! lança Giulia en entrant, suivie d'Ange.

— Et que comptes-tu lui dire ?

— Eh bien... la vérité, je suppose.

— N'implique pas Orso. Contente-toi d'expliquer qu'une bougie était restée allumée par mégarde.

Sa fille la dévisagea avant de protester :

— Maman, il assure Bleu aussi, et je ne tiens pas à ce qu'il nous prenne pour des irresponsables. Concernant Orso, il connaît la situation.

— Il en profitera pour augmenter encore ses primes.

— Nous avons de quoi payer, restons honnêtes.

Lisandra leva les yeux au ciel mais n'ajouta rien. Elle éteignit sa cigarette puis afficha sur son écran le tableau des réservations.

4

La chaleur était accablante en ce début d'après-midi, et hormis un couple d'Anglais qui se tenait prudemment à l'ombre il n'y avait personne au bord de la piscine. Amusée, Giulia en déduisit que la plupart des clients de l'hôtel faisaient la sieste dans leurs chambres climatisées. Habituée au soleil et aux températures estivales de l'île, elle portait une robe légère et fluide, en coton blanc, qui faisait ressortir son bronzage. Avec ses cheveux miel et le même regard vert qu'Ange, elle était vraiment jolie. Pas belle, comme pouvait l'être Inès de manière quasiment agressive, mais mignonne et bien faite. Pour se maintenir en forme, elle nageait tôt le matin, et s'octroyait régulièrement une longue balade à vélo en compagnie de Matteo le mercredi. À trente-deux ans, elle conservait ainsi une silhouette juvénile, impression accentuée par son sourire de gamine.

En entrant dans le hall de l'hôtel, elle avisa un homme qui semblait un peu perdu, un sac de voyage à ses pieds. La réceptionniste n'était pas là, elle avait dû s'absenter quelques instants.

— Puis-je vous aider ? demanda-t-elle d'un ton affable à l'inconnu en passant derrière le comptoir d'acajou.

— Oui, merci mademoiselle. J'ai une réservation au nom de Valmont.

Elle baissa les yeux vers l'écran de contrôle avant d'acquiescer.

— Absolument. Pour cinq jours, c'est ça ? Soyez le bienvenu à Bleu Azur, nous ferons tout pour que votre séjour soit agréable. On va s'occuper de vos bagages.

Tout en parlant, elle avait appuyé sur le bouton qui reliait la réception à l'office où se tenaient les employés, et une femme de chambre apparut aussitôt.

— Lisa va vous accompagner, monsieur. Chambre onze. Je vous confie la fiche, remplissez-la quand vous serez bien installé. Je vous souhaite d'excellentes vacances.

— Je ne suis pas en vacances, répondit-il avec une petite grimace. J'ai un chantier à surveiller.

Sans rien ajouter, il suivit Lisa qui portait sa valise vers les ascenseurs.

— Un chantier ? répéta Giulia entre ses dents. C'est curieux...

La réceptionniste surgit à cet instant et, voyant Giulia derrière le comptoir, s'excusa, rouge de confusion.

— Oh, je suis désolée, je... Voyez-vous, c'était une urgence, il fallait que je me rende aux toilettes mais j'ai fait au plus vite.

— Ne vous inquiétez pas, je comprends. Toutefois, vous auriez dû appeler quelqu'un pour vous remplacer, même cinq minutes, afin de ne pas laisser la réception déserte. Monsieur Valmont, chambre onze, vient d'arriver. Je l'ai reçu, heureusement je passais par là car il attendait. Et dans notre hôtel, ça ne doit pas se produire.

Voyant que son employée avait les larmes aux yeux, Giulia lui adressa un sourire rassurant.

— N'en faisons pas toute une histoire, mais pensez-y la prochaine fois.

Elle quitta le comptoir pour gagner les bureaux de la direction tout en regrettant d'avoir embauché une intérimaire durant l'arrêt de maladie de son réceptionniste habituel. Pourquoi y avait-il toujours quelque chose qui clochait, avec les employés ? Sans doute parce qu'ils étaient nombreux, une lourde charge pour la gestion de l'hôtel, mais son standing l'exigeait.

Elle trouva Ange plongé dans un dossier étalé devant lui et elle lui signala l'arrivée du nouveau client sans mentionner l'incident avec la réceptionniste.

— Il n'est pas en villégiature, il a parlé d'un chantier à surveiller.

— Je lui souhaite bon courage ! Par cette chaleur, les types du bâtiment ne font pas de zèle.

— Trente et un à l'ombre, et nous ne sommes qu'en mai, ça promet.

Il leva la tête et considéra sa sœur d'un air perplexe.

— Je suis en train d'étudier tes devis. Enfin, ceux de ton projet de spa. Je pense que maman va tomber de sa chaise…

— Il y a un budget prévisionnel à la fin du dossier.

— J'ai vu, mais ça ne me rassure pas. Tu es optimiste.

— Alors, tu es contre ?

— Pas vraiment.

— Si tu faisais bloc avec moi, nous aurions une petite chance de convaincre maman.

— Toute petite, en effet ! s'esclaffa-t-il. Maintenant, essaie de me persuader, les chiffres ne disent pas tout.

Giulia fronça les sourcils tout en réfléchissant à la meilleure façon de défendre son idée.

— Je crois vraiment qu'il nous faut évoluer, Ange. Il n'y a rien à redire sur la qualité de nos prestations, mais je les trouve un peu insuffisantes face à nos concurrents. Nous devons proposer davantage.

— De la surenchère ?

— Plutôt une mise à niveau. Depuis deux ou trois ans, nous ronronnons, tandis que les autres ne cessent de s'améliorer. Quand les touristes sont en recherche d'une hôtellerie de luxe, ils comparent les offres. Avoir un spa ici, qui fonctionnerait indépendamment et donc n'augmenterait pas le prix des chambres, serait attractif. Quelque chose de plus, le truc qui nous manque pour l'instant. Je trouve parfois nos clients... inoccupés.

— La plage n'est pas loin et nous avons mis à leur disposition des vélos électriques, rappela-t-il. Il y a aussi un billard !

— De bonnes initiatives, avec de petits investissements, mais ça reste anecdotique. Service minimum. Il faut des choses d'envergure, ou bien les chaînes des grands hôtels vont nous distancer.

— Les groupes ont des moyens que nous n'avons pas. La construction d'un spa sera à notre charge, même si nous le mettons ensuite en gérance.

— Avec un loyer ou un intéressement aux bénéfices qui finiront par amortir les travaux. Écoute, nous nous vantons d'être une entreprise familiale, ce qui en séduit certains, mais nous ne sommes pas non plus une maison d'hôtes, notre ambition a toujours visé le haut de gamme. Pour en avoir une idée concrète, fais donc un saut à Amsterdam et va voir l'hôtel De l'Europe où ils viennent de créer un spa magnifique. Un exemple à suivre si nous voulons rester au top.

Ange se mit à marcher de long en large, soudain intéressé par le discours de sa sœur.

— Bon, finit-il par admettre, c'est séduisant...

— Ah, enfin ! Mais tu sais quoi ? De toi à moi, je te trouve un peu timoré. Je t'ai connu plus battant et mieux motivé pour l'avenir. Est-ce que cette histoire avec Inès te mine toujours ?

— Une rupture brutale n'est pas facile, à toi je n'apprends rien.

— J'aimerais autant que tu ne fasses pas référence à mes erreurs de jeunesse, répliqua-t-elle d'un ton dur.

— Désolé. La conséquence de ton erreur, comme tu dis, c'est Matteo, la meilleure chose qui soit arrivée dans notre famille. Ma séparation d'avec Inès ne laissera pas de trace.

— Sauf dans ton cœur. Je me trompe ? Pour une fois que tu aimais vraiment, tu n'as pas eu de chance que ça tombe sur elle.

— N'en dis pas de mal.

— Je m'en garderais bien, ça pourrait te faire changer d'avis, avec ton esprit de contradiction !

L'irruption de leur mère mit fin à l'échange, et Giulia en profita pour aller déposer le dossier du spa devant elle.

— Jette un coup d'œil impartial là-dessus, maman.

— Un nouveau projet ? s'enquit Lisandra avec une grimace agacée. Vous vous demandez toujours comment dépenser un argent que nous n'avons pas ! Sauf si vous avez installé une planche à billets dans les caves…

Ange et Giulia échangèrent un coup d'œil tandis que leur mère ajoutait :

— Je viens de croiser notre nouveau client dans une allée. Figurez-vous qu'il discutait avec José.

— À quel sujet ?

— Concernant le chantier de la maison qu'il fait construire. Il voulait des tuyaux sur les artisans.

— Tu en sais, des choses, s'amusa Ange.

— Grâce à José, je suis au courant de tout ce qui se passe chez nous. Vous devriez l'écouter davantage.

— Et qui a-t-il recommandé ?

— Pour ce que j'ai entendu, ce serait plutôt... Eh bien, des gens de sa famille ! répondit Lisandra en éclatant de rire.

La solidarité parfois féroce ou aveugle des Corses la mettait toujours en joie. Giulia leva les yeux au ciel. Elle aimait son île et ses particularités, mais elle avait vécu à Paris, effectué des stages de plusieurs mois dans d'autres capitales, et elle avait une vision du monde moins étriquée que celle de sa mère. Elle échangea un nouveau regard avec Ange, sachant qu'ils se comprenaient.

*

Guillaume Valmont se rendait compte que son chantier n'avançait pas comme il l'aurait dû. Ses projets pour l'automne s'en trouveraient sans doute bouleversés et il se sentait impuissant. Mais aux yeux du maître d'œuvre et des artisans engagés, il n'était qu'un Parisien, un homme « du continent », donc un étranger qui pouvait bien attendre.

Devant lui, la vue était magnifique, comme sur tout le littoral corse. Il avait eu beaucoup de mal à dénicher un terrain à vendre et ne l'avait finalement trouvé que grâce à un jeu de relations. Lors de sa première visite, il avait été conquis au point de ne rien négocier du prix demandé, de peur de voir l'affaire lui échapper. Ensuite, après avoir choisi un architecte, il était entré dans le long processus du permis de construire. Il voulait sa maison, telle qu'il l'imaginait, et aucun obstacle ne l'avait découragé malgré la mauvaise volonté de certaines administrations locales.

Ce projet était une véritable thérapie. Son divorce avait été cauchemardesque, il peinait à s'en remettre. Nathalie était partie un beau matin avec armes et bagages, vidant ses placards, et sans laisser la moindre explication hormis un mot signalant qu'elle habiterait désormais chez sa mère. Guillaume, assommé, n'avait rien compris. Après quatre ans de mariage, même si tout n'était pas au beau fixe dans leur couple, qu'est-ce qui justifiait une coupure si brutale, si soudaine ? S'étaient-ils à ce point éloignés l'un de l'autre ? Peu après, par une indiscrétion de sa belle-mère, délibérée ou pas, Guillaume avait appris qu'en réalité Nathalie le trompait depuis quelques mois avec un de leurs meilleurs amis. Déterminée à refaire sa vie, elle avait demandé le divorce, mais comme c'était elle qui avait quitté le domicile conjugal et qu'elle ne voulait pas prendre tous les torts à sa charge ni partir sans rien, elle s'était dotée d'un avocat aux dents longues. À partir de là, ils s'étaient déchirés. Nathalie avait été jusqu'à exhiber des certificats signés de ses copines, attestant que Guillaume pouvait se montrer menaçant et violent.

Lui ? Violent avec sa femme ? Quelle blague ! Son éducation, ses principes et sa nature le lui auraient interdit. Mais dans une période où les femmes pouvaient facilement accuser les hommes, avec ou sans preuves et à tort ou à raison, les affirmations de Nathalie avaient été prises en considération. Pourtant, dans leurs disputes, à peine avait-il élevé la voix, plutôt moins qu'elle d'ailleurs, préférant sortir de la pièce que se quereller en vain. Il s'agissait d'un mariage raté, qui aurait pu se terminer plus simplement.

Par chance, le juge aux affaires familiales avait statué de façon mesurée et le divorce avait été prononcé sans mettre Guillaume complètement sur la paille. Pas *complètement*, mais la facture était lourde. Il avait dû travailler dur pour remonter la pente, et aussi pour ne pas céder à une aigreur qui menaçait de le rendre cynique. Résolu, il avait recommencé à voyager, traquant les clichés rares.

Son métier de photographe pouvait être très lucratif à condition d'être au bon endroit au bon moment avec le bon appareil. Il avait réussi quelques jolis coups qui l'avaient remis à flot, lui permettant enfin de concrétiser son projet de maison en Corse qui maintenant prenait forme. Pourquoi la Corse ? Parce qu'il y avait passé dix étés de suite durant son enfance, suivis de nombreux séjours avec des copains quand il était étudiant. Il en aimait les gens, les paysages, le climat. Il venait dès qu'il le pouvait, en hiver pour faire un peu d'alpinisme et de ski dans l'une des trois stations, en été pour de la plongée sous-marine à Erbalunga. Il adorait cette idée de « montagne dans la mer » qui définissait si bien l'île.

Il se retourna, regarda d'un œil critique les murs de parpaings de ce qui serait un jour sa maison. Sur les plans, il s'agissait d'une villa ultramoderne dotée d'un toit plat au large débord et de grandes baies vitrées, offrant un maximum d'espace et de lumière. Il avait la certitude de pouvoir bien travailler une fois qu'il serait installé ici. Mais quand ? En attendant, il devrait encore patienter dans l'appartement parisien loué après son divorce et dans lequel il ne se plaisait pas. Il comptait donc profiter de ces quelques jours pour faire avancer les travaux. Et aussi se reposer dans cet hôtel atypique trouvé par hasard sur un site Internet en cherchant un établissement pas trop éloigné de son terrain. Comme il ne s'était pas autorisé à prendre des vacances depuis deux ans, celles-ci seraient peut-être courtes mais au moins luxueuses, comme une consolation à la période sombre qu'il venait de traverser.

Le soleil était déjà brûlant et les ouvriers prenaient leur pause à l'ombre, peu pressés de se remettre au travail. En pensant à la piscine de Bleu Azur, il se dirigea vers sa voiture de location. Il n'avait rendez-vous avec son maître d'œuvre qu'en fin d'après-midi, quand il ferait moins chaud, et la discussion menaçait d'être houleuse. Alors, autant se détendre un peu d'ici là en nageant dans de l'eau fraîche.

*

Dépitée, Inès avait du mal à se concentrer sur son travail. Elle ne digérait ni son échec ni ce qu'elle estimait être une humiliation. Ange n'avait même pas répondu au long message qu'elle lui avait adressé, la traitant par le mépris. Il s'était rangé bien facilement à l'avis de sa mère, ce qu'il devait regretter, et voilà qu'à présent il boudait. Comment le faire changer d'avis, le ramener à elle ? Elle avait assez d'expérience pour savoir qu'il était authentiquement épris d'elle, qu'il la désirait dès qu'il la voyait et qu'il ne l'oublierait pas de sitôt. Ainsi qu'il l'avait avoué lui-même, il ne s'était attaché à aucune femme avant elle, multipliant les conquêtes éphémères, et Inès lui avait apporté l'amour. Quelque chose d'assez fort pour qu'il ne puisse pas s'en détacher d'un coup.

Sauf… Sauf s'il possédait la force de caractère nécessaire pour étouffer ses sentiments au nom de la raison. Il en revenait toujours à Orso, mais si celui-ci était borderline, ça signifiait « au bord » et non « dedans ». Donc, ni fou ni handicapé. D'ailleurs, Inès avait été sincère en affirmant que pour sa part elle le trouvait normal. Sa famille exagérait le problème, si toutefois il en existait un. Peut-être Lisandra tenait-elle là le moyen d'assujettir ses deux autres fils et sa fille ? De garder ainsi tout le monde sous sa coupe pour continuer à régner sur son clan ? Ange ayant été élevé avec cette contrainte, il ne s'en débarrasserait que si on lui ouvrait les yeux.

Inès devait absolument élaborer une stratégie pour récupérer son fiancé. Comme elle l'avait compris un peu tard, jamais elle ne pourrait espérer meilleur mariage, alors pas question de laisser échapper un homme qui avait tout pour lui, y compris un avenir assuré car Bleu Azur n'était pas son moindre atout. Inès avait même projeté d'y avoir rapidement un rôle à jouer, une place à occuper, ce qui serait beaucoup plus valorisant que son emploi à l'agence de voyages.

Bon, après tout, Ange aussi avait beaucoup à perdre. Il savait forcément qu'on ne trouve pas le grand amour au coin de la rue. Peut-être suffisait-il d'utiliser certains leviers, par exemple celui de la jalousie, pour le faire réagir. S'il la voyait dans les bras d'un autre homme, pourrait-il rester indifférent ? Non, leur rupture était trop récente, impossible qu'il ne réagisse pas.

Satisfaite de son idée, elle se mit à réfléchir à la manière de la mettre en œuvre.

— Je prends ma pause déjeuner ! lança-t-elle à ses collègues.

Une fois sortie de l'agence, elle décida d'aller s'offrir une salade César ou une pizza chez Vincent, au cœur de la citadelle. Les serveurs lui trouveraient bien une petite place sur la terrasse si elle leur faisait un peu de charme. Elle agissait ainsi spontanément avec tous les hommes pour obtenir ce qu'elle voulait, et dans la plupart des cas son sourire ravageur faisait mouche.

Comme prévu, elle fut vite installée et poursuivit ses réflexions tout en grignotant sa salade. Parmi ses amis, elle en trouverait facilement un avec lequel parader de manière voyante. Mais où rencontrer Ange par hasard ? Il allait sortir pour se distraire, elle en était sûre, et elle connaissait ses lieux de prédilection. À Bastia, il appréciait le Black Sheep pour y boire un verre en fin de soirée,

La Trattoria pour ses grillades ou encore chez Huguette pour les fruits de mer. À Saint-Florent, il dînait volontiers à La Gaffe pour sa cuisine raffinée, ou allait siroter un cocktail à La Vista. En se faisant voir dans ces endroits, elle pouvait tomber sur lui ou, à défaut, compter sur les commérages de leurs relations communes. Si ce plan fonctionnait, elle le laisserait un peu se morfondre puis elle reprendrait contact avec lui. Le reconquérir serait alors possible, probable.

Elle sortit son téléphone de son sac et examina la liste de ses contacts pour trouver un chevalier servant qui soit un bon faire-valoir.

*

Giulia ou Ange faisaient chaque jour, à tour de rôle, une brève inspection du parc et des abords de la piscine. José accomplissait la même tâche de son côté, et si l'un des trois remarquait quelque chose, il en avertissait aussitôt les autres. Pour l'intérieur de l'hôtel, c'était Lisandra qui s'en chargeait et aucun détail ne lui échappait. Quant au restaurant, on pouvait faire confiance au gérant, ce qui n'excluait pas un contrôle de temps en temps. La vigilance de la famille Bartoli assurait l'excellence de Bleu Azur et le maintenait dans le groupe de tête des hôtels corses.

— Mademoiselle !

Giulia, qui longeait la plage de teck entourant la piscine, se retourna, surprise d'avoir été hélée par un client. C'était Guillaume Valmont, en maillot de bain et ruisselant d'eau, qui la rejoignit, un aimable sourire aux lèvres.

— Je voudrais savoir s'il y a de bons restaurants pas trop loin d'ici. Je suppose que, en tant que réceptionniste, vous avez forcément des adresses à recommander ?

Elle réprima une petite grimace, vaguement agacée par sa méprise.

— Nous sommes fiers d'avoir un excellent restaurant ici même, si vous aimez la cuisine traditionnelle corse. Sinon, je peux vous conseiller La Table d'Oreste à Morsiglia, ou plus bas Le Pirate, sur le port d'Erbalunga.

— Merci beaucoup ! apprécia-t-il sans se départir de son sourire.

— Vous ne connaissez pas du tout la Corse ?

— Oh si ! Mais un peu moins bien le cap, et il y a toujours des nouveautés. C'est tellement touristique que l'offre s'enrichit chaque année, n'est-ce pas ?

Elle approuva d'un simple signe de tête et, sur le point de le planter là, elle ajouta d'un ton désinvolte :

— Je ne suis pas réceptionniste, monsieur Valmont. En fait, je suis ici chez moi.

Mécontente d'elle-même, elle s'éloigna à grands pas. Pourquoi avait-elle cru bon de dire une chose pareille ? Elle n'avait pourtant pas l'habitude de se vanter, c'était assez puéril. Être prise pour une employée n'était pas vexant, mais une certaine arrogance chez ce client lui avait donné envie de le remettre à sa place. Mal à l'aise, elle partit à la recherche de José qui installait des abreuvoirs à oiseaux quelque part loin de la piscine.

Guillaume n'avait pas bougé, la suivant des yeux. Quelle pimbêche ! Était-elle la femme ou la fille du propriétaire des lieux ? Il avait bien le droit de la croire employée puisqu'il l'avait trouvée derrière le comptoir de la réception. Mais après tout, quelle importance ? Elle n'était pas très aimable, dommage pour cet hôtel où elle était donc *chez elle*. Il décida d'aller se changer pour tester le restaurant de l'hôtel, n'ayant aucune envie de reprendre sa voiture par une chaleur pareille.

Une fois dans sa chambre, il enfila un jean, une chemise blanche et des mocassins puis, après avoir hésité, il prit l'un de ses appareils photo. On ne pouvait jamais savoir s'il n'y aurait pas, par surprise, un excellent cliché à faire. Il adorait saisir des instants sur le vif, ce qui expliquait sa prédilection pour les animaux. Avec eux, il fallait anticiper et beaucoup attendre, mais la plupart du temps les résultats en valaient la peine. Grâce à quelques images extraordinaires qu'il avait bien vendues à divers magazines, il avait fini par renflouer ses comptes. Comme il était doué et avait toujours été sérieux dans son métier, il s'était fait un nom dans le milieu de la photo, et ce travail lui avait permis de beaucoup voyager.

Au restaurant, on lui laissa le choix de s'installer dans la salle climatisée ou sur la terrasse ombragée où circulait un vent tiède chargé du parfum des fleurs et des herbes aromatiques, ce qui emporta sa décision. Un coup d'œil sur la carte lui arracha un sourire, les propositions du chef étant résolument corses, comme annoncé.

Tout en savourant un verre de muscat pétillant aux bulles fines il aperçut, haut dans le ciel, un rapace qui ressemblait à un balbuzard pêcheur. Cet aigle était bien loin de la réserve naturelle de Scandola, territoire où il était protégé. Guillaume avait le projet de s'y rendre, lorsqu'il habiterait enfin sa maison, pour y observer et photographier les goélands argentés, les faucons pèlerins, les merles bleus ou les cormorans huppés. Mais les oiseaux n'étaient pas ce qui l'intéressait le plus. Obtenir le cliché rare d'un renard en chasse dans la nuit ou d'un ours polaire perdu sur un reste de banquise donnait des résultats plus saisissants. Il délaissait le sensationnel des célébrités aux paparazzi, ayant choisi une fois pour toutes de se concentrer sur un monde animal sans artifice, criant de vérité et, parfois, de désespoir. La Corse allait lui offrir un beau terrain de chasse.

*

— Rien d'autre à faire qu'attendre que ça sèche. D'ici là, les taches d'humidité seront visibles en totalité car elles vont s'étendre.

Le délégué de la compagnie d'assurances referma son dossier et prit congé de Giulia et d'Ange.

— Au moins, soupira Giulia, la chambre de Matteo ne sera pas touchée.

— Il va le regretter, il aurait sûrement adoré que tu la lui refasses !

Ange souriait mais c'était lui le plus pénalisé, de vilaines auréoles commençaient à apparaître au plafond, juste au-dessus de son lit.

— Orso est venu voir, tout à l'heure, déclara Giulia avec une moue désabusée. Il a juste dit : « Oh, c'est tout ? » Ce qui l'embête le plus est que nous ayons vidé la salle de jeux, il aimait bien y rejoindre Matteo. J'ai du mal à croire qu'il ne se rende pas compte. À cause de lui, la maison a failli cramer, avec nous à l'intérieur !

— Maman a beaucoup minimisé pour le rassurer et pour éviter qu'il ne fasse une nouvelle crise d'angoisse.

Giulia se mordit les lèvres mais finit par lâcher, presque malgré elle :

— J'en ai marre…

Ange la rejoignit, lui passa un bras autour des épaules.

— Je sais, ma belle, je sais.

— Un jour, il y aura un vrai drame.

— Pas tant que nous resterons attentifs.

— On en fait déjà beaucoup, non ?

— Seulement notre devoir.

— Prévu pour durer toujours, ça paraît bien long !

Il leur arrivait de partager un moment de découragement, l'un remontant le moral de l'autre.

— De quoi notre vie sera-t-elle faite, Ange ? Tu pourrais très bien habiter ailleurs, moi aussi, et un jour maman ne sera plus de ce monde. Alors qui prendra Orso en charge ? On fera des tours de garde en se le repassant comme un colis piégé ?

— Nous ne vivrons jamais loin de Bleu, inutile de l'envisager, parce que nous ne le souhaitons ni l'un ni l'autre.

— Ça reste un boulet au pied.

Elle le disait avec moins de conviction, un peu radoucie. La voyant d'humeur moins sombre, Ange en profita pour ajouter :

— Il y a certaines choses contre lesquelles nous ne pouvons pas lutter. Par exemple, en pleine saison, les deux chambres occupées par maman et Orso dans l'hôtel représentent un important manque à gagner. Elle en est bien consciente et elle déteste perdre de l'argent, mais comme elle n'a pas d'autre solution, elle accepte.

— Encore heureux ! Tu te vois cohabiter avec eux deux ? On a passé l'âge !

— C'était pour te montrer que tout n'est pas noir.

— Ni blanc. Surtout la peinture de ton plafond !

Elle retrouvait sa gaieté et elle suggéra qu'ils quittent la stalla pour aller travailler. En gagnant l'hôtel, ils croisèrent Guillaume qui se dirigeait vers le parking et qu'Ange salua avec courtoisie.

— Bonjour, monsieur. La journée s'annonce magnifique !

— Comme toujours en été, on est rarement déçus. Êtes-vous ouverts toute l'année ?

— Sauf au mois de janvier. Travaux d'entretien, congés du personnel.

— Alors je reviendrai sans doute cet automne.

— Nous vous accueillerons avec grand plaisir, mais pensez à réserver, ce sera plus sûr.

Giulia n'avait pas dit un mot, se contentant d'afficher une expression purement commerciale. Tandis qu'ils rejoignaient le bureau de la direction, Ange lui glissa :

— Un client désagréable ?

— Sa tête ne me revient pas. Encore un Parisien qui veut sa villa en Corse ! Elle ne doit pas être située bien loin pour qu'il ait pris une chambre chez nous, et j'espère qu'elle ne défigurera pas le paysage, ce qui est souvent le cas.

— Tu parles comme un membre du Front de libération nationale corse, ironisa Ange.

— N'exagère pas. Mais tu auras remarqué qu'ils remobilisent les troupes et menacent de retourner à la lutte armée en affirmant que l'État ne les écoute que quand ils posent des bombes. Par ailleurs, leur ton s'est durci pour les nouveaux arrivants, c'est vrai, plus particulièrement envers les Français qui se croient chez eux ici.

— Pourquoi pas ? Ils sont toujours en France, non ?

Giulia haussa les épaules en répliquant :

— Écoute, je n'apprécie pas trop l'idée que les partisans recommencent à faire sauter les villas avec des bouteilles de gaz, toutefois je n'ai pas envie que le cap soit envahi. Et autant que tous ces parvenus aillent à l'hôtel quand ils sont en vacances, c'est mieux pour nos affaires !

— Peut-être, mais je te trouve l'esprit bien étriqué ce matin. On dirait maman…

Ils rirent ensemble, leur complicité finissant toujours par les mettre d'accord.

*

Guillaume avait suivi Ange et Giulia des yeux, les prenant pour un couple. Le mari était plus sympathique que sa femme. Il trouvait celle-ci mignonne mais renfrognée. Si elle n'aimait pas les gens « du continent », elle serait bien inspirée de changer de métier ou de laisser son mari accueillir les clients ! Il savait que certains Corses auraient voulu l'île pour eux seuls, mais comme elle dépendait en grande partie du tourisme leur position avait quelque chose d'absurde.

Contrarié, il gagna le parking. Il eut la bonne surprise de trouver sa voiture de location à l'ombre, comme toutes les autres, l'emplacement étant harmonieusement ombragé, ce qu'il n'avait pas remarqué. Il ne restait pas grand-chose à dire sur la tenue de cet hôtel, tout y était conçu pour le bonheur des hôtes. Et son architecture atypique n'était pas son moindre charme.

Avisant José qui semblait faire un tour d'inspection, il le rejoignit pour lui apprendre qu'il avait contacté les artisans recommandés.

— J'ai su ça, se contenta de répondre José d'un air entendu.

Il passerait donc le mot pour qu'on ne s'en prenne pas à la villa de Guillaume puisque des gens de sa famille allaient y travailler et finir de la construire. Lui avoir demandé conseil était très malin. Peut-être le chantier avancerait-il désormais à un rythme normal ? Guillaume n'avait aucune envie de passer un hiver supplémentaire à Paris, il était impatient de s'installer et de démarrer une nouvelle vie ici. Une fois qu'il aurait tout son matériel, il pourrait partir à la chasse aux clichés. Mais avant, il lui restait encore des démarches administratives à effectuer, quelques questions épineuses à voir avec l'architecte, dont le changement d'ouvriers, et une discussion à mener avec sa banque pour le crédit qu'il avait sollicité. Son séjour à l'hôtel Bleu Azur était court, il devait l'utiliser au mieux. Il résista donc à l'envie d'aller se promener sur la plage et prit le chemin de son terrain.

*

Pour oublier Inès, Ange avait décidé de sortir, de voir du monde, de reprendre ses habitudes de célibataire et de faire de nouvelles rencontres. Il refusait d'épiloguer sur la fin de ses fiançailles, persuadé d'avoir pris la bonne décision. Pourtant, Inès lui manquait, il pensait beaucoup à elle, surtout la nuit. Mais bien qu'il ait voulu y croire, ils n'étaient pas faits pour s'entendre au-delà du lit.

Il avait dîné à Saint-Florent avec des amis, et avant de rentrer il décida d'aller boire un verre à La Vista, sur la place Doria. Il y avait toujours foule en fin de soirée dans cet endroit branché, il pouvait tomber sur des copains et passer un bon moment comme il le faisait souvent avant de s'attacher à Inès.

La terrasse de petits pavés qui donnait sur la mer était quasiment pleine, mais il trouva une place sur l'une des tables hautes un peu en retrait qui permettaient de profiter aussi de la vue. Il fut vite hélé par des connaissances qui vinrent s'asseoir avec lui, ravies de le revoir seul et disponible. À Saint-Florent ou à Bastia, il était connu pour être un des fils Bartoli et quelqu'un qui aimait faire la fête. Mais il connaissait ses limites et ne les franchissait jamais, sachant qu'il devait rentrer à Bleu. Certains soirs plus arrosés que d'autres, il lui était arrivé de dormir chez un copain pour en repartir à l'aube.

Accaparé par la conversation qui allait bon train à sa table, il ne vit pas arriver Inès en compagnie d'un grand type blond et bronzé. Elle, en revanche, le repéra immédiatement, mais par tactique elle choisit de l'ignorer pour l'instant, certaine qu'il finirait par la découvrir ou par l'entendre car elle avait le verbe haut et un rire caractéristique.

Dans l'atmosphère bruyante qui régnait sur la terrasse, un petit groupe de jeunes femmes avaient aussi remarqué Ange. L'une d'elles, Clémence, chuchota à ses amies :

— Vous voyez ce que je vois ? Ange Bartoli à une table, et là-bas sa fiancée qui flirte avec un beau blond !

Leur curiosité immédiatement en éveil, elles se penchèrent les unes vers les autres pour conspirer.

— Beau blond, peut-être, mais je préfère les bruns comme Ange, affirma Clémence.

Elle le connaissait de nom et de vue, mais il était considéré hors de portée, ne se montrant plus qu'avec Inès depuis des mois.

— Ils ont dû rompre, sinon elle ne se comporterait pas de cette façon.

En effet, Inès semblait en plein flirt avec son nouveau compagnon.

— J'étais à leurs fiançailles, dit l'une d'elles, et ils semblaient pourtant heureux.

— Tu y étais ? s'enthousiasma Clémence.

— Je faisais un extra comme serveuse à La Gaffe, privatisée pour l'occasion, et j'avais besoin d'argent pour mes vacances !

Elles éclatèrent de rire, mais Clémence ajouta, d'un ton déçu :

— Donc, tu ne peux pas me présenter…

— Présente-toi toute seule si tu en as envie. Ils sont entre hommes, qu'une jolie fille vienne leur parler ne va pas les faire fuir.

Clémence était en effet très jolie avec ses cheveux auburn, ses yeux bleus, et une peau fine semée de quelques taches de rousseur. Grande, mince, élégante avec son beau port de tête, mais très discrète, on la remarquait souvent sans oser l'aborder.

Elle hésitait, embarrassée, lorsqu'elle avisa un garçon qu'elle connaissait bien en train de rejoindre la table d'Ange pour lui taper familièrement dans le dos. L'occasion était trop belle, elle se leva et se dirigea vers eux.

— Pascal, comment vas-tu ? Ça fait un bail…

Souriante, elle parvint à cacher sa timidité sous une fausse assurance. Le Pascal en question lui tomba dans les bras et s'empressa de la présenter aux autres.

— Voici Clémence, une fille formidable ! Elle travaille à *Corse-Matin*, au département justice-faits divers, et croyez-moi, c'est une super journaliste.

Ange s'était levé pour la saluer, comme les autres hommes, et elle croisa son étonnant regard vert. Ces yeux, de la couleur la plus rare, reflétaient la lumière d'une manière unique. Giulia avait les mêmes, et longtemps Lisandra s'était demandé quels gènes Ettore et elles pouvaient avoir pour transmettre des yeux verts alors que les leurs étaient marron, mais la possibilité existait bel et bien.

— Prends donc un verre avec nous, proposa Pascal.

Sans se faire prier, elle s'assit face à Ange et commanda une Pietra blonde, bière artisanale corse. Pas question de toucher aux alcools forts, elle tenait à conserver toute sa lucidité.

— Vous avez un métier intéressant, lui dit poliment Ange.

— Passionnant !

— Vous avez fait une école de journalisme ?

— À Marseille, oui. Ensuite une licence de droit à Paris parce que je visais ce secteur justice-faits divers qui est jubilatoire. Et vivre ailleurs pendant quelques années m'a ouvert l'esprit !

Comme de nombreux Corses de sa génération, elle avait voulu s'affranchir de l'île pour un temps mais n'avait pas résisté à l'envie de rentrer. Elle remarqua qu'Ange jetait un petit coup d'œil sur sa main gauche, sans doute pour voir si elle avait une alliance. Célibataire, elle n'en portait pas, mais une bague ayant appartenu à sa grand-mère, et qui faisait sa fierté, pouvait laisser croire qu'elle était engagée.

Un bruyant éclat de rire se distingua soudain au milieu du chahut des conversations sur la terrasse, et Ange cessa aussitôt de sourire. Il se retourna pour passer les tables en revue, ce qui lui fit découvrir Inès. Elle semblait très gaie et, comme pour remercier son compagnon de l'avoir amusée, elle se pencha ostensiblement vers lui pour l'embrasser. Le baiser, appuyé, ne laissait aucun doute sur la manière dont ces deux-là allaient finir la soirée.

Ange s'était raidi, avec un creux à l'estomac. Il avait quitté Inès mais ne l'avait pas oubliée pour autant, et leur rupture était trop récente pour qu'il supporte ce spectacle.

— Je vais rentrer, j'ai de la route à faire, marmonna-t-il en sortant des billets de sa poche.

Il prit congé de ses amis et de Clémence d'un simple signe de tête avant de quitter la terrasse sans se retourner.

5

Le gérant du restaurant mit la feuille de commande sous le nez de Lisandra.

— Vous validez ? demanda-t-il d'un ton narquois.

Antoine, le chef, avait coché sur une liste de vins du sciaccarellu rouge et du vermentino blanc.

— Il ne sait plus quoi inventer, soupira le gérant.

— Faire goûter les cépages autochtones n'est pas une si mauvaise idée, d'autant plus qu'ils sont beaucoup mieux travaillés, depuis quelques années.

À voir la tête du gérant, Lisandra comprit qu'elle le surprenait. En fait, elle se tenait au courant de tout ce qui se passait sur l'île, pour le bien de l'hôtel et pour sa propre curiosité. Elle avait toujours procédé ainsi et Ettore s'en émerveillait. Ah, Ettore… Dieu qu'il lui manquait ! Aujourd'hui, elle semblait parfois lutter contre les idées novatrices de Giulia et d'Ange, alors que du vivant de son mari personne ne contestait jamais leurs décisions. Dans ses bons jours, elle parvenait à se persuader que les jeunes avaient raison, et à d'autres moments leurs initiatives la déroutaient au point de la rendre agressive.

— Demandez à Ange ce qu'il en pense, moi je suis pour, déclara-t-elle.

Pourquoi Ange plutôt que Giulia ? Seraient-ce donc toujours les hommes les connaisseurs en vin ? Se sentait-elle en rivalité avec sa fille ? Peut-être parce qu'elle devinait qu'un jour ce serait Giulia qu'on appellerait « la patronne ». Mais ce jour n'était pas arrivé, elle comptait bien le retarder tant qu'elle le pourrait.

— Et si Antoine finissait par couler le restaurant ? insinua le gérant.

— Pourquoi dites-vous ça ? Il en prend le chemin ?

— Non, pas encore. Mais l'excès en tout est nuisible, vous le savez bien.

— Quelques vins de plus sur la carte ne feront pas une grande différence. D'ailleurs, je finis par me dire que la particularité de notre restaurant est peut-être un avantage vis-à-vis de nos concurrents. Je vais faire ajouter une ou deux phrases là-dessus sur le site de Bleu. Du genre : « Pour déguster des repas authentiquement corses, venez chez nous. »

— Je ne sais pas si votre fils et votre fille seront d'accord pour cette option, grommela le gérant d'un air buté.

Qu'on lui oppose aussi ouvertement Ange et Giulia la mit de mauvaise humeur.

— Ne me faites pas croire que vous rêvez d'une cuisine internationale et passe-partout ! s'exclama-t-elle.

Devant son expression choquée, elle ajouta plus cordialement :

— Vous êtes un très bon gérant, nous en sommes tous conscients. Vos petites chamailleries avec le chef sont finalement productives puisque vous affichez complet en permanence ! Continuons comme ça et tout ira bien.

Satisfaite de ses reparties, elle lui adressa un clin d'œil avant de s'éloigner. Régler les conflits et les problèmes quotidiens pouvait être épuisant à la longue, mais elle en avait l'habitude et une journée sans anicroche lui paraissait toujours suspecte.

Au détour d'une allée, elle tomba sur Ange et Giulia qui discutaient âprement avec des mines de conspirateurs.

— Bonjour, mes chéris ! Vous avez un souci ?

— Rien d'important, affirma Ange.

— Tu as une tête de déterré, mon fils... Tu devrais moins sortir le soir !

Elle poursuivit son chemin sans insister, sachant que son fils pouvait très bien se braquer. Restés seuls, Ange et Giulia échangèrent un regard amusé.

— Tu as entendu ça ? ricana-t-il. Elle croit vraiment que je vais tenir compte de son avis sur mes sorties ?

— Non, elle l'a dit machinalement. Mais tu n'as pas bonne mine, c'est vrai. Et je te répète qu'Inès l'a fait exprès. Elle veut te rendre jaloux pour te récupérer. Ou alors te faire payer. Dans un cas comme dans l'autre, ignore-la.

— Je le fais. En me demandant si j'ai raison.

— Tu as la réponse à cette question. Maintenant, si ça t'empêche de dormir...

— Un peu, mais je m'en remettrai.

— Ah, enfin !

Ils regagnèrent l'hôtel en parlant d'autre chose, saluèrent un couple de clients qui se dirigeaient vers la piscine puis croisèrent Guillaume qui les arrêta d'un geste et expliqua :

— Je suis perplexe, je ne retrouve pas ma voiture sur votre parking, expliqua-t-il.

— Votre voiture... répéta Ange.

Immédiatement inquiète, Giulia demanda :

— Aviez-vous laissé la clef à l'intérieur ?

— Oui, au cas où il aurait fallu la déplacer car je n'étais pas très bien garé.

Consternée, Giulia se maîtrisa pour trouver une explication plausible.

— C'est ce qui a dû se produire. Mon frère va se renseigner. En attendant, je serais ravie de vous offrir un café ou un petit déjeuner au bord de la piscine.

— Je vous envoie un serveur, ajouta Ange.

Giulia précéda Guillaume vers la plage en teck et désigna deux transats séparés par une petite table basse.

— Il ne fait pas encore trop chaud, nous serons bien là si ça vous convient. Alors, monsieur Valmont, cette villa ?

Elle l'interrogeait pour gagner du temps, tout en se demandant si Orso avait vraiment pris cette voiture et ce qu'il en avait fait. Le serveur arriva très vite et nota la commande, puis Guillaume déclara :

— J'ai un bon architecte mais j'aimerais être plus souvent sur place pour le surveiller.

— Votre travail vous retient à Paris ?

— Si on veut. De toute façon, ma maison ne sera pas habitable avant deux ou trois mois, au mieux.

Elle l'écoutait distraitement, cherchant juste à le faire parler et le retenir assez longtemps pour qu'Ange règle le problème.

— Vous comptez donc vous installer pour de bon ici ?

— Oh oui ! À vrai dire, j'en rêve.

— Alors, nous serons presque voisins. Votre famille vous accompagnera ?

— Famille ? Non. Je sors d'un divorce et je n'ai pas d'enfants.

Sa déclaration rappela brutalement à Giulia le père de Matteo. Lui aussi avait parlé de « sortir » d'un divorce alors qu'il était très bien marié et qu'il avait retrouvé sa femme à la fin de l'été. Un souvenir odieux qui, par association d'idées, lui rendit de nouveau Guillaume antipathique.

Le serveur revint, porteur d'un plateau lourdement chargé.

— Je ne voulais qu'un café, protesta Guillaume en riant.

— Vous devez absolument goûter à nos confitures maison, répliqua Giulia. Figues, abricots, pêches… L'île produit d'excellents fruits.

À court de conversation, elle laissa passer un petit silence que Guillaume mit à profit.

— Le monsieur qui vous accompagnait est donc votre frère ?

— Nous dirigeons ensemble cet hôtel avec notre mère. Une affaire de famille depuis toujours.

— C'est devenu rare. Enfin, à cette échelle.

Il s'écoula encore un quart d'heure avant qu'Ange ne revienne enfin. Il tenait une clef du bout des doigts et la déposa sur la table basse avec un sourire.

— Voilà, le mystère est éclairci et votre voiture est à sa place ! En la déplaçant pour mieux la ranger, un employé trop zélé a voulu la laver car des oiseaux avaient sali le pare-brise. Il aurait dû vous demander si vous n'en aviez pas besoin, je suis vraiment désolé.

Éberluée, Giulia mit quelques instants à réagir.

— On leur demande de prendre des initiatives, finit-elle par affirmer avec aplomb, mais parfois c'est maladroit.

— Au contraire, j'apprécie, temporisa Guillaume. D'ailleurs, je n'étais pas pressé ce matin.

Il se leva, remercia pour le petit déjeuner, et avant de s'en aller il adressa un sourire chaleureux à Giulia. Dès qu'il fut assez loin, Ange lâcha un soupir exaspéré.

— Je n'ai menti qu'à moitié, Orso était effectivement en train de la laver. De quoi justifier de l'avoir bougée.

— On rêve ! Ne me dis pas qu'il inspecte toutes les voitures des clients dans l'espoir d'en trouver une ouverte ?

— J'en ai peur. Mais au moins, il n'est pas parti sur la route avec.

— Ce Guillaume Valmont est inconscient d'avoir laissé sa clef en évidence. Il n'avait qu'à la déposer à la réception s'il pensait gêner.

— Les gens sont en confiance chez nous, rappela Ange.

— S'ils savaient…

Saisie d'une brusque envie de pleurer, Giulia se mit à ranger rageusement le plateau. En vouloir à Orso ne servait à rien et la culpabilisait. Hélas, pas une semaine ne se passait sans un incident. Être toujours sur le qui-vive était non seulement fatigant mais démoralisant.

— J'emporte le plateau, soupira-t-elle.

Ce petit déjeuner imprévu lui restait sur l'estomac, elle n'y avait pris aucun plaisir.

*

Inès ne décolérait pas. Contrairement à ses prévisions, Ange n'avait pas donné signe de vie depuis la soirée à La Vista. Il l'avait très bien vue flirter et s'était contenté de quitter la terrasse sans lui accorder un regard. Lui-même avait passé du temps assis face à une jolie fille qui minaudait ! Se serait-elle trompée sur sa capacité à le rendre jaloux, le reconquérir ? S'il lui échappait définitivement, si par malheur il tombait amoureux d'une autre femme et décidait de l'épouser, Inès aurait bêtement perdu toutes ses chances de faire un très beau mariage. Elle finissait par se demander si elle n'aurait pas dû accepter de signer ce foutu contrat, quitte à s'arranger ensuite pour qu'il soit modifié. Son impatience, et surtout son orgueil, lui avaient fait perdre la partie. Ou du moins la première manche car elle allait vite trouver une solution. Après tout, Ange n'avait pas supporté de la voir dans les bras d'un homme puisqu'il était parti aussitôt. Donc, il n'était pas indifférent.

Pour son jour de congé, elle avait décidé de s'offrir un après-midi de plage avec l'une de ses collègues afin d'entretenir leur bronzage. Poussée par une envie de rôder du côté de Bleu Azur, elle proposa de monter au cap, choisissant la plage de sable fin de Barcaggio, accessible par une petite route sinueuse. Ange la lui avait fait découvrir l'année précédente et elle n'était pas trop envahie de touristes, en tout cas moins que celles de Bastia ou de Saint-Florent.

Après s'être rafraîchies dans l'eau, elles s'étaient allongées sur leurs draps de bain et enduites de crème solaire. Il était à peine cinq heures et il faisait encore très chaud, mais une légère brise marine rendait le moment agréable. Tout en bavardant, Inès observait les gens qui allaient et venaient sur la plage. Comme elle n'avait aucune chance de rencontrer Ange qui travaillait à cette heure-là, elle ne pensait pas à lui lorsque son regard fut attiré par un homme en short qui marchait au bord de l'eau. Il semblait se promener, mais au lieu de regarder vers le large il gardait la tête baissée.

— Oh, je le connais ! s'exclama-t-elle en se redressant brusquement.

En un instant, son esprit fut en alerte. Était-ce un simple hasard ou une vraie chance de tomber sur lui ? Sans avoir de plan précis, elle se leva pour aller à sa rencontre.

— Orso ! Hello, Orso !

Il parut d'abord stupéfait de la voir arriver, puis son visage s'illumina d'un large sourire. S'il ne ressemblait pas à Ange et ne possédait pas son irrésistible regard, il était assez bel homme, avec un charme un peu étrange.

— Inès… s'extasia-t-il. Quel plaisir de te voir !

La détaillant des pieds à la tête, il avait l'air ébloui.

— Tu es... Tu as un très joli maillot de bain.

La phrase, d'une banalité absolue mais prononcée avec conviction, fit rire Inès.

— Merci ! Que fais-tu là ? Tu te balades ?

— Oui. Je m'ennuyais à Bleu.

Il devait souvent s'ennuyer puisque personne, dans sa famille, ne lui laissait rien faire.

— Tu veux te joindre à nous ? Je suis avec une amie.

Certaine qu'il y avait quelque chose à tirer de cette rencontre, elle le prit familièrement par le bras.

*

En fin d'après-midi, Guillaume s'estima satisfait des photos prises au hasard des villages où il s'était promené pour mieux connaître les environs immédiats de sa future maison. Il avait oublié l'incident de la voiture, sans avoir été pour autant convaincu par les explications alambiquées des Bartoli. Mais peu importait, il avait apprécié le délicieux petit déjeuner au bord de la piscine à débordement, même avec la « pimbêche ».

Ainsi, ces deux-là étaient frère et sœur ? Il aurait pu s'en douter, ils avaient les mêmes yeux fascinants. Et leur mère devait être cette femme d'un certain âge qu'on croisait un peu partout dans l'hôtel, élégante et affable. Si les tarifs n'avaient pas été dissuasifs, il aurait volontiers multiplié les séjours à Bleu Azur. Mais la prochaine fois, mieux vaudrait trouver un hôtel plus modeste.

Il rejoignit son chantier, désert à cette heure-ci, et en profita pour déambuler entre les murs. Une fois fini, ce serait décidément un bel espace de vie, lumineux et paisible, tel qu'il l'avait imaginé. S'approchant de la seule baie vitrée déjà posée, il s'absorba dans la contemplation d'un paysage dont il était sûr de ne jamais se lasser. Le soleil couchant embrasait la mer, au loin, et quelques oiseaux volaient paresseusement au ras des flots.

Sans l'avoir pressenti, Guillaume fut soudain submergé d'une tristesse diffuse. Quelques années plus tôt, en se mariant, il avait rêvé de fonder une famille comme ses deux sœurs l'avaient fait avant lui puisqu'il était le cadet. Mais sa femme repoussait toujours l'échéance, elle voulait profiter de leur vie de couple avant d'avoir des bébés. Tout ça pour finir par s'en aller sans un mot, comme une voleuse, avec un homme qui était un ami d'enfance de Guillaume. Quelle claque ! Qu'avait-il fait pour mériter pareil traitement ? Sans doute beaucoup trop voyagé pour les besoins de son métier, et elle n'avait pas supporté d'être souvent seule. Si elle lui en avait parlé, auraient-ils pu sauver leur mariage ? Mais elle avait préféré se consoler ailleurs et, après son départ, lorsqu'il avait émergé d'un brouillard d'incompréhension, il s'était aperçu qu'ils n'avaient pas partagé grand-chose.

Était-ce la vue grandiose qui le rendait mélancolique ? La perspective de vivre seul ? Il fut brutalement tiré de ses pensées par l'arrivée intempestive d'une voiture, un vieux break poussiéreux dont sortit José. Le reconnaissant, Guillaume alla à sa rencontre, un peu inquiet du motif de cette visite.

— Monsieur Valmont, bonjour ! Je suis venu voir votre chantier dont on me parle beaucoup.

Regardant autour de lui, José hocha la tête avant d'ajouter :

— Joli terrain que vous avez là.

— Je l'ai cherché longtemps.

— Au cap, les possibilités se font rares. Et chez nous, l'immobilier flambe.

La phrase, sibylline, pouvait être interprétée de diverses manières.

— Au sens propre ? risqua Guillaume. Je veux dire...

— Je vois très bien ce que vous voulez dire. Il y a parfois des gens qui ne sont pas les bienvenus, c'est vrai.

— J'espère ne pas en être.

— Il n'y a pas de raison. Du moins si vous ne faites pas de spéculation immobilière, car c'est la bête noire des indépendantistes.

— Spéculer ? Non ! Je veux m'installer définitivement, et j'ai tout fait dans les règles. Dieu sait que ça n'a été ni facile ni rapide avec l'administration mais j'ai obtenu mon permis de construire sur des plans incluant tous les critères environnementaux, dont je ne m'écarterai pas. Je suis photographe, j'aime les belles choses, pour rien au monde je ne défigurerai le paysage. Il ne s'agit pas d'une villa tape-à-l'œil, je ne suis pas milliardaire, tant s'en faut ! Juste une jolie maison, et j'ai choisi un architecte de chez vous afin qu'elle soit parfaitement intégrée au site.

— À la bonne heure ! Vous savez, tout le monde ici devient chatouilleux dès qu'il s'agit d'urbanisme. Mais puisque vous avez respecté les bons usages, il ne devrait rien vous arriver de fâcheux.

José ne faisait pas mystère d'être venu pour une sorte de mise au point. Une fois de plus, Guillaume se félicita de lui avoir demandé conseil pour le choix des artisans. Au premier coup d'œil, il l'avait rangé dans la catégorie des Corses purs et durs qu'il valait mieux avoir dans son camp, et il ne s'était pas trompé. Au cours de ses nombreux voyages, il avait rencontré tant de gens différents qu'il avait appris à aiguiser son jugement.

— Je n'ai pas de quoi vous offrir à boire, désolé.

— D'ici que vous puissiez installer un frigo, on sera en hiver ! s'esclaffa José. De toute façon, vous êtes un client de l'hôtel, je ne suis pas censé trinquer avec vous, madame Lise n'aimerait pas ça du tout.

Voyant que Guillaume ne savait pas de qui il s'agissait, il précisa :

— C'est la patronne. Madame Bartoli.

Il l'avait dit avec un respect manifeste, qui prouvait son attachement. Puis il eut un sourire franc avant de se détourner pour regagner son break.

*

Ange enregistra les dernières données et ferma le dossier de la comptabilité. Bleu Azur était financièrement à l'équilibre, rien de plus. De l'argent rentrait, hélas il en sortait autant. Les salaires et les charges devenaient un poste trop lourd, mais comment le réduire ? Lisandra avait demandé sa retraite dès qu'elle en avait eu l'âge, et elle s'en contentait depuis, ne prenant pas un sou sur le chiffre d'affaires. Quant à Ange et Giulia, ils se rémunéraient de façon plutôt modeste puisqu'ils profitaient d'un certain nombre d'avantages liés à l'hôtel, ainsi que d'un logement gratuit. Comme sa sœur, Ange n'avait jamais pensé à s'enrichir ou à épargner puisque leur avenir semblait assuré. À Bleu ou ailleurs, au pire, car l'expérience de leur métier leur permettrait de trouver une situation n'importe où.

Mais l'idéal était évidemment de continuer à faire prospérer ce que trois générations avaient construit. Un défi dans un monde qui se compliquait d'année en année. Les hausses répétées d'à peu près tous les postes, électricité, assurances, chauffage, taxes et autres dépenses incompressibles rongeaient le budget. Et l'épidémie de

Covid avait creusé un trou péniblement comblé. Certes, l'hôtel n'avait pas fermé, mais un certain nombre de clients avaient annulé leurs réservations, faisant du printemps 2020 une saison au ralenti. Du jamais-vu ! Lisandra avait été particulièrement efficace durant cette période, préservant ses employés au mieux, s'adaptant sans se plaindre aux strictes contraintes sanitaires et conservant malgré tout son optimisme. À cette occasion, Ange et Giulia s'étaient aperçus que leur mère, parce qu'elle avait beaucoup lutté dans sa jeunesse pour faire de Bleu ce qu'il était aujourd'hui, semblait mieux armée qu'eux face à l'adversité. Elle le leur avait d'ailleurs fait remarquer en riant : « On vous a tout servi sur un plateau d'argent, mes chéris ! »

Pas vraiment. Ils avaient dû faire leurs preuves avant de se voir confier la moindre responsabilité à Bleu. Leur père était d'accord, prêt à passer la main, mais leur mère plus réticente. Elle avait toujours été exigeante, mais au fond c'était plutôt une de ses qualités. Sa dot, ainsi que les héritages qu'Ettore et elle avaient faits par la suite, s'étaient immédiatement retrouvés engloutis dans l'hôtel. Pas un sou pour eux, pas un jour de repos, ils visaient toujours plus haut. Appartenant à une génération qui croyait au travail, ils avaient poursuivi leur but sans relâche. Alors, bien sûr, Ange et Giulia pouvaient paraître privilégiés à leurs yeux. Du confort, des vacances, de belles études coûteuses et aucun souci du lendemain, bref des enfants gâtés.

Une façon de voir les choses… Le programme bachelor, suivi du programme du second cycle à l'École hôtelière de Lausanne, censée être la meilleure au monde, n'avaient pas été si faciles avec leurs stages au bout du monde et leur excellence exigée. Ange s'y était plié, puis plus tard Giulia, et tous deux s'en étaient très bien sortis, mais leur parcours n'avait pas épaté Lisandra. Pour elle, apprendre « sur le tas » aurait été tout aussi efficace. De son côté, Ettore, fier de ses enfants, s'amusait de la mauvaise foi de sa femme et les félicitait en secret. À ses yeux Ange et Giulia, tout comme Lucca dans un autre domaine, avaient gravi une marche supplémentaire de l'échelle sociale, ce qui garantissait la prise en charge d'Orso, cette épine dans le pied de la famille. Jusqu'à son dernier souffle, Ettore s'était montré si anxieux du devenir de ce fils instable ! Lisandra avait juré, ils avaient tous juré solennellement pour qu'il puisse fermer les yeux apaisé… Et un serment ne se parjurait pas.

Depuis quelques jours, Orso prenait son vélo et disparaissait des après-midi entiers. Il prétendait aller à la plage, ce qui semblait improbable aux heures les plus brûlantes du soleil. Mais il faisait valoir que, ne pouvant pas profiter de la piscine, il éprouvait le besoin de nager. Il avait l'air de traverser une bonne période, était plus calme et plus souriant. À la fin de la semaine, il devait voir son psy pour le rendez-vous mensuel où Lisandra l'accompagnait. Il restait en tête à tête avec le praticien, puis celui-ci s'entretenait à part avec Lisandra. Ange espéra qu'il y avait du progrès car certains des symptômes borderline s'atténuaient avec le temps, mais il n'y croyait pas vraiment. L'attrait excessif qu'exerçaient les femmes et les voitures sur Orso ne se démentait pas.

— Tout va bien ? lança Giulia en entrant. Je viens de vérifier la livraison de la blanchisserie et j'ai renvoyé deux peignoirs qui n'étaient pas tout à fait nets. Sans doute des traces de parfum ou de fond de teint… Et j'ai chargé José de racheter de l'huile de teck pour en repasser sur les tables basses de la piscine. J'ai remarqué qu'elles se décoloraient un peu quand j'ai pris le petit déjeuner dessus. D'ailleurs, à propos de monsieur Valmont, figure-toi que José est allé jeter un coup d'œil à son chantier !

— Ah bon ?

— Tu sais bien qu'il est curieux de tout ce qui se passe dans les environs. Il dit que ce sera une jolie construction qui ne gâtera pas le paysage mais qu'elle est loin d'être finie.

— Alors, nous reverrons notre client. Il n'est pas antipathique.

— Tu trouves ? Pour un futur résident, il fait plutôt touriste en se trimbalant systématiquement avec un appareil photo.

— Il est photographe, c'est son métier.

— Tu m'en diras tant… Il a aussi prétendu sortir d'un divorce difficile, mais je connais la chanson. Les mecs en mal de drague inventent souvent ça.

— Dans son cas, c'est peut-être vrai. Tu as tendance à mettre tous les hommes dans le même panier détestable. Certaines femmes ne valent pas mieux !

Giulia dévisagea son frère et finit par esquisser un sourire.

— Tu penses encore à Inès ?

— Tu penses bien au père de Matteo, et c'était il y a très longtemps. Ne me raconte pas que tu n'as rencontré personne d'honnête depuis. En ce qui me concerne, la déception est très récente et, oui, je pense à Inès tous les soirs en m'endormant.

— Le moment où elle te manque le plus ? ironisa Giulia.

— Avec elle, les nuits étaient merveilleuses. Son caractère l'était moins.

— Tu devrais voir d'autres filles.

— Et toi d'autres hommes !

— Tu as raison, nous ne pouvons pas finir comme deux vieux croûtons toi et moi…

Vexé, Ange haussa les épaules. La réflexion de Giulia l'avait atteint. Deux ans plus tôt, il s'était dit la même chose, puis il y avait eu Inès, les fiançailles, le projet de mariage qui induisait de trouver une maison ailleurs et donc de changer de vie. Depuis la rupture, retour à la case départ. Mais après tout, ce n'était pas une si mauvaise case. Giulia et lui s'entendaient bien, ne se gênaient pas et aimaient tous les deux la stalla. En attendant de trouver l'âme sœur, ils n'étaient malheureux ni l'un ni l'autre.

Debout à côté du bureau de Lisandra, Giulia était en train de soulever quelques dossiers.

— Bien entendu, elle a mis celui du spa sous la pile ! s'exclama-t-elle. J'en étais sûre. Que s'imagine-t-elle ? Que Bleu va vivre uniquement sur sa réputation sans jamais se moderniser ? Elle a pourtant pris des initiatives osées toute sa vie, pourquoi bloque-t-elle sur mon projet ? Parce qu'elle vieillit ?

— Merci ! gronda Lisandra qui venait d'ouvrir la porte. Nous vieillissons tous, mes jolis !

Affrontant le regard furieux de sa fille, elle ajouta, plus calmement :

— Je vais y penser. Mais j'ai remis ça à l'automne.

— Tu as tort. Plus vite ce sera fait, plus vite notre offre s'étoffera. C'est un attrait supplémentaire durant l'hiver, alors ne perdons pas un an avant de nous y mettre !

Le portable d'Ange se mit à sonner tandis que sa mère et sa sœur s'affrontaient une fois de plus, et il préféra sortir pour répondre. L'ami qui l'appelait lui annonça en riant qu'il avait tapé dans l'œil d'une jolie femme.

— Je ne sais pas si tu te souviens d'elle, c'était l'autre soir à La Vista, elle est venue à notre table. Elle s'appelle Clémence.

— Ah oui, je vois ! Très mignonne, en effet.

— Elle aimerait bien te rencontrer de nouveau mais elle ne sait pas comment faire. Donc je suis son intermédiaire, c'est une amie.

— Déterminée, on dirait.

— Le bruit a vite couru que tu n'étais plus avec Inès, alors il y aura des candidates.

— Tu veux dire que ta copine prend les autres de vitesse ? Je suis flatté !

Ange riait de bon cœur. Depuis le lycée, les filles lui avaient toujours tourné autour, mais il n'en tirait aucune vanité, prenant ça comme un jeu car lui aussi avait été un sacré coureur avant Inès.

— Et que fait-elle dans la vie, cette Clémence ? voulut-il savoir.

— Tu ne t'en souviens pas ? Elle t'a expliqué qu'elle était journaliste. Elle travaille pour *Corse-Matin*.

— Ah oui ! Elle s'occupe des faits divers.

— Tout ce qui relève de la justice.

— Bon, eh bien... Après tout, pourquoi pas ?

— Si tu es partant, rejoins-nous à Saint-Florent demain soir, nous serons au bar L'Ambada avec une bande de copains que tu connais. Comme ça ce sera informel et moins gênant pour elle.

— Tu as une âme d'entremetteur, mon vieux !

Ils échangèrent encore quelques plaisanteries puis Ange mit fin à la conversation, perplexe. La rumeur de sa séparation d'avec Inès s'était donc répandue, les bavards ayant dû amplement commenter la soirée à La Vista. Inès avait-elle fait exprès de flirter de manière si voyante avec un autre homme ? Elle en était capable, à moins qu'elle n'ait décidé d'oublier Ange au plus vite, vexée de n'avoir obtenu aucune réponse à son message. Certes, il ne pouvait pas s'empêcher de penser à elle avec un pincement au cœur, cependant il ne reviendrait pas en arrière.

Pour l'invitation qu'il venait de recevoir, il n'était pas sûr d'avoir envie de ce genre de rencontres arrangées, mais comme l'avait fait remarquer Giulia, il fallait qu'il sorte et qu'il voie du monde. D'ailleurs, il allait lui proposer de l'accompagner, elle aussi avait besoin de changer de cadre, elle ne quittait Bleu que trop rarement. Matteo pourrait aller dormir avec sa grand-mère, il adorait regarder la télé au lit, ce qu'elle faisait jusqu'à une heure avancée.

Satisfait de son idée, il regagna les bureaux où du travail l'attendait.

*

Si tout d'abord elle n'avait pas trop su quoi en faire, Inès avait vite compris qu'elle pouvait tirer parti d'Orso. Sous le charme, conquis d'avance, il était avide des moments qu'elle lui accordait, prêt à pédaler comme un fou sous le soleil pour la retrouver où elle voulait. Se l'attacher avait donc été un jeu d'enfant.

Persuadée que l'indifférence affichée d'Ange n'était qu'une pose, elle avait la certitude de le faire réagir s'il la voyait au bras de son frère. Ou même seulement s'il apprenait qu'elle avait noué une relation avec lui, ce dont Orso ne manquerait pas de se vanter. Pour elle, le plus surprenant était que fréquenter cet homme n'avait rien de désagréable. Sa famille le prétendait fragile et imprévisible, en somme inadapté, mais rien n'inquiétait Inès dans son comportement d'amoureux transi.

Afin de faciliter leurs rencontres, elle prenait sa voiture pour le rejoindre dans l'un des villages du cap et s'attabler avec lui sur une terrasse ombragée. Orso faisait son intéressant pour lui plaire, il était parfois drôle et parfois d'humeur romantique, jamais agressif, cependant il voulait absolument flirter, lui prendre la main, l'embrasser. Il ne semblait du reste pas inexpérimenté, et elle se demandait quel genre de relations il avait pu connaître alors qu'il était plus ou moins reclus dans son hôtel isolé, avec un malheureux vélo pour se déplacer. Elle jugeait injuste la manière dont sa famille le traitait, et l'aider à s'émanciper faisait partie de la leçon qu'elle comptait donner à Ange.

Elle ne voyait pas ce que l'élaboration de sa nouvelle stratégie avait de pervers. En se servant d'un homme comme Orso, elle se montrait égoïste, calculatrice et cruelle. Et elle ne se demandait pas non plus ce qu'il deviendrait une fois qu'elle n'aurait plus besoin de lui. Le trouvant normal, elle n'imaginait pas les conséquences d'un abandon sur une personnalité comme la sienne.

Ce lundi, jour de fermeture de son agence, Inès était allée chercher Orso non loin de Bleu Azur. Elle aimait rôder dans les environs de l'hôtel en imaginant que si elle se montrait habile elle pourrait de nouveau prétendre intégrer la famille Bartoli et y tenir un rôle à la hauteur de ses ambitions. Son erreur de refuser le contrat de mariage devait être réparée, oubliée.

Après avoir mis le vélo d'Orso dans son coffre, elle lui avait d'abord proposé une baignade sur une petite plage. Excellent nageur, il l'escortait fièrement ou bien faisait tout pour l'amuser en disparaissant sous l'eau. Elle se sentait en sécurité avec lui, même au large, et passait finalement de bons moments. Mais lorsqu'ils se séchaient au soleil, elle ne pouvait pas ignorer le regard insistant qu'il dardait sur ses jambes, ses seins. Il voulait aller plus loin alors qu'elle ne le souhaitait pas. Peut-être que s'ils avaient dîné ensemble, un bon vin aidant, elle aurait pu finir par céder, mais il devait toujours rentrer, sachant qu'à Bleu sa mère s'inquiéterait. Or Lisandra était capable d'appeler la gendarmerie et de remuer ciel et terre pour savoir où était passé ce fils sur lequel elle veillait nuit et jour.

Décidée à fuir la main d'Orso qui se promenait sur sa cuisse, Inès se rassit.

— Tu ne veux pas que je te touche ? demanda-t-il naïvement.

— Nous ne sommes pas seuls.

Quelques baigneurs avaient étalé leurs serviettes non loin de là, un prétexte tout trouvé pour Inès. Orso soupira, frustré, puis soudain posa la question qui devait lui tenir à cœur :

— Et tu ne veux pas non plus que je parle de toi ?

— À qui ?

— Eh bien… à ma famille.

Elle se doutait qu'avec son mode de vie il n'avait que peu ou pas d'amis. S'il se vantait, trop fier de ce qui lui arrivait, ce serait donc auprès de ses frères. Et l'intérêt pour Inès, afin de suivre son plan, était que justement il parle d'elle, en particulier à Ange.

— Tu peux le faire, ça ne me gêne pas, déclara-t-elle en souriant.

— C'est vrai ?

Il ouvrait des yeux émerveillés, comme s'il venait de pénétrer dans un monde magique. Mais après réflexion, il ajouta :

— Ange sera contrarié, non ?

Orso était donc plus malin qu'elle ne l'avait supposé. S'il se rendait compte qu'elle le manipulait, il risquait de lui échapper.

— Non, protesta-t-elle, avec Ange c'est terminé. Et nous nous sommes rapprochés toi et moi après la rupture, il ne peut pas en prendre ombrage.

— Tu ne le regrettes pas ? insista-t-il. Il est plus intéressant que moi, plus séduisant.

— Crois-tu ?

Elle devait vite trouver des arguments qui le rassurent, mais lesquels ?

— Ange est autoritaire, ça ne me convenait pas. Et il aime trop les femmes pour n'en aimer qu'une seule, il m'aurait vite trompée.

— C'est vrai qu'il a eu un tas de conquêtes ! s'esclaffa Orso. Toutes plus jolies les unes que les autres.

Elle fronça les sourcils, sur le point de se vexer, mais il précisa aussitôt, d'un air béat :

— Elles ne te valaient pourtant pas. Tu es la plus belle, de loin. Je ne comprendrai jamais comment il a pu te quitter. Figure-toi que je me réjouissais de t'avoir pour belle-sœur parce que j'avais envie de te voir très souvent. Évidemment, je me serais morfondu en silence... Alors je n'en reviens pas de ma chance d'être là, avec toi. Tu me regardes, tu m'écoutes, c'est fou !

Il le disait si tendrement qu'elle eut enfin le sentiment d'aller trop loin. Il était sans défense et elle profitait de sa crédulité. Qu'avait raconté Ange à son sujet ? Il avait décrit son frère comme un homme immature, assoiffé d'amour, capable d'un désespoir suicidaire s'il se sentait rejeté. Elle devait donc accélérer les choses avant que la situation ne tourne mal.

— N'aie pas peur de lui en parler, ce sera plus honnête, et comme ça, tu seras tranquille.

Elle eut honte en le disant mais elle ne démordait pas de son plan, celui de la dernière chance.

6

Ange avait proposé à Giulia de l'accompagner à L'Ambada et d'en profiter pour y donner rendez-vous à des amis. Elle s'était vite laissé convaincre, désireuse elle aussi de se changer les idées.

Leur arrivée dans le bar fut saluée par un concert de joyeuses exclamations. Par jeu, leurs copains les traitèrent de « beau couple », et une salve de plaisanteries fusa. Comme ils étaient trop nombreux, des tables furent rapprochées au bord de la terrasse et une tournée générale commandée.

— Qui conduit au retour ? glissa Giulia à l'oreille de son frère.

— Moi, et je me contenterai d'un verre ou deux. Alors, profites-en pour t'amuser !

Il avait repéré Clémence qui semblait un peu embarrassée. Constatant qu'une chaise avait été laissée libre à côté d'elle, comme par hasard, il décida d'aller s'y asseoir. Après tout, il était un peu venu pour la rencontrer, et s'il s'ennuyait au bout de dix minutes il pourrait toujours changer de place.

— Beaucoup de meurtres sur notre île cette semaine ? lui lança-t-il en guise de bonsoir.

— Aucun, Dieu merci ! Seulement quelques trucs sans grand intérêt, j'en ai peur.

— Des chiens écrasés ?

Sa plaisanterie tomba à plat, et la riposte ne se fit pas attendre.

— Je sais qu'on appelait ça comme ça, mais c'était il y a longtemps, vous avez un train de retard. Aujourd'hui, les faits divers sont à la mode et ils ont pris beaucoup de place, aussi bien à la télé avec toutes ces émissions criminelles que dans les journaux ou à la radio. Les gens sont concernés par la violence. Chaque fois que je vais suivre un procès au tribunal, la salle est comble.

— Un peu de curiosité malsaine, non ?

— En quoi s'intéresser au sort d'une femme tuée par son conjoint ou à celui d'une collégienne poignardée par un garçon de sa classe serait-il malsain ? C'est mieux que fermer les yeux ou se détourner par indifférence du sort des autres.

Elle avait la réplique facile, sans se départir d'un ton enjoué. Ange préféra changer de sujet en demandant :

— *Corse-Matin* est basé à Ajaccio, je crois ?

— C'est sa ville d'édition.

— Pourtant, vous n'y habitez pas ?

— De nos jours, on peut travailler partout, vous savez bien. En ce qui me concerne, je n'ai pas envie de quitter la région de Saint-Florent où je me plais, et j'aime bien traîner au palais de justice de Bastia pour les besoins du journal.

— Quelle est sa diffusion ?

— Autour de trente mille exemplaires, ce qui n'est pas si mal. Mais je n'y resterai pas toujours. D'autres choses m'attirent, et pas obligatoirement dans le journalisme. Avec une licence de droit, on peut accéder à des tas de métiers différents. Banque, assurances, justice… Tout est ouvert !

Elle avait une voix mélodieuse, un peu grave, très enthousiaste, et Ange s'aperçut qu'il l'écoutait avec intérêt. Il la regardait, aussi, la trouvant plutôt jolie avec ses taches de rousseur et ses petites boucles auburn.

— Assez parlé de moi, déclara-t-elle. Et vous, l'hôtellerie ?

— Je n'ai pas vraiment eu le choix, mais je ne le regrette pas. Gérer un établissement comme Bleu Azur est un travail très varié, très motivant.

— Une affaire de famille, c'est ça ?

— On vous a bien renseignée, s'amusa-t-il.

— Les gens parlent de vous. Les Bartoli sont connus comme le loup blanc ici.

Ange se mit à rire, devinant qu'elle avait dû poser des questions à son sujet.

— Voulez-vous un autre verre ? proposa-t-il.

— Non merci. Je dois rentrer, j'ai un vol pour Marseille à sept heures demain matin. Une affaire à couvrir là-bas.

Un peu surpris de sa décision de partir si tôt alors qu'elle avait provoqué cette rencontre, Ange lui demanda son numéro de portable qu'elle lui donna sans hésiter.

— À une prochaine fois peut-être, dit-elle en se levant.

Il la suivit du regard, admirant sa silhouette et son port de tête.

— Alors ? Qu'en penses-tu ? Une fille intéressante, n'est-ce pas ?

L'ami qui avait servi d'intermédiaire venait de se glisser à côté de lui.

— Très… Mais pourquoi ne t'intéresse-t-elle pas, toi ?

— Oh, j'ai essayé !

— Et ?

— Et rien. Ce n'est pas une conquête facile, tu peux demander aux copains. Qu'est-ce que ça a donné avec toi ? Vous aviez l'air de bien vous entendre.

— On a bavardé.

— Tu vas la revoir ?

— Je ne sais pas.

Un peu déçu, son ami lui tapota le bras.

— Clémence est la mieux de toutes les filles que je pourrais te présenter. Je sais que tu n'as pas besoin de moi pour draguer, mais on aimerait tous que tu te sortes Inès de la tête.

Décidément, sa rupture alimentait encore les conversations. Il se retourna pour essayer de repérer Giulia et vit qu'elle semblait s'amuser au milieu d'une bruyante tablée. Pour une fois, elle prenait du bon temps, autant la laisser en profiter. Il quitta sa place, traversa la terrasse et s'approcha du bord du quai pour regarder les bateaux. Le port de plaisance, au pied des remparts de la citadelle, était toujours un endroit très animé les soirs d'été. Il y était souvent venu avec Inès pour dîner ou boire un verre avant de la raccompagner chez elle. À ce moment-là, il se voyait vraiment passer toute sa vie avec elle. Les doutes n'étaient venus qu'après, insidieusement, à cause de détails en apparence insignifiants. Tout s'était concrétisé sur cette histoire de contrat, mais si Ange avait été vraiment sûr de lui, il aurait négocié en douceur avec elle. Au lieu de quoi il s'était braqué, choisissant inconsciemment la porte de sortie qu'elle lui offrait avec son refus tonitruant. Elle l'avait pris de haut, persuadée d'avoir assez d'ascendant sur lui comme elle en avait sur à peu près tous les hommes. Ce faisant, elle lui avait surtout ouvert les yeux et donné la force de rompre.

Son regard errait sur les voiliers et les vedettes amarrés aux pontons. L'envie de naviguer le long des côtes le reprenait régulièrement, il se promit d'appeler un ami qui possédait un day-cruiser et qui l'emmenait volontiers faire des balades en mer. Il y avait renoncé depuis plus d'un an car Inès était malade en bateau, mais rien ne l'empêchait désormais de retrouver ce plaisir.

— On peut rentrer si tu veux, dit Giulia en arrivant derrière lui.

— Tu en as déjà assez ?

— Je me suis bien amusée, mais il faudra se lever demain matin ! J'espère que Matteo ne s'est pas endormi trop tard, sinon il sera ronchon quand j'irai le chercher chez maman.

Elle n'avait jamais failli à ses responsabilités de mère. Entre son fils et le travail à Bleu, elle avait mis sa vie privée entre parenthèses.

— Allons-y, ma belle, mais on reviendra bientôt.

— Pourquoi ? Tu n'as pas besoin de moi pour tes sorties.

— C'est *toi* qui as besoin de ton grand frère pour t'obliger à bouger un peu.

Giulia haussa ostensiblement les épaules, bien qu'au fond elle soit d'accord avec lui. L'atmosphère festive du port et de ses bars la changeait de l'isolement parfois ressenti à Bleu.

— S'il n'y avait pas la route à faire, admit-elle, je viendrais plus souvent.

— La route, Matteo, le boulot… Des prétextes, tout ça. Tu es trop raisonnable, Giulia. Trop sage !

Elle ne répondit rien mais son silence valait acquiescement.

*

Lisandra avait passé une excellente soirée avec son petit-fils. Après une série télé à l'eau de rose, suivie d'un épisode de *La Guerre des étoiles* tout en vidant un sac de marshmallows, ils s'étaient endormis tard, ravis l'un de l'autre.

Pour Lisandra, Matteo était son rayon de soleil, même si elle déplorait qu'il n'y en ait pas d'autres. Et si ce petit garçon, une fois adulte, n'avait aucun goût pour l'hôtellerie ? S'il choisissait d'être vétérinaire ou pilote de chasse, que deviendrait Bleu ? Qu'un Bartoli ne prenne pas la suite était impensable. Certes, Ange ou Giulia auraient peut-être des enfants un jour, mais ce n'était pas certain. Malgré ce doute obsédant, elle ne regrettait pas qu'Ange ait rompu ses fiançailles. Avoir Inès pour belle-fille aurait été un cauchemar. Dès le début, Lisandra avait jugé la jeune femme comme arriviste et manipulatrice. Aujourd'hui, elle n'avait plus à s'inquiéter de l'irruption de cette brebis galeuse dans leur famille. Mais si Ange et Giulia continuaient à mener leurs vies de célibataires, ne resterait décidément que Matteo. Car l'éventualité d'une adoption chez Lucca et Pia restait inconcevable, inacceptable, elle était décidée à tout faire pour les en dissuader.

Sans en avoir l'air, et de façon ludique, elle essayait donc d'intéresser son petit-fils aux avantages de l'hôtel. Elle lui faisait valoir que le fonctionnement d'un établissement comme le leur pouvait se révéler aussi amusant qu'un jeu. Être le patron, passer des commandes, manger tant qu'on voulait au restaurant, choisir la plus belle chambre ou se baigner à minuit dans la piscine étaient des atouts non négligeables. Matteo l'écoutait, riait, et elle espérait qu'il retiendrait la leçon dans un coin de sa tête.

À neuf heures ce matin-là, alors qu'elle fumait sa première cigarette de la journée, assise à son bureau, elle vit arriver Giulia en compagnie du technicien qui assurait la maintenance de tout le système informatique. Lisandra leur abandonna les bureaux et sortit, peu intéressée par le fonctionnement des ordinateurs. Néanmoins, après avoir rechigné, elle avait appris à s'en servir, admettant qu'ils facilitaient la gestion de l'hôtel.

Pour ne pas perdre son temps, elle entreprit un tour d'inspection du parc. José était en train de ranger sa longue épuisette et la surface de la piscine était impeccable. Il n'allait pas tarder à installer les matelas sur les transats, à ouvrir les parasols, ainsi tout serait prêt pour les clients les plus matinaux. Elle s'engagea dans une allée, l'œil rivé sur les parterres de fleurs et de plantes. Un peu plus loin, elle avisa la silhouette du jardinier qui ratissait les cailloux. L'ayant aperçue, il la rejoignit pour lui signaler qu'en début d'après-midi l'élagueur viendrait débarrasser de ses branches mortes un chêne vert qui se trouvait près du portail d'entrée.

— Qu'il en profite pour contrôler tous les autres arbres, demanda Lisandra. Et vérifiez bien qu'il emporte les déchets végétaux, que rien ne traîne.

Poursuivant son chemin, elle dépassa le restaurant sans s'y arrêter et gagna l'extrémité du terrain, là où Giulia suggérait d'installer son spa. Elle resta songeuse un moment, essayant d'évaluer l'intérêt d'un tel projet. Quels bénéfices et quels risques financiers ? Avec quel partenaire pouvait-on tenter l'aventure ? Serait-ce vraiment un atout supplémentaire pour la réputation de Bleu ? Dans tous les cas, les Bartoli devaient rester maîtres du lieu, donc faire construire le bâtiment.

— Encore un gros investissement, c'est sans fin… marmonna-t-elle.

Elle se détourna, incapable de prendre une décision. Avant tout, elle ferait bien de se plonger sérieusement dans le dossier de Giulia, qu'elle n'avait fait que survoler. Et ensuite, d'écouter son instinct qui l'avait toujours guidée dans la bonne direction. C'est à lui qu'elle se fierait.

En revenant aux abords de l'hôtel, elle vit Ange et Orso lancés dans une discussion qui semblait houleuse. Le vélo d'Orso était par terre au milieu de l'allée, jeté n'importe comment. Alarmée, Lisandra se hâta de les rejoindre.

— Vous vous disputez, mes chéris ? Soyez gentils de ne pas vous donner en spectacle devant nos clients. Qu'est-ce qui se passe ? Orso, ramasse ton vélo.

Il s'exécuta de mauvaise grâce tandis qu'elle interrogeait Ange du regard.

— Tu ne vas pas y croire, maman ! Figure-toi que lorsque Orso disparaît des après-midi entiers, c'est pour retrouver Inès !

Stupéfaite, Lisandra resta muette quelques instants.

— Inès ? finit-elle par articuler. Tu veux dire *ton* Inès ?

— Elle n'est pas à moi, Dieu me préserve ! Mais oui, c'est bien elle.

Toujours incrédule, elle se tourna vers Orso qui affichait un air de fierté très provocateur.

— Et alors ? claironna-t-il. Je n'ai pas le droit d'avoir des amies, des conquêtes ?

Ce dernier mot fit réagir Ange qui explosa.

— Parce que tu crois l'avoir séduite ? Elle te mène en bateau, mon pauvre !

— Je ne suis pas ton *pauvre*. Je ne suis pas non plus repoussant, que je sache. Pourquoi me mentirait-elle ? C'est fini entre vous, alors elle fait ce qu'elle veut, tu n'as pas à t'en mêler.

Lisandra tentait de mettre de l'ordre dans ses pensées qui se bousculaient. Ange paraissait très en colère, mais était-ce par jalousie vis-à-vis de son ex-fiancée ou parce qu'il supposait son frère en danger ? Cette femme était capable de tout, et si son ambition visait Bleu Azur, elle avait simplement troqué un frère contre un autre. Orso était si naïf, si vulnérable ! Il s'attachait vite et ne supportait pas d'être rejeté, qu'adviendrait-il si Inès s'en débarrassait ? Quelles étaient donc ses motivations ?

— On passe de bons moments, elle et moi, ajouta Orso. Je ne vois pas ce que vous trouvez à redire. Et puis, je vous préviens, j'en ai assez d'être surveillé comme un gamin.

Il avait régulièrement des velléités de s'affranchir du contrôle familial, mais d'après le psychothérapeute qui le suivait, c'était nécessaire. Avec les années, ses symptômes ne s'atténuaient que par périodes puis revenaient en force. Dans ces cas-là, il prenait des antidépresseurs ou même des antipsychotiques sur une courte durée.

Regrettant sans doute de s'être emporté, puisque avec Orso ça ne servait à rien d'autre qu'à le bouleverser, Ange reprit plus posément :

— On fait attention à toi parce qu'on t'aime. C'est pour ton bien que…

— Mon bien ! Tu t'en fiches pas mal ! En réalité, tu es vexé, tu croyais qu'Inès serait inconsolable et elle ne l'est pas. Elle s'amuse avec moi, je la fais rire, elle a même promis de me donner des leçons de conduite parce qu'elle ne me prend pas pour un débile comme vous tous !

— Ne dis pas n'importe quoi, mon chéri, intervint Lisandra. Personne ici ne te trouve débile. Mais tu t'emballes et nous savons que tu as du mal à contrôler tes émotions.

— Inutile de répéter ce que dit mon psy. Je gère très bien d'être amoureux ! Ça me rend gai…

L'amour était nouveau pour lui, jusqu'ici il n'avait eu que du désir pour les femmes, obsédé par leurs corps, et ses quelques aventures à la sauvette ne l'avaient pas rendu heureux.

— En tout cas, pas question qu'Inès te donne des leçons de conduite. Elle est irresponsable, conclut Lisandra.

— Je ne veux pas qu'on la critique ! s'énerva de nouveau Orso. Vous l'avez mal traitée, tous autant que vous êtes, même Lucca. Vous vouliez l'obliger à signer des tas de papiers, et comme elle ne s'est pas laissé faire, Ange l'a jetée. Moi, je ne lui demanderai jamais de rien faire contre son gré.

Cette fois, Ange et Lisandra échangèrent un regard consterné.

— Voilà, on y est, elle a trouvé la faille… laissa tomber Lisandra.

Elle s'efforçait de garder un ton mesuré, par égard pour Orso, mais elle bouillait de rage. Inès avait-elle réellement l'intention de se servir d'Orso au-delà d'un jeu destiné à blesser Ange ?

— Mais enfin, je suis toute seule à bosser ce matin ?

Giulia, qu'ils n'avaient pas entendue arriver, trop pris par leur discussion, se planta devant eux.

— C'est quoi, votre conférence au sommet ?

— Je sors avec Inès et ça déplaît à tout le monde ! s'emporta Orso.

Sa sœur le dévisagea, incrédule.

— Tu « sors » avec elle ?

— On se promène, on nage, on boit des verres, on flirte… et elle va m'apprendre à conduire !

Il l'énonçait si fièrement que les trois autres restèrent sans voix. Orso prenait en quelque sorte sa revanche sur tous les interdits pesant sur lui. On le tenait à distance des jolies clientes qui se prélassaient au bord de la piscine, à distance des employées qu'il aurait volontiers coincées dans les couloirs, à distance des voitures, et donc Inès lui offrait ce qui lui manquait.

— Bien, dit froidement Ange. Je vais l'appeler.

Déterminé à mettre un terme aux manipulations d'Inès, il n'avait pas anticipé la réaction violente de son frère.

— Si tu fais ça, je te tue ! hurla Orso.

Il se rua sur Ange, l'attrapa par le col de sa chemise qui se déchira. D'un même élan, Lisandra et Giulia se précipitèrent pour les séparer. Puis José surgit, sans doute alerté par le bruit, et ceintura Orso pour l'obliger à reculer.

— On se calme, on se calme ! s'écria Lisandra d'une voix suraiguë.

Mais Orso restait agité et se débattait tout en dardant un regard furieux sur Ange.

— Tu es prévenu ! gronda-t-il.

— Il ne l'appellera pas, prétendit Lisandra qui voulait avant tout qu'Orso s'apaise.

— Bien sûr que si, trancha Ange en s'adressant à elle. Pour protéger mon frère. Et je ne permettrai pas qu'elle se moque de lui !

Échappant aux mains de José, Orso se baissa, ramassa une poignée de graviers et les jeta à la tête d'Ange. L'un d'eux l'atteignit à la joue, les autres se perdirent sur sa chemise déchirée. Giulia alla aussitôt vers lui, posa une main bienveillante sur son épaule. Il fit l'effort de se maîtriser, jugulant sa colère.

— Allons à la stalla, décida Lisandra d'un ton sans réplique. J'espère que personne ne nous a vus, sinon les clients vont nous croire devenus fous. Venez avec nous, José.

Elle aurait préféré que José, bien qu'il soit son homme de confiance, ne reste pas au milieu de leur querelle, mais elle avait besoin d'aide car Ange allait finir par exploser, et Orso semblait devenu ingérable. Elle éprouvait de la compassion pour lui, de la tristesse, néanmoins il n'était pas question que cette garce d'Inès se serve de ses faiblesses. Or elle ne voyait pas comment sortir de l'impasse.

Restée un peu en arrière, Giulia tapa à toute vitesse un texto sur son téléphone.

« Viens nous aider si tu peux ce week-end, nous avons un problème avec Orso. »

Elle sélectionna le numéro de Lucca et l'envoya.

*

Le message de Giulia tomba au beau milieu d'une discussion entre Pia et Lucca. Pour une fois, Pia avait abordé franchement la question de l'adoption, un sujet difficile sur lequel elle s'était décidée à revenir car il lui tenait trop à cœur.

— Mon amour, lui rappela Lucca d'un ton patient, tu sais bien que la part d'inné est aussi importante, voire davantage, que la part d'acquis. Et nous aurions beau élever un enfant le mieux possible, il pourrait se révéler difficile ou avoir toutes sortes de problèmes de caractère.

— Un enfant que nous aurions réussi à faire toi et moi aurait pu présenter les mêmes défauts. On ne peut jamais savoir.

— Mais dans ce cas-là, on cherche de quel ancêtre ça vient !

— Et alors ?

Tout en parlant, Lucca réfléchissait à la manière dont il pourrait convaincre sa femme avec des arguments solides et surtout du doigté. C'était son métier de persuader des magistrats ou des jurés, cependant il connaissait la sensibilité de Pia et refusait de la heurter en lui opposant un refus catégorique. Bien sûr, lui aussi avait longtemps rêvé d'un enfant, s'était soumis à tous les examens, avait tenu la main de Pia lors des nombreuses interventions qu'elle avait subies. Hélas, ce parcours du combattant n'avait servi à rien. Des espoirs déçus, de la souffrance, deux fausses couches et toujours pas de bébé. Quand ils avaient commencé à évoquer l'éventualité – la seule qui leur restait – d'une adoption, au début il avait été intéressé. Puis il avait creusé le sujet de son côté, s'était renseigné, avait croisé des témoignages, et il avait découvert qu'une adoption ne se passe pas toujours bien.

— Impossible, malheureusement, d'adopter un orphelin en France, ça prend un temps fou, et l'enfant qu'on finit par te confier a déjà sept ou huit ans. Je ne voudrais pas rater ces premières années qui sont déterminantes pour la suite.

— Mais on peut adopter des nouveau-nés au Brésil, au Vietnam, en Afrique... plaida-t-elle.

— Chérie, tu imagines vraiment ?

— Quoi ? Un enfant de couleur dans la famille ? On ne l'en aimerait pas moins !

— Nous deux, peut-être, mais les autres ?

— Ta mère ?

— Pas seulement. Les gens ont des idées plus étroites que tu ne le penses.

— Enfin, Lucca, c'est admirable d'offrir une belle vie à un petit qui n'a pas eu la chance de naître au bon endroit. Tous nos amis approuveraient, si tu crains le regard des autres.

— Je crains un échec, une vie de soucis, de regrets, de mauvaises surprises.

Ayant rapidement écarté l'option de la gestation pour autrui, il ne restait que l'adoption, à laquelle elle s'accrochait. Car, plus le temps passait, plus le désir d'enfant devenait impérieux chez elle. Lucca redoutait que ce désir ne soit une revanche sur tout ce qu'ils avaient tenté en vain. Et il savait d'avance que Lisandra en serait malade s'ils lui ramenaient un petit étranger. Par ailleurs, lui-même était très attaché à cette notion d'hérédité dans la famille Bartoli. Pouvoir se réclamer de son père, de son grand-père, de tous ses ascendants dont on connaît bien l'histoire, dire que le bambin ressemble à tel oncle, ou la gamine à cousine Caroline, assurait la continuité et garantissait l'avenir.

Son téléphone émit soudain un bip qui lui fit jeter un coup d'œil au message affiché sur l'écran.

— Un problème ? s'enquit Pia en voyant la tête qu'il faisait.

— Oui, avec Orso semble-t-il. Pour que Giulia m'appelle à l'aide alors qu'ils sont trois à le gérer... Vois si tu nous trouves un avion pour Bastia demain matin. On louera une voiture à l'aéroport.

Homme d'action habitué à prendre des décisions rapides, Lucca avait compris qu'un danger guettait les siens, ainsi volait-il à leur secours sans différer. Connaissant bien son mari, Pia se leva aussitôt.

*

Ange était toujours en colère, ne pardonnant pas à Inès d'avoir séduit Orso. Une proie si facile ! Il mesurait tout le mal qu'elle pouvait lui faire, et par contrecoup à la famille Bartoli, lui le premier. Voulait-elle le rendre jaloux, lui donner une leçon, se venger ? Quelles que soient ses raisons, elle avait provoqué le chaos et devait jubiler. Il se souvenait bien de sa volonté affichée d'avoir toujours le dernier mot, un travers qui avait commencé à saper sa confiance en elle.

Honnête, il comprenait qu'il éprouvait aussi une pointe de jalousie. Il avait trop aimé faire l'amour avec Inès pour l'imaginer dans les bras de son frère. Irait-elle jusque-là ? Elle en était bien capable. Et que faire pour l'arrêter ? Comment intervenir entre eux alors qu'Orso pouvait faire une fugue, une crise de désespoir ou n'importe quoi d'autre ?

Giulia avait cru bon d'appeler Lucca à l'aide, mais même si son frère aîné était le plus diplomate de la famille, Ange ne croyait pas que son intervention puisse changer la situation. Néanmoins, Lucca pourrait décider de parler à Inès, ce qu'Ange se refusait à faire lui-même. Face à elle, il conserverait son calme.

En attendant l'arrivée de Lucca et Pia, la bonne marche de l'hôtel ne devait pas être négligée, surtout en pleine saison. Or Lisandra était moins disponible, occupée à dorloter Orso qui continuait à tempêter et s'énerver. Sans chercher à l'empêcher d'aller retrouver Inès, elle vérifiait qu'il prenait bien son traitement et elle passait beaucoup de temps à parler avec lui. Ange et Giulia avaient donc repris les rênes de Bleu.

*

Le samedi matin, Guillaume s'était levé très tôt pour aller faire quelques clichés dans les environs de l'hôtel avant que le soleil ne soit trop chaud. Il avait repéré deux endroits d'où le point de vue sur la mer en contrebas était sublime, et il espérait y voir des sangliers ou des ânes qui, particularité de l'île, erraient à leur guise. Mieux encore, avec son excellent téléobjectif peut-être apercevrait-il un mouflon. Il savait que pour les Corses cette espèce très préservée était le symbole de la pureté et de la liberté. Or en été, les mouflons cherchaient la fraîcheur des ravins et des pentes ombragées, donc il avait une petite chance de prendre de bonnes photos. Mais parvenu sur le promontoire où il se proposait de faire le guet, au lieu d'apercevoir des animaux il découvrit plus bas un vélo d'enfant gisant au sol et, à côté, un garçon accroupi qui se tenait une cheville à deux mains.

— Eh ! cria-t-il. Tu t'es fait mal ?

Le gamin leva les yeux vers lui et hocha la tête. Guillaume entreprit alors de descendre pour le rejoindre, s'accrochant aux touffes de genêts pour ne pas glisser.

— Tu as fait une chute, hein ?

— Sur cette pierre, là…

L'enfant avait répondu en serrant les mâchoires, les larmes aux yeux.

— Je vais t'aider, ne t'inquiète pas. Comment t'appelles-tu ?

— Matteo.

Il hésita avant d'ajouter, d'une toute petite voix :

— L'hôtel est à ma grand-mère.

— Ah… Très bien. Seulement, ce n'est pas un bon endroit pour le vélo.

— Je sais.

Guillaume l'aida à se relever et constata que le petit gardait une jambe pliée, incapable de poser son pied par terre.

— Je crois que tu ne peux pas marcher. Encore moins grimper la pente. Tu connais par cœur le numéro de ta grand-mère ?

— Celui de ma mère, oui. Et elle ne sera pas contente du tout. En principe, je ne devrais pas être ici.

— Alors pourquoi es-tu venu ?

— Pour m'entraîner aux parcours de VTT. Tous mes copains sont meilleurs que moi !

— Je suis sûr qu'il y a d'autres chemins, moins dangereux.

Guillaume sortit son téléphone et le tendit à Matteo.

— Vas-y, appelle.

— On ne peut pas rentrer à Bleu d'abord ? Sinon, elle va s'inquiéter et elle sera encore plus en colère contre moi.

Guillaume hésita mais finit par acquiescer. Le mieux pour l'enfant était de ne pas rester en plein soleil et d'aller passer une radio au plus vite. Vu l'angle formé par sa cheville, elle semblait cassée et devait le faire souffrir.

— Je vais te porter, décida-t-il.

Il se sentait ému par ce garçon qui parvenait à ne pas pleurer. Il le prit délicatement sous les épaules et les genoux tout en se demandant comment il allait réussir à gravir la pente.

— Accroche-toi à mon cou, d'accord ?

Le gémissement étouffé qu'il entendit le bouleversa. Il commença à monter pas à pas, attentif à ne pas déraper ou trébucher.

— Si tu te sens mal, dis-le-moi tout de suite.

L'enfant gardait ses bras bien serrés autour de Guillaume et ne pesait pas très lourd, néanmoins ils mirent plus de dix minutes avant d'arriver sur le promontoire. Le reste du chemin étant moins accidenté, Guillaume put marcher plus vite. Soulagé d'être enfin en vue de l'hôtel, il voulut savoir où aller pour trouver la mère ou la grand-mère de Matteo.

— Dans les bureaux de la direction. Ils sont dans le grand hall, à droite de la réception…

Cette fois, sa voix chevrotait, il devait être à bout. À l'intérieur, il faisait plus frais grâce à la climatisation. Ignorant l'air stupéfait de la réceptionniste, Guillaume alla droit à la bonne porte et, d'un même geste, frappa et entra.

Giulia, qui était en train de travailler, se leva d'un bond, saisie par le spectacle de son fils accroché au cou d'un client. Puis, affolée, elle se précipita vers Matteo. Dans la confusion qui suivit, Guillaume tenta d'expliquer ce qui était arrivé. Au même instant, sans doute alerté par la réceptionniste, Ange fit irruption. Dès qu'il eut compris la situation, il déclara qu'il allait chercher sa voiture pour la conduire au plus près de l'entrée.

— Et on fonce aux urgences à Bastia !

Giulia avait récupéré Matteo qui, dans les bras de sa mère, éclata en sanglots.

— Il a été très courageux, affirma Guillaume.

— Je vous remercierai plus tard comme il se doit, promis ! lui lança-t-elle.

Laissé seul, planté au milieu des bureaux et des écrans, Guillaume esquissa un sourire, puis il sortit en fermant soigneusement la porte. Pour les photos, le moment propice était passé, mais comme il avait eu chaud en remontant la pente avec le petit dans les bras, il décida d'aller se rafraîchir dans la piscine.

En fin de matinée, alors qu'il venait de nager un moment et sortait enfin de l'eau, il fut hélé par Lisandra qui l'avait guetté.

— Voilà le sauveteur de mon petit-fils ! claironna-t-elle. Ah, nous vous sommes tellement reconnaissants… Sans vous, il aurait pu rester là-bas des heures, souffrir le martyre et attraper une insolation. C'est d'autant plus bête qu'il aura son téléphone portable pour son anniversaire la semaine prochaine. Sauf qu'aujourd'hui, il n'en avait pas. Mais vous savez quoi ? Les enfants ont le diable au corps ! C'est ce que disait mon père, il avait bien raison.

Exubérante, autoritaire, racée, Lisandra subjuguait toujours les clients de l'hôtel et Guillaume n'échappait pas à la règle.

— Je viens d'avoir des nouvelles, enchaîna-t-elle, et c'est bien une fracture simple de la cheville. Le pauvre petit !

— Sans doute aura-t-il un plâtre.

— Non, une botte en résine, je crois. Et des béquilles !

Machinalement, parce qu'il parlait à une femme d'un certain âge, Guillaume avait enfilé sa chemise sur son caleçon de bain.

— Je vous empêche d'aller vous changer. Ou vous reposer… Allez, on se verra ce soir avec du champagne !

Elle devait être habituée à mettre elle-même un terme aux conversations, sans laisser à son interlocuteur le loisir de le faire. Pivotant sur l'un de ses talons, elle s'éloigna d'un bon pas. Sur les transats disposés au bord de la piscine il y avait peu de clients, l'heure du déjeuner approchant. Mais certains paressaient encore dans l'eau, ne se gênant pas les uns les autres dans ce très grand bassin à débordement. Séjourner à Bleu Azur était un privilège dont Guillaume mesurait le prix, au propre comme au figuré.

*

Lucca et Pia venaient d'arriver, et en attendant le retour d'Ange et de Giulia qui étaient toujours à l'hôpital avec Matteo, ce fut Lisandra qui se chargea de leur expliquer ce qui arrivait à Orso. Pia, dont la mentalité était d'une absolue droiture, fut aussitôt scandalisée par les agissements d'Inès. En revanche, Lucca se mit à réfléchir à la meilleure manière de régler le problème. Mais en existait-il une ? Orso était majeur depuis bien longtemps, ni sous tutelle ni reconnu comme malade. Certes, il dépendait de sa famille, sauf que ce n'était pas une règle écrite et qu'il pouvait décider de lui échapper s'il s'y sentait mal. Ses sentiments récents pour Inès étaient-ils assez puissants pour détrôner l'amour viscéral qu'il portait à sa mère depuis toujours ?

— Le gros souci est que si, par un moyen que j'ignore encore, je parvenais à persuader Inès de laisser tomber, Orso se sentira rejeté, abandonné, et nous savons qu'il ne le supportera pas, finit par déclarer Lucca. Et si toi, maman, tu l'engueules ou tu te mets en travers de sa route, ce sera pareil.

— Nous sommes censés approuver ? demanda Lisandra avec aigreur.

— Plutôt agir intelligemment.

— À savoir ?

— Je n'ai pas de baguette magique. Si j'en avais une, je rendrais Orso normal et il vivrait sa vie sans peser sur les nôtres.

— Lucca ! s'écria Pia.

Approuvant toujours son mari, le ton qu'elle venait d'employer exprimait pour une fois une protestation.

— Ma chérie, dit-il doucement, c'est une réalité. Parce que nous sommes solidaires et unis, comme toute famille qui se respecte, nous avons pris Orso en charge et nous continuerons. Seulement voilà, la tâche est difficile, répétitive, sans fin. Maman s'y consacre à longueur d'année, je suis réquisitionné pour les cas extrêmes, Ange et Giulia prennent leur part quotidienne de surveillance. Quand Orso ne menace pas d'avoir un accident en empruntant une voiture, quand il ne prend pas le risque de se faire écraser à vélo, il manque de mettre le feu à la stalla. De quoi rester sur le qui-vive.

— C'est ton frère, intervint Lisandra d'une voix morne.

— Tu n'as pas besoin de me le rappeler. Mon petit frère, et je l'aime.

Après quelques instants de silence, il reprit la parole :

— Je pense que tu devrais appeler son psy pour tout lui expliquer. Orso lui en parlera sans doute, mais ce sera sa version.

— On risque de me répondre qu'il a le droit d'être amoureux.

— Pas d'une garce manipulatrice. Elle sera sa perte et nous ne pourrons plus rien. Si tu veux, je m'en occupe. Je trouverai les mots, j'ai du métier.

Il le disait sans vantardise, c'était un très bon avocat. Lisandra approuva, soulagée. Après un nouveau silence, Pia demanda :

— Comment Ange réagit-il ?

— Avec colère. Il est très remonté contre Inès. Qu'elle ait trouvé ce moyen pour se venger le met hors de lui.

— Il a toujours eu un caractère difficile, ironisa Lucca. Mais là, on peut le comprendre. Allez, maman, donne-moi le numéro de ce psy.

Tandis qu'il l'enregistrait, Pia déclara soudain :

— Et si j'allais trouver Inès ? Entre femmes…

— N'y pense même pas, répondit son mari.

— Pourquoi donc ? Je ne sers jamais à rien, je suis toujours spectatrice dans les discussions !

C'était si étonnant de la part de Pia que Lucca et Lisandra la dévisagèrent avec curiosité.

— Mon avis ne compte pas, ajouta-t-elle amèrement.

Lucca comprit qu'elle faisait référence à cette histoire d'adoption, un sujet qu'il n'avait aucune intention d'aborder devant sa mère.

— Si Inès parvient aussi à semer la zizanie entre nous, elle aura gagné sur tous les tableaux ! maugréa-t-il.

Visage fermé, il observait toujours Pia qui choisit de se taire. Il attendit un peu puis finit par lui sourire.

— Bien, je suppose que vous avez faim ? s'enquit Lisandra. Avec ce qui s'est passé ce matin, je n'ai pas eu le temps de préparer le déjeuner que je voulais vous faire. Mais une table nous est réservée au restaurant malgré la mauvaise volonté de notre gérant qui affiche complet tous les jours et prétendait ne pas savoir où nous caser. Il ferait beau voir ! Parce que, tout de même, nous sommes chez nous à Bleu.

Elle l'énonçait avec une autorité que personne n'aurait eu l'idée de contester. Pia se leva pour la suivre, et tout naturellement Lucca vint lui prendre la main. Il ne souhaitait pas une épouse docile, mais être en harmonie avec elle avait beaucoup d'importance pour lui. Le couple qu'ils formaient était solide, uni, en paix. Ils aimaient les mêmes choses et pouvaient discuter de tout sans se heurter. Du moins jusqu'à maintenant. Car l'éventualité d'une adoption, sur laquelle Pia revenait de plus en plus souvent, menaçait de jeter le trouble entre eux. Devait-il, pour qu'elle se mobilise sur un objectif différent, revenir à son idée d'ouvrir un cabinet à Paris ? Un projet un peu flou, mais qu'il avait caressé un temps. Ambitieux, talentueux, il pouvait réussir là-bas, pourtant quitter Ajaccio lui déplaisait. Il y avait beaucoup d'amis, de relations professionnelles, une grande maison, et il aimait par-dessus tout la Corse et son climat. Alors pourquoi courir après une chimère ? Passé quarante ans, refaire sa carrière n'avait pas d'intérêt. La sienne avait suivi une belle trajectoire, l'interrompre serait une erreur. Non, il allait falloir trouver autre chose pour que Pia abandonne d'elle-même ses velléités d'adoption. Aux problèmes posés par Orso, pas question d'ajouter une brouille avec Lisandra, ce qui ne manquerait pas d'arriver s'il cédait à Pia.

Il serra plus fort la main de sa femme et, ayant l'habitude de faire le vide afin de se consacrer à telle ou telle cause, il chassa de sa tête tous ses soucis. Pour l'heure, autant profiter du déjeuner prévu et cajoler Matteo. Tout le reste attendrait.

7

Clémence n'avait pas cessé de penser à Ange. À son étonnant regard si lumineux, à l'intonation de sa voix. D'emblée, elle aimait tout chez lui, elle se sentait conquise, ce qui n'arrivait jamais aussi vite pour elle. Mais Ange avait quelque chose de particulier, un mélange de virilité et de douceur déconcertant qui lui plaisait. Il n'était ni hautain ni familier, il posait des questions et s'intéressait aux réponses. Toutefois, elle en avait bien conscience, Ange était auréolé d'une réputation de séducteur, de fils de famille, et désormais de cœur à prendre puisqu'il avait rompu ses fiançailles. Elles allaient être nombreuses à le poursuivre ! Et Clémence n'était ni la plus belle ni la plus aguicheuse des filles qui lui tournaient déjà autour. Lors de la soirée à L'Ambada, elle avait remarqué des coups d'œil envieux et des sourires conquérants pendant qu'elle bavardait avec lui. Pire encore, elle ne rêvait pas de « se caser », elle aimait bien sa liberté alors que d'autres seraient prêtes à tout pour mettre la main sur un parti si enviable. Pour sa part, elle voulait seulement trouver l'amour.

Elle se souvenait très bien de Bleu Azur, à propos duquel il y avait eu un reportage dans *Corse-Matin* deux ans plus tôt. Un des fleurons de l'hôtellerie de l'île, et dont Ange était l'héritier. Alors, peut-être n'aurait-elle pas dû penser à cet homme trop convoité. Pourtant, elle y songeait...

Discrètement interrogés, ses amis parlaient de lui en termes chaleureux. L'un d'entre eux, qui emmenait parfois Ange sur son petit voilier, proposa à Clémence de les accompagner la prochaine fois qu'une balade en mer aurait lieu. Depuis, elle attendait. Sans faire de projet, sans se raconter d'histoires, mais impatiente de le revoir.

Et l'occasion se présenta plus tôt que prévu. Serge, l'ami en question, avertit Clémence le dimanche matin. Une sortie était programmée en fin d'après-midi à bord de son Edel, un voilier de sept mètres trente qui, grâce à son petit tirant d'eau, pouvait faire du cabotage à proximité des côtes et jeter l'ancre dans des criques où se baigner. Elle ne se fit donc pas prier pour les rejoindre sur le port de plaisance de Saint-Florent, munie d'une boîte de canistrelli aux amandes et d'un pack de bières blondes. Elle portait un short en jean et une chemise blanche sur son maillot de bain, avec des espadrilles aux semelles de corde pour ne pas abîmer le pont du voilier.

Quand elle arriva sur le ponton où était amarré l'Edel, Ange et Serge étaient déjà à bord.

— Merci de m'emmener ! leur lança-t-elle gaiement. Je n'ai pas navigué depuis longtemps, je suis ravie.

Elle ne cherchait pas à minauder, n'était ni timide ni trop familière, et son sourire traduisait simplement son plaisir d'être là. Ange lui tendit la main pour l'aider à monter, puis il la débarrassa de ses provisions qu'il alla ranger dans le cockpit pendant que Serge vérifiait les gilets de sauvetage, la bouée en forme de fer à cheval et la fusée de détresse.

— On va viser une petite crique tranquille pour la baignade, déclara-t-il en démarrant le moteur. Mais d'abord, on fait un tour !

Ange remonta les pare-battages, alla larguer les amarres et les enroula avant de s'asseoir face à Clémence sur un des bancs-coffres.

— On se tutoie, d'accord ? proposa-t-il.

— Entre marins, c'est normal, plaisanta-t-elle.

— Tu aimes la mer ?

— Depuis les côtes, énormément ! J'aime la voir, l'entendre, la respirer. En revanche, je ne me sens pas très à l'aise quand on perd de vue la terre et que la houle se met à grossir.

— Tu es malade ?

— J'ai surtout peur.

Elle l'avouait sans honte car elle trouvait stupide de fanfaronner. Une petite brise tiède soulevait ses boucles, et Ange constata qu'elle était non seulement jolie mais qu'avec sa franchise et son naturel elle attirait la sympathie. Il laissa son regard s'attarder un instant sur ses longues jambes bronzées mises en valeur par son short. Puis il tourna la tête vers le large car ils étaient en train de quitter le port. Dès qu'on prenait la mer et qu'on sortait de la baie de Saint-Florent, on découvrait la terre sous un angle différent, avec les montagnes désertiques couvertes de maquis à perte de vue et semées de très rares maisons.

Après une demi-heure de navigation, Serge prit la direction d'une crique peu fréquentée qu'il connaissait.

— On va jeter l'ancre là-bas et on se baignera !

Dès que le voilier fut immobilisé, et l'échelle de corde descendue, Clémence enleva sa chemise et son short, impatiente de plonger dans l'eau turquoise dont la transparence permettait de voir le sable blanc, au fond. Elle sauta du pont sans attendre, suivie d'Ange.

— Elle est tiède, c'est divin ! s'écria-t-elle en émergeant.

— On fait la course ?

— Nage libre et le tour du bateau ? Je garde la corde, fais l'extérieur !

Partie comme une flèche dans un crawl impeccable, elle prit de l'avance sur Ange qui s'était mis à rire. Resté à bord, Serge les observait, amusé. Il savait qu'Ange n'allait pas mettre longtemps à tomber sous le charme de la jeune femme, et que si ces deux-là commençaient une histoire ce serait grâce à lui. Ange méritait mieux que l'agaçante et aguicheuse Inès, tous leurs copains étaient d'accord là-dessus.

Comme prévu, Clémence parvint la première à l'échelle de corde, arrachant la victoire d'une petite longueur. Ange lui mit la main sur l'épaule pour la féliciter, et leurs corps se frôlèrent. Un peu embarrassés, ils échangèrent un regard, puis un franc sourire.

*

La conversation de Lucca avec le psy qui suivait Orso n'avait pas donné grand-chose. Ils étaient tombés d'accord sur le fait qu'il ne fallait pas de situation anxiogène pour le patient et qu'un éventuel rejet provoquerait une crise, mais par quel moyen l'éviter ? Orso avait le droit de tomber amoureux, et personne ne le convaincrait de mettre un terme à une relation qui, en ce moment précis, le comblait.

Pour Lucca, la seule option possible restait de parler à Inès. Et mieux valait que ce soit lui plutôt qu'Ange. Il se résigna donc à descendre à Bastia et n'hésita pas à entrer dans l'agence de voyages où elle travaillait, sans l'avoir prévenue de sa visite.

Dès qu'elle découvrit Lucca planté devant son bureau, Inès comprit la raison de sa présence et devina qu'une querelle se préparait. D'un signe de tête, elle lui indiqua la porte et ils sortirent ensemble dans la rue.

— On s'éloigne un peu ? proposa-t-elle.

Ils firent quelques pas pour être hors de vue et s'arrêtèrent devant la terrasse d'un bar où Lucca ne proposa pas de s'asseoir.

— Tu sais pourquoi je suis là ?

— Évidemment ! Je m'attendais à voir débarquer un représentant de la famille Bartoli.

Elle utilisait un ton ironique, mais sans être tout à fait sûre d'elle. Malgré son habituel culot, un homme comme Lucca imposait le respect.

— Parfait, Inès, nous allons gagner du temps. Que comptes-tu faire avec Orso ?

Une question directe, mais posée de façon courtoise.

— Me promener, flirter, boire des bières... éluda-t-elle.

— Et puis ?

— L'avenir le dira.

— Quel avenir ? Non, parlons sérieusement. Tu sais, je suppose, qu'Orso est un homme très vulnérable et très fragile d'un point de vue émotionnel. Il s'attache vite et accorde une importance démesurée à ses rapports affectifs.

Il lui laissa le temps de répondre puis, devant son silence, enchaîna :

— Mon devoir est de protéger mon frère. D'éviter tout ce qui pourrait le conduire à un geste désespéré. Et s'il faisait quelque chose de regrettable, nous t'en tiendrions forcément pour responsable.

Elle tenta un sourire, en réalité un rictus, car elle n'avait pas apprécié la menace, aussi préféra-t-elle contre-attaquer.

— Comptes-tu le séparer de toutes les femmes dont il tombera amoureux ? Tu le traites comme un enfant, comme un attardé, voilà ce dont il souffre !

Lucca la dévisagea, puis il secoua la tête d'un air navré.

— Inès, ne fais pas semblant de ne pas comprendre. Je rêve du jour où Orso trouvera la femme de sa vie, celle qui l'apaisera, le stabilisera. Mais ce ne sera pas toi.

— Pourquoi ? lança-t-elle rageusement.

— Parce que tu ne l'aimes pas. Tu t'en sers pour toucher Ange, et en le faisant tu joues inutilement avec le feu. Ange t'a oubliée, il ne pense plus à toi.

— Oh si, vous pensez tous à moi ! La preuve, tu es là.

— Si tu savais dans quels termes nous y pensons...

Les yeux brillants de rage, elle ne trouvait pas de repartie et il la devança :

— Bref, tu n'obtiendras plus rien d'Ange, alors à quoi sert de faire du mal à Orso ? Tu vas te mettre toute une famille à dos. Crois-tu être taillée pour l'affrontement ?

Il l'énonçait si froidement qu'elle recula d'un pas.

— Je n'ai pas peur de vous !

— Ce n'est pas mon but. Mais se faire des ennemis ici n'est pas une bonne chose.

— Ici, en Corse ? Avec toutes vos histoires de vendetta, c'est ça ?

— Ne sois pas stupide, voyons. Les temps ont changé, personne ne règle plus ses conflits à coups de fusil ! Mais on se fait une mauvaise réputation, on s'exclut... Je préférerais trouver un terrain d'entente avec toi.

— À ton avantage exclusif, je suppose ?

— Pas forcément. Écoute, Inès, si tu étais sincère avec Orso, si tu voulais faire son bonheur, nous ne nous mettrions pas en travers de ta route. Mais nous savons toi et moi qu'il n'est qu'un pion pour toi. Alors je te demande juste d'abandonner la partie tant qu'il en est temps. Comme tu ne tiens pas à lui, tu n'y perdras rien. Et ainsi nous éviterons un drame.

Il était à la fois convaincant et menaçant, ce qui la fit vaciller. Pourtant elle ne voulait pas perdre la face.

— Ce serait donc à moi de céder, articula-t-elle, comme vous l'espériez déjà chez votre notaire.

— Tu as commis une erreur ce jour-là, vois où ça t'a menée.

— Dès qu'on n'est pas d'accord avec vous, on se trompe. Ah, les Bartoli ! Eh bien, justement, figure-toi que j'apprécie Orso parce qu'il n'est pas comme vous, qu'il…

— Oh, pas à moi, je t'en prie ! Tu n'apprécies pas Orso, tu *l'utilises*.

Le ton de Lucca s'était encore durci. Elle sentit qu'elle était en train de perdre la bataille.

— Je crois que nous nous sommes tout dit, risqua-t-elle pour s'en tenir là et en finir.

— Absolument. Laisse mon frère tranquille, reste loin de nous tous.

Il la toisa une dernière fois avant de se détourner. Vexée, inquiète, elle le suivit des yeux sans savoir ce qu'elle allait faire désormais.

*

— J'étais trop occupée par Matteo, je n'ai pas pu trinquer avec vous, monsieur Valmont. Alors, rattrapons-nous !

Giulia déposa le plateau sur la table en teck, à côté du transat de Guillaume. Surpris, parce qu'il était en train de somnoler, il se redressa avec un sourire embarrassé.

— Il ne fallait pas... Votre mère m'a déjà remercié.

— Mais pas moi, fit-elle remarquer en débouchant la bouteille de Ruinart qui trônait dans un seau plein de glace.

— Je n'ai rien fait d'exceptionnel ou d'héroïque, n'importe qui aurait porté secours à votre fils. Et il a été très coopératif alors qu'il souffrait beaucoup. Un enfant courageux, vraiment.

— Je suis très fière de lui.

— Vous pouvez. En plus, c'est un beau petit garçon.

— Je sais !

Elle s'était mise à rire et elle ajouta :

— Je suis comme toutes les mères, bouffie d'orgueil devant mon rejeton.

L'espace d'un instant, elle eut une pensée fugace pour le père de Matteo. Cet homme, quelque part, ignorait qu'il avait un fils et que celui-ci commençait à lui ressembler. Il n'en saurait jamais rien à moins que Matteo, une fois adulte, ne veuille le rechercher. Dans ce cas, il verrait tout ce qu'il avait perdu.

— Vous nous quittez demain matin ? demanda-t-elle. La réceptionniste m'a dit de préparer votre note.

— Je dois rentrer à Paris, même à contrecœur. Mon architecte veillera au chantier, du moins c'est ce qu'il a promis.

— Mon père utilisait toujours l'expression : « Les promesses, ça rend les fous joyeux ! »

Guillaume parut goûter la plaisanterie, puis il trinqua avec Giulia.

— Ce séjour chez vous a été très agréable, votre hôtel est un paradis.

— Nous faisons tout pour qu'il le soit. Mais c'est une machinerie assez lourde, il faut veiller aux moindres détails en permanence. Et la concurrence est rude ! Nous avons face à nous des groupes hôteliers aux moyens illimités, ce qui n'est pas notre cas. Bleu Azur est une affaire de famille.

Elle lui parlait facilement, sans doute parce qu'il savait écouter avec une réelle curiosité.

— De quand date-t-il ?

— Bleu ? De plusieurs générations ! Mes ancêtres ont commencé modestement, avec une petite auberge sans prétention, mais ils ont été visionnaires en achetant des terrains qui ne valaient pas grand-chose à l'époque.

— Alors qu'aujourd'hui…

— Oui, ce serait impossible au prix du marché. L'avantage est que nous disposons de place, avec un beau parc et l'opportunité de nous étendre encore. Je rêve de construire un spa. En tant que client, si cette offre existait dans nos prestations, en profiteriez-vous ?

— Peut-être. Un bon massage représente un moment de plaisir, de lâcher-prise. Même si je n'ai dû en faire qu'un seul dans ma vie ! Mais en vacances, pourquoi pas ? Votre clientèle a sûrement les moyens d'en profiter, en plus du reste, car c'est un plus, en effet.

Giulia eut un grand sourire satisfait. Ce qu'il venait de dire allait dans son sens, elle le répéterait à sa mère.

— Je ne suis pas seule à décider, mais c'est à l'étude, conclut-elle. Maintenant, parlons de vous. Photographe, c'est ça ?

— Un métier que j'adore ! La difficulté consiste à en vivre. Il faut se faire connaître, avoir de la chance…

— Vous en avez ?

Apparemment amusé, il se contenta toutefois d'une réponse évasive.

— Je ne me plains pas.

Giulia préféra ne pas insister puisqu'il semblait peu enclin aux confidences.

— Pensez-vous revenir bientôt chez nous, monsieur Valmont ?

— Revenir, bien sûr, mais peut-être pas chez vous. Séjourner ici est un luxe.

Il le disait simplement, avec une petite moue résignée.

— Monsieur Valmont ! s'écria Lisandra en les rejoignant. Vous nous avez caché que vous êtes célèbre !

— Moi ? s'étonna-t-il. Non, pas du tout…

— Je viens de voir, par hasard, votre portrait sur Internet. Vous avez reçu des prix ! Le Leica Oskar Barnack, le prix « nature », et le prix Nadar pour votre livre de photos.

Il parut amusé qu'elle soit si bien renseignée, ce qui n'était pas dû au hasard, elle avait forcément cherché.

— Le Leica permet d'acheter du matériel, mais les autres sont plutôt honorifiques, se contenta-t-il de dire.

Giulia nota que, décidément, il n'aimait pas trop parler de lui. Elle tendit sa propre coupe à sa mère qui la vida d'un trait avant de déclarer :

— Allez, on vous laisse tranquille pour votre dernier jour chez nous ! Tu viens, ma chérie ?

Elle entraîna sa fille loin de la piscine avant de chuchoter :

— D'après ce que j'ai vu, c'est un très bon photographe ! D'ailleurs, il a les moyens de se faire construire une maison ici… Tu le trouves sympathique ?

Tout en la suivant vers l'entrée de l'hôtel, Giulia haussa les épaules.

— Ne me dis pas que tu cherches encore une fois à me caser ? Dès qu'un client te plaît, il faudrait qu'il me tombe dans les bras ! Et pour ta question, non, je ne le trouve pas très sympa malgré toute ma reconnaissance concernant Matteo. C'est encore un de ces hommes qui se prétendent malheureux et se font passer pour des cœurs à prendre alors qu'ils ne cherchent que l'aventure. Je ne ferai pas deux fois la même erreur.

— Mais un jour il faudra bien que tu l'oublies, ton erreur ! Tu ne comptes pas rester toujours seule et finir vieille fille ?

La brutalité du propos choqua Giulia qui n'eut pourtant pas le temps de répliquer.

— Tu es une belle femme, ma chérie, tu peux trouver un homme formidable qui te rendrait heureuse et s'occuperait bien de Matteo. Tu peux aussi avoir d'autres enfants…

— Ah, c'est là que tu voulais en venir !

— Bien sûr. Des descendants, des petits Bartoli, tu sais bien que j'en rêve ! Mais entre Ange qui avait choisi la pire des femmes, à laquelle il a renoncé *in extremis*, Dieu merci, et Pia qui ne peut pas avoir d'enfants et nous menace d'adopter n'importe quel étranger, je me fais du souci. Que la vie est mal faite, bon sang… Il y a des couples qui veulent des bébés et n'en ont pas, d'autres qui n'en veulent pas et qui en font plein !

Giulia avait beau être habituée au franc-parler de sa mère, elle se sentait exaspérée.

— Que je reste célibataire te fait peur, n'est-ce pas ? Qu'Ange se remette à courir l'aventure plutôt que chercher une épouse te fait peur, qu'Orso soit de plus en plus ingérable te fait peur… Tout ça, admettons. Mais en quoi un « étranger » t'effraie-t-il donc ?

Lisandra s'arrêta net, la main sur la porte à tambour de l'entrée de l'hôtel. Elle se retourna vers sa fille, la dévisagea.

— Tu as envie de me traiter de raciste, hein ? Tu aurais tort. Des étrangers, il y en a de merveilleux. Ou pas. Un gosse dont on ne sait rien, sauf qu'il peut être traumatisé, incapable de s'adapter, taré, malade, chargé d'hérédité… ou pas, c'est effrayant ! Parce que tout l'amour du monde ne change rien à ce que tu portes dans tes gènes.

— Et nous, les Bartoli, nous portons quoi ? Arrête de te gargariser avec ça. N'oublie pas qu'il y a Orso, et ce qui l'atteint peut avoir une origine génétique.

— Personne ne l'a jamais prouvé !

— Ça reste une possibilité.

— Alors inutile d'ajouter d'autres *possibilités* à celle-là.

La porte à tambour se mit à tourner car une cliente sortait. Lisandra retrouva aussitôt son sourire commercial et s'effaça avec un mot aimable. Puis elle planta là sa fille et s'engouffra dans l'hôtel.

Restée seule, secouée par la discussion, Giulia sentit une boule dans sa gorge. Elle n'allait tout de même pas se mettre à pleurer ? Pas elle, non ! Elle s'éloigna en direction de la stalla en se demandant pourquoi elle était soudain si vulnérable. Parce qu'elle était consciente que les années passaient vite et qu'elle ne faisait rien pour que sa situation change ? Se trouvait-elle donc si bien toute seule ? Elle vivait avec ses frères, sa mère, son fils, et son horizon se bornait à Bleu, sans autre vision d'avenir. Elle n'avait pas construit sa propre famille, hormis ce fils unique sans père, et le spectre de finir *vieille fille*, comme venait de le lui asséner Lisandra, n'était pas réjouissant. Ce qu'elle prenait pour sa liberté, son indépendance, n'était-il pas un moyen de rester bien à l'abri, de ne pas prendre le risque d'une nouvelle déception ? Elle avait si mal vécu la fuite honteuse du père de Matteo ! La blessure n'était pas cicatrisée malgré tout le temps écoulé. Ne le serait-elle jamais, la condamnant à une amertume sans fin ? Allait-elle se dessécher, s'aigrir ?

Elle s'arrêta devant la stalla, s'assit sur le banc de pierre qui trônait depuis toujours contre la façade. Puis elle laissa tomber sa tête entre ses mains et se mit à pleurer.

— Giulia ? Giulia...

La main d'Orso se posa légèrement sur son bras. Elle sentit qu'il s'asseyait à côté d'elle, l'attirait à lui.

— Pourquoi es-tu triste, Giulia ?

Avec Orso, si les choses pouvaient être parfois compliquées, il avait une façon simple et authentique d'exprimer son affection.

— Ma vie n'est pas très drôle, soupira-t-elle en reniflant. Uniquement consacrée à mon fils, à mon travail... Mais moi dans tout ça, moi, Giulia ?

Il sortit de sa poche un mouchoir en papier qu'il lui tendit et il attendit qu'elle se soit mouchée.

— Toi, ma sœur, tu es jeune et tu es belle comme un cœur. Je vois bien comment les hommes te regardent. Tu devrais en choisir un qui en vaille la peine, un qui te rendra heureuse. Parce que c'est ce qui te manque, hein ? L'amour !

Il avait prononcé le dernier mot d'un air béat, sans doute en pensant à Inès. Ce rappel de la situation qui préoccupait toute la famille fit oublier à Giulia ses propres états d'âme. D'ailleurs, Orso avait raison, elle n'avait qu'à tomber amoureuse pour voir la vie sous d'autres couleurs.

— Arrête de te méfier de tout le monde, laisse-toi aller, insista-t-il.

D'où lui venait une telle sagesse ? Son hypersensibilité le rapprochait finalement des autres au lieu de l'en éloigner. Giulia s'écarta un peu pour le regarder. Comme ils étaient en confiance tous les deux, elle estima l'instant bien choisi.

— Orso, à partir de maintenant nous allons nous entraider toi et moi.

— Oh, d'accord ! D'accord, mais, euh… à quoi ?

— À faire ce que tu as si bien dit : trouver la bonne personne. Et on s'encouragera mutuellement, on se racontera nos rencontres.

— Oui, seulement moi, j'ai déjà…

— Non ! Au fond de toi, tu *sais* que non. Tu n'as rien du tout avec Inès, que du vent. Nous t'avons mis en garde, et je comprends que tu n'aies pas eu envie de nous écouter, pourtant c'est vrai, elle ne t'est pas destinée. Pas bonne pour toi. Ange l'a humiliée, alors elle se sert de toi. Ton bonheur ne dépend pas d'elle mais d'une qui sera sincère. Parce que toi aussi tu es encore jeune et plutôt beau garçon.

— Sauf que je n'ose pas approcher les filles ! protesta-t-il. On m'intime l'ordre de les laisser tranquilles, de ne pas les embêter, ça me bloque.

— Uniquement les clientes de l'hôtel.

— Figure-toi que je ne vois personne en dehors de cet hôtel. Inès, elle est venue vers moi sur la plage, elle m'a dragué ! Tu te rends compte ?

— Elle est rusée et elle ment comme elle respire.

— Je n'aurai pas d'autre chance, Giulia.

— Bien sûr que si. On va sortir ensemble, toi et moi. Ou toi et Ange, entre hommes.

— Non, que toi et moi. À côté d'Ange, on ne me voit plus.

— Tu as tort mais peu importe. Rien que toi et moi, entendu.

Il parut réfléchir et finit par sourire.

— Oui, c'est bien comme ça.

Était-il soulagé, même inconsciemment, de ne plus avoir à lutter contre sa famille pour continuer à voir Inès ? S'obstiner avec elle provoquait l'affrontement avec sa mère, ce qui le terrifiait car il se sentait écartelé.

— Nous applaudirons tous si tu trouves la bonne, Orso.

Elle l'affirmait sans trop savoir si son frère pourrait assumer une véritable relation. Mais tout valait mieux qu'Inès car elle risquait de le conduire à un désespoir absolu. Quand elle l'aurait laissé tomber, ce qui ne tarderait plus, il serait capable de se jeter par la fenêtre ou d'aller se noyer au large.

Elle n'avait pas cessé de le regarder, se demandant comment il supportait sa marginalisation. Une question que personne ne se posait vraiment. Tous les membres de sa famille le considéraient par habitude comme un adolescent, comme un malade, comme un danger éventuel. Pour le préserver, et aussi ne pas gêner la bonne marche de l'hôtel qui les faisait vivre, on l'avait mis sous une cloche où peut-être il étouffait. Avec son vélo, il n'allait pas loin, son horizon se bornait étroitement à Bleu. Pour les visites chez son psy, pour acheter des vêtements ou n'importe quoi d'autre il était toujours accompagné par sa mère. Certes, on ne pouvait pas lui faire confiance, mais quelle pauvre vie !

— Parfait, dit-elle en se levant. C'est décidé, demain soir je t'emmène danser.

Il ouvrit de grands yeux, apparemment sidéré par la proposition, et elle se reprocha de ne pas y avoir pensé plus tôt.

— Et maintenant, je retourne travailler, déclara-t-elle.

Elle s'éloigna avec le sentiment que, depuis une heure, elle en avait beaucoup appris, sur elle-même et sur Orso. Pleurer ne servait à rien, ce n'était pas dans son caractère, mieux valait agir. Allongeant le pas, elle se mit à siffloter.

*

Le lendemain matin, Guillaume avait rassemblé ses affaires et quitté sa chambre à regret. Le confort de Bleu Azur allait lui manquer à Paris, dans cet appartement où il se déplaisait. Heureusement, sa femme ayant emporté tout ce qui lui appartenait, rien ne lui faisait plus penser à elle. La seule chose qu'il ait retrouvée après son départ était une photo où elle apparaissait belle et souriante. Sans hésiter, il l'avait déchirée. Nathalie l'avait trompé, trahi, exploité, elle appartenait au passé. Mais il avait mis du temps à tourner la page, se torturant pour comprendre comment leur couple avait pu sombrer. Il s'était culpabilisé, remis en question, morfondu, et au bout du compte il n'y avait aucune raison valable, aucune explication car il ne lui avait jamais fait de mal. Nathalie avait cessé de l'aimer, voilà tout, et elle en avait choisi un autre pour poursuivre sa route.

Rentrer à Paris le déprimait. Contrairement au cap Corse, la capitale ne l'inspirait pas. Il trouvait la ville de plus en plus triste et sale, les passants maussades et pressés, même les pigeons y semblaient moroses, bref il ne s'y promenait plus avec le même plaisir que quelques années plus tôt. Il allait devoir programmer un petit voyage. L'un de ses amis l'ayant invité à venir le voir au Canada, peut-être irait-il passer une semaine là-bas, à la recherche de clichés rares, de grands paysages et d'animaux sauvages. De toute façon, sa maison ne serait pas prête avant un mois ou deux, si les choses se passaient au mieux, et d'ici là il fallait qu'il travaille.

À la réception de l'hôtel, tandis qu'on éditait sa note, Giulia sortit des bureaux de la direction et le salua gaiement.

— Monsieur Valmont ! J'espérais vous voir avant votre départ. En fait, j'avais une question à vous poser. Êtes-vous satisfait de votre architecte ?

— Ses plans étaient conformes à mes attentes et à l'urbanisme en vigueur. Pour la gestion des équipes, en tant que maître d'œuvre, il lui est arrivé de prendre du retard, mais c'est un problème récurrent dans le bâtiment. Les artisans acceptent plusieurs chantiers à la fois, du coup ils sont partout et nulle part. Sans compter les pénuries de matériaux ! Mais dans l'ensemble, mon projet avance.

— Donc, vous le recommanderiez ?

— En réalité, je n'en connais pas d'autre. On me l'avait conseillé et tout se passe à peu près bien, alors je dirais que, oui, on peut faire appel à lui.

Comme il n'avait pas demandé pourquoi elle lui posait ces questions, elle jugea plus courtois de s'expliquer.

— C'est pour cette histoire de spa. Je poursuis mon idée et je voudrais la rendre concrète.

Guillaume acquiesça, amusé par la ténacité de cette petite jeune femme. Il avait cessé de la prendre pour une pimbêche ou une fille de famille, elle valait mieux que ça.

— Bon retour sur le continent, conclut-elle en lui tendant la main.

Sa poigne était vigoureuse, son sourire sincère. Elle repartit vers les bureaux de la direction, laissant à Guillaume une impression de regret. Il aurait aimé que leur échange se poursuive, et peut-être aurait-il fini par… Par quoi ? Lui offrir un verre ? Une pensée ridicule, elle était ici chez elle, c'était elle qui achetait les bouteilles du bar !

Il tendit sa carte bancaire à la réceptionniste qui patientait poliment. Tout en calculant ce qui resterait sur son compte courant après cette dépense, il prit conscience qu'il était vraiment l'heure de quitter Bleu Azur pour descendre à Bastia et y rendre sa voiture de location s'il ne voulait pas rater son avion pour Paris.

*

Ange avait déjà dîné deux fois avec Clémence, mais lorsqu'il l'avait raccompagnée au pied de son immeuble, elle ne l'avait pas invité à monter chez elle. La veille, ils étaient allés à la Conca d'Oro, une boîte de nuit installée pour l'été en plein air dans le petit village d'Oletta. Ils avaient flirté, dansé, bu quelques verres, puis ils étaient partis pour se promener au calme dans la nuit tiède en bavardant.

Clémence, malgré la forte attirance qu'elle éprouvait pour Ange, était persuadée que, malgré lui, il était toujours attaché à Inès. Et l'idée de n'être pour lui qu'un dérivatif ou un passe-temps la rendait méfiante. Elle n'était pas prude, aurait aimé se retrouver dans ses bras, mais elle préférait attendre de voir ce qu'allait devenir cette relation naissante. De son côté, Ange avait l'habitude que les femmes craquent pour lui, aussi s'étonnait-il de la réserve de Clémence. Cependant, il se plaisait en sa compagnie, appréciait de pouvoir discuter de tout avec elle, la trouvait vraiment séduisante, alors il souhaitait ne rien brusquer.

Si différente d'Inès et de ses caprices, Clémence était gaie, vive d'esprit, curieuse de tout et attentive aux autres. Sans doute d'excellentes qualités pour une journaliste, pourtant elle comptait bien changer un jour de métier en s'orientant vers une profession juridique. Elle se disait fascinée par l'atmosphère du palais de justice et racontait quelques anecdotes avec beaucoup d'humour. Lorsque Ange s'était étonné qu'une femme comme elle ne soit ni mariée ni en couple, elle n'avait pas hésité à répondre franchement que, après s'être bien amusée à vingt ans, elle avait connu quelques désillusions et quelques tocades, et qu'aujourd'hui elle cherchait une relation solide. Elle l'énonçait d'un ton léger, devinant certainement qu'elle pouvait le faire fuir avec ce genre de proclamation. Mais au moins, elle était sincère.

Ce soir-là, Ange était resté à la stalla pour garder Matteo, Giulia ayant décrété qu'elle emmenait Orso danser, ce qui avait stupéfié Lisandra. Une idée saugrenue d'après elle. En revanche, Ange avait très bien compris la démarche de sa sœur. Il s'était même fait le reproche de ne pas y avoir pensé tout seul. Au lieu d'intimer à Orso de ne plus fréquenter Inès, la meilleure solution consistait à l'en distraire. Évidemment, ce ne serait pas simple. Orso ne savait pas aborder les femmes, il était trop direct ou trop timide, et le laisser aller avec une inconnue pouvait paraître risqué, nul ne pouvant prédire ses réactions. Néanmoins, il n'était pas fou et il avait le droit de vivre à peu près normalement. Si Giulia avait raison, c'est que Lisandra avait tort en surprotégeant Orso.

Après avoir passé un moment au pied du lit de Matteo qui s'était endormi depuis longtemps, Ange redescendit à la cuisine. Comme tout le reste de la famille, il se sentait bien dans cette pièce familière et chaleureuse, loin du luxe trop ordonné de Bleu. Durant ses études, chaque fois qu'il rentrait de Lausanne, il retrouvait la stalla avec plaisir. Ses voyages l'avaient intéressé et il avait beaucoup appris, mais son foyer resterait ici tant qu'il n'aurait pas construit le sien. Lorsqu'il s'était fiancé avec Inès et qu'alors le mariage se profilait, il avait envisagé d'acheter une maison. Là encore, ils n'étaient pas tombés d'accord, Inès trouvant normal qu'Ange fasse de la route matin et soir tandis qu'elle resterait proche de son travail. En réalité, ils n'étaient d'accord sur rien, hormis au lit. Et ça, Ange ne pouvait s'empêcher d'y penser, d'y repenser. Il avait eu cette femme dans la peau, il luttait pour l'en extirper. Pour l'instant, Clémence ne l'y aidait pas, mais sans doute avait-elle raison de ne pas vouloir être une simple distraction. Elle méritait mieux, ils le savaient tous les deux.

Songeur, Ange se servit un verre de clos-canarelli, un vin blanc corse qu'il aimait boire bien frais, et il s'assit au bout de la longue table. La stalla était silencieuse mais le bruit du vent qui se levait commençait à se faire entendre. D'après les prévisions météo, un orage devait avoir lieu dans la nuit, plutôt violent. Ange espéra que Giulia ne serait pas sur les routes du cap à ce moment-là. Orso profitait-il de sa soirée ? Parvenait-il à surmonter sa maladresse et sa brusquerie avec les femmes ? Pour ce qu'Ange en savait, Orso était au moins un bon danseur.

Son portable vibra et un texto de Lisandra s'afficha. « Crois-tu qu'ils vont rentrer tard ? » Agacé, il répondit qu'il n'en avait aucune idée. Pour se distraire, il reprit *Corse-Matin* et le feuilleta jusqu'à trouver un article de Clémence qu'il avait déjà lu. Elle écrivait bien, possédait un style personnel qui plaisait sûrement aux abonnés. Mais elle avait dû faire le tour de ce métier de journaliste cantonnée aux faits divers puisqu'elle envisageait une reconversion. Une femme intéressante, vraiment. Il n'était pas loin d'être tout à fait sous le charme. Si seulement l'image d'Inès nue dans ses bras pouvait le quitter...

Un brusque coup de tonnerre le tira de sa rêverie et il gagna une fenêtre pour jeter un œil au-dehors, mais tout était obscur. Il patienta jusqu'à ce qu'un éclair illumine les abords de la stalla, rendant le paysage fantomatique. Quelques instants plus tard, une averse diluvienne se mit à tomber. Portées par le vent, les gouttes frappaient violemment les carreaux.

— Ange ? cria Matteo du premier étage.

Le garçon devait avoir peur. Même s'il avait l'habitude des orages impressionnants du cap, l'absence de sa mère l'inquiétait sûrement.

— Je viens, mon lapin !

Ange s'empara d'une tablette de chocolat et se dépêcha de monter rejoindre son neveu qu'il trouva debout.

— La foudre n'est pas loin, hein ? lui lança Matteo.

Sa botte en résine ne semblait pas le gêner, il se déplaçait facilement.

— Nous avons un paratonnerre, tu sais bien. On ne risque rien, et c'est plutôt un beau spectacle… Veux-tu un peu de chocolat ?

Ils restèrent devant la fenêtre pour grignoter quelques carrés. Les éclairs se succédaient, suivis des claquements secs de la foudre.

— Quand il y a des éclairs, ne les regarde pas, c'est très éblouissant. D'ailleurs, éloignons-nous, mieux vaut te recoucher.

Matteo se glissa sous sa couette tandis qu'Ange s'asseyait sur le tapis.

— Tu pourras te rendormir tranquille, je ne quitte pas la stalla.

— Tu crois que maman et Orso sont sur la route ?

— Ta mère connaît le danger des orages, elle attendra qu'il passe pour revenir.

Matteo hocha la tête puis, sans transition, demanda :

— Ange, tu sais qui était mon père ?

Saisi par cette question que le garçon ne lui avait jamais posée, Ange dut réfléchir avant de formuler une réponse.

— Pourquoi t'en soucies-tu ce soir ?

— À l'école, ils disent tous « papa ci », « papa ça ». Moi, je ne peux pas.

Sans doute alarmé par l'expression inquiète d'Ange, il se dépêcha d'ajouter gentiment :

— Je parle de mes oncles, bien sûr ! Surtout toi. Tu m'as appris à faire du vélo, du skate, à jouer au foot, mais…

Le voyant hésiter, Ange acheva pour lui :

— Mais tu ne peux pas dire « papa ».

— Voilà. Ni dire qu'il est mort. Parce qu'il n'est pas mort, n'est-ce pas ?

Ému, Ange secoua la tête, cherchant désespérément une réponse appropriée.

— En as-tu discuté avec ta maman ?

— Je vois bien que ça la contrarie quand je lui pose des questions.

Quel genre d'explication Giulia avait-elle donné à son fils ? Que pouvait-on raconter de plausible et d'apaisant à un petit garçon ?

— Écoute, mon lapin, je vais voir ça avec elle. D'accord ?

— Mais toi, Ange, tu sais forcément quelque chose, non ?

— C'est l'histoire de ta maman et la tienne. Elle te la racontera si elle le juge bon pour toi. Ce soir, la seule chose à savoir est que ton père ne t'a pas abandonné. Il ne t'a jamais vu, ne te connaît pas. En revanche, je te rappelle que tu as une mère formidable, trois oncles et une grand-mère qui t'adorent et qui veillent sur toi.

— Et ma tante Pia !

Au grand soulagement d'Ange, Matteo avait retrouvé le sourire.

— Pia aussi, absolument. Toute une famille rien que pour toi.

Le loup en peluche du garçon était posé à côté de lui, mais depuis longtemps il ne le serrait plus contre lui pour s'endormir. Il se contenta de poser sa main dessus et ferma les yeux. Ange attendit longtemps avant de se relever sans bruit. Il avait oublié l'orage qui pourtant s'attardait, et la pluie continuait de frapper violemment les vitres.

En descendant l'escalier sur la pointe des pieds, il décida qu'il avait bien besoin d'un autre verre de canarelli pour attendre le retour de sa sœur et de son frère.

*

Tandis qu'Ange sirotait son vin blanc, perdu dans ses pensées, Giulia luttait sur la route du cap. Elle avait pris la départementale 80, creusée dans la paroi rocheuse entre mer et montagne. De jour, le paysage sauvage était sublime, mais de nuit et sous la pluie il devenait menaçant. L'averse s'abattait sans relâche sur le pare-brise, de fortes bourrasques faisaient tanguer la voiture, obligeant Giulia à se cramponner au volant. À côté d'elle, Orso paraissait fasciné à la fois par les éclairs qui zébraient l'obscurité et par les efforts de sa sœur pour conduire.

Ils avaient profité d'une bonne soirée, Orso dansant tour à tour avec toutes les copines de Giulia. Il était un excellent partenaire, à croire qu'il s'entraînait seul dans sa chambre. Giulia s'était bien amusée aussi, mais elle avait surveillé étroitement les consommations de son frère, et elle-même n'avait bu qu'un verre, renonçant au second lorsqu'elle avait appris qu'un gros orage arrivait sur le cap.

— On aurait dû attendre encore, dit-elle entre ses dents.

Ils avaient patienté, mais pas assez longtemps. À présent, ils étaient en plein milieu d'une sorte de tempête qui ne faiblissait pas. Les essuie-glaces n'allaient pas assez vite pour évacuer l'eau ruisselant sur le pare-brise, réduisant considérablement sa visibilité. Giulia négociait les tournants au ralenti, néanmoins elle était pressée d'arriver.

Alors qu'ils s'engageaient dans un virage en épingle à cheveux, un gros 4×4 arrivant pleins phares en sens inverse les éblouit. Giulia donna un brusque coup de volant qui la fit monter sur le bas-côté. Effrayée, elle freina trop fort et sa voiture partit en tête-à-queue jusqu'à ce qu'un arbre l'arrête brutalement. Les airbags se déclenchèrent sous le choc, et Giulia eut la sensation de recevoir une énorme claque puis d'étouffer.

Orso se dégagea du sien dès qu'il fut dégonflé. L'atmosphère était envahie par un brouillard blanc, mais il se pencha vers sa sœur et comprit qu'elle avait perdu connaissance. Affolé, il commença par se demander si la voiture ne risquait pas de prendre feu. L'urgence était donc de sortir Giulia de l'habitacle. Il descendit, contourna la voiture et ouvrit la portière côté conducteur. Après avoir coupé le contact du moteur, qui tournait toujours, et appuyé sur le bouton des feux de détresse, il dut batailler pour extirper sa sœur de son siège et la traîner dehors. Puis il la souleva pour la porter plus loin. La pluie n'avait pas cessé, pourtant il évita d'aller sous un arbre en raison de l'orage et finit par allonger Giulia sur l'herbe du bas-côté. Là seulement, il lui tapota les joues jusqu'à ce qu'elle ouvre les yeux.

— Tu t'es évanouie ! lâcha-t-il, très soulagé.

Elle secoua la tête, désigna ses oreilles et fit signe qu'elle n'entendait pas. Assourdie par la déflagration de l'airbag, elle ne percevait qu'un sifflement continu. Fouillant ses poches, Orso en sortit son téléphone. Par gestes, il fit comprendre à Giulia qu'il appelait les secours. Les feux de détresse s'allumaient et s'éteignaient, ce qu'ils feraient jusqu'à épuisement de la batterie. Après une hésitation, ne discernant aucune fumée au-dessus du capot, il décida qu'il pouvait retourner à la voiture sans risque. Dans le coffre, épargné puisque l'accident n'avait enfoncé que l'avant, il trouva une couverture de survie et un triangle de signalisation qu'il alla installer sur la chaussée. Quand il revint près de Giulia, il la recouvrit en lui recommandant de ne pas bouger. La dernière chose qu'il devait faire à présent était d'avertir Ange sans trop l'affoler.

8

Ange était parti en catastrophe, après que Lisandra était venue s'installer à la stalla pour rester avec Matteo qui dormait toujours. En arrivant sur les lieux où s'était produit l'accident, il avait trouvé les pompiers, la gendarmerie et une dépanneuse.

Giulia, assise dans le camion des pompiers, semblait indemne. Orso, debout à côté d'elle, s'empressa de rassurer son frère.

— Plus de peur que de mal ! Mais on a eu chaud. Enfin, façon de parler…

Des couvertures autour des épaules, ils étaient trempés tous les deux.

— J'ai été éblouie, j'ai donné un mauvais coup de volant, expliqua Giulia.

— Figure-toi qu'après le déclenchement de l'airbag elle n'entendait plus rien, en plus elle était tombée dans les pommes, renchérit Orso.

Giulia leva la tête vers lui en lui adressant un grand sourire.

— Il a été formidable, déclara-t-elle d'un ton affectueux. Il a fait exactement ce qu'il fallait faire.

Un peu surpris, Ange regarda Orso à son tour. Pouvait-il vraiment être *formidable*, dans ce genre de situation anxiogène ?

— Tension et saturation normales, intervint le médecin urgentiste en s'adressant à Giulia. Vous allez pouvoir rentrer chez vous.

Ange regagna aussitôt sa voiture pour y mettre le chauffage à fond. Giulia le rejoignit la première, les gendarmes prenant le témoignage d'Orso sur les circonstances de l'accident, comme c'était la règle.

— Raconte-moi vite pour Orso avant qu'il arrive, demanda Ange.

De nouveau, Giulia eut le même sourire réjoui.

— Il a pensé à tout, ce dont je ne l'aurais jamais cru capable.

— Tout quoi ? insista Ange, très intrigué et encore incrédule.

— Couper le contact, me sortir de là, me porter loin de la voiture, aller y récupérer une couverture de survie pour moi, poser le triangle de signalisation sur la route afin d'éviter un suraccident, avertir les secours, t'appeler. Et malgré la pluie battante, il ne m'a pas installée sous un arbre ! Tu te rends compte ?

Ses mains tendues vers les buses de la ventilation pour les réchauffer, elle avait parlé d'une voix enthousiaste.

— Il est parfois très étonnant, murmura Ange.

— La plupart du temps, on le juge mal. On ne lui confie aucune responsabilité alors que, manifestement…

Elle s'interrompit car Orso venait d'ouvrir la portière arrière. Il se laissa tomber sur la banquette avec un grand soupir de soulagement.

— Ouf, c'est fini, on rentre ! clama-t-il. Quelle soirée…

Après un petit silence, il ajouta :

— La discothèque, j'ai vraiment adoré. On aurait dû rester là-bas à danser avec toutes tes copines en attendant que l'orage passe. Dis, on pourra y retourner ?

— Oui, quand ma voiture sera réparée.

— Promis ?

— Juré.

Elle lui devait bien ça. L'accident lui avait fait oublier le reste, or ils avaient passé un bon moment, surtout Orso, déchaîné sur la piste. Il avait évidemment tenté de flirter avec l'une ou l'autre, mais sans insister. La plupart des amies de Giulia l'avaient trouvé plutôt agréable et lui avaient demandé pourquoi on le voyait si rarement.

— La prochaine fois, je vous accompagnerai, déclara Ange.

— Ah non, pas toi ! protesta Orso. Si tu viens, tu vas accaparer les filles.

— Pas du tout. En ce moment, je sors avec Clémence et je ne regarde pas les autres.

— Tu parles… bougonna Orso.

— Pourtant, c'est vrai. Je suis même un peu amoureux d'elle.

— Tu as déjà oublié Inès ?

— Inès est quelqu'un qu'il vaut mieux oublier le plus vite possible.

Orso ne répondit rien, mais Giulia restait confiante. Cette incroyable soirée avait ouvert un nouvel horizon à Orso. S'il prenait confiance en lui, peut-être se stabiliserait-il. Chez un grand nombre d'adultes, les symptômes borderline finissaient par s'atténuer avec le temps. Pourquoi pas lui malgré ce que prétendait son psy ?

— Amoureux ? dit-elle à Ange. Deux fois de suite, toi qui n'étais qu'un cœur d'artichaut ?

— Tout le monde a le droit de changer.

— C'est certain. La preuve…

L'allusion à Orso rendit Ange perplexe. Tout comme sa sœur, il se demandait si l'état chronique de leur frère ne s'était pas un peu amélioré sans que personne le remarque.

— La nuit sera courte, soupira Giulia. Et j'ai rendez-vous avec des fournisseurs demain matin.

— Je peux m'en charger, tu ferais mieux de te reposer un peu.

— Le comptable vient à neuf heures, tu n'auras pas le temps de tout faire.

Comme il allait protester, elle lui coupa la parole :

— Ange, je vais bien, affirma-t-elle d'un ton péremptoire.

C'était sûrement vrai, à voir son air farouche. Elle détestait être en position de faiblesse, ne voulait jamais qu'on la plaigne. Une petite sœur au caractère bien trempé, qui devait se reprocher ce stupide accident et n'en tenait personne pour responsable, ni le gros 4×4 éblouissant ni l'orage.

En arrivant devant la stalla, ils trouvèrent Lisandra debout sur le perron, en robe de chambre et les bras croisés. Ange et Giulia échangèrent un coup d'œil amusé avant de descendre de voiture, certains que leur mère allait dire vertement ce qu'elle pensait de cette soirée dansante.

*

Inès n'en revenait pas. Ce grand nigaud d'Orso lui avait déclaré, en bredouillant, qu'il valait mieux ne plus se revoir. Elle était persuadée qu'il ne faisait que céder aux injonctions de sa famille, puisque tous les Bartoli s'étaient ligués contre elle. Mais être rejetée deux fois de suite, par deux frères, lui était carrément insupportable. Elle n'avait pas l'habitude que les hommes lui résistent, elle se sentait humiliée, dévalorisée, et ne savait comment reprendre la main. D'autant moins qu'elle gardait en mémoire les paroles de Lucca. Se faire des ennemis sur cette île, avec ses fichus codes d'honneur, représentait un risque à ne pas courir. Inès avait un bon salaire dans son agence, elle appréciait la vie à Bastia et ne voulait pas y être traitée en paria. Néanmoins, elle ne digérait toujours pas son échec cuisant avec Ange et n'avait même pas trouvé le moyen de se venger.

À plusieurs reprises, elle l'avait aperçu en compagnie d'une jeune femme, et le savoir avec une autre, qui parviendrait peut-être à lui passer la corde au cou, la faisait bouillir de rage en décuplant sa frustration. Pour la énième fois, elle se reprochait d'avoir raté le coche, de n'avoir pas su saisir sa chance, elle qui se croyait pourtant habile manipulatrice. Elle aurait dû signer chez le notaire, elle maudissait sa propre sottise car elle serait devenue l'épouse d'un bel homme doublé d'un beau parti. Pour trouver son équivalent… Certes, on pouvait faire de jolies rencontres, surtout durant l'été, mais une aventure éphémère ne tentait pas Inès, ce qu'elle désirait aujourd'hui était assurer son avenir.

Si seulement elle avait pu reconquérir Ange, elle lui aurait fait payer cher sa brusque rupture. Mais apparemment, malgré l'ascendant qu'elle avait cru avoir sur lui, il ne revenait pas sur sa décision. Restait au moins la possibilité de faire la connaissance de cette jeune femme avec laquelle il s'affichait. S'en faire une copine, et l'air de rien la mettre en garde contre un homme incapable de s'engager sincèrement, et tout à fait capable de vous quitter à tout moment. Pour faire bonne mesure, elle pourrait aussi ajouter quelques mots sur les Bartoli, une famille fermée et rétrograde.

Séduite par cette nouvelle perspective, elle se mit à y réfléchir sérieusement.

*

Assez satisfait, Guillaume détaillait les photos réalisées lors de son séjour en Corse. De bonnes prises de vue mais rien de très exceptionnel, hormis un superbe cliché d'un gypaète barbu, appelé « altore » car le plus grand oiseau de Corse avec une envergure de près de trois mètres. On le disait « casseur d'os » puisqu'il se nourrissait essentiellement sur des carcasses. Guillaume avait appris qu'il restait moins d'une trentaine d'individus de son espèce sur l'île. Un oiseau rare et très impressionnant en vol.

L'image était vraiment magnifique, majestueuse. Plus réussie encore que celle d'un aigle royal en piqué, que Guillaume avait saisie au crépuscule, dans une très belle lumière. Il savait à qui vendre ces photos et le prix qu'il en tirerait. En revanche, il n'avait pas trouvé de renard à surprendre, ce qu'il chercherait avant tout lors de son prochain séjour. Il était plus inspiré par les mammifères que par les oiseaux, son livre publié deux ans plus tôt et primé en était la preuve. La faune sauvage lui réussissait, même s'il avait aussi d'autres envies. Entre autres, fuir cet appartement qui le déprimait.

Il jeta un regard désabusé à ce qui l'entourait. Sur certains meubles, qu'il tenait de famille et que Nathalie n'avait pas osé emporter, un Post-it indiquait qu'ils seraient expédiés en Corse lors du déménagement. Mais quand ? Il bouillait d'impatience à l'idée de se retrouver enfin là-bas. Chez lui, dans cette villa qu'il avait conçue dans les moindres détails et qui serait son port d'attache entre deux voyages. Il devait d'ailleurs planifier son séjour au Canada, et peut-être prévoir quelques jours au Groenland, un endroit qui le tentait depuis longtemps.

Ne se supportant plus entre ces quatre murs, il décida d'aller faire un tour dans les rues de Paris. Au début de sa carrière de photographe, il y avait trouvé quelques bonnes idées, mais les choses avaient changé. L'épidémie de Covid, les innombrables travaux, un mobilier urbain hideux et une circulation apocalyptique avaient rendu les passants maussades, il n'y avait plus de légèreté dans l'air.

Au cours de sa promenade, il croisa une jeune femme qui ressemblait vaguement à Giulia Bartoli et sur laquelle il se retourna. Depuis son retour, il avait beaucoup songé à Bleu Azur, aux moments passés au bord de la piscine, au petit déjeuner ou à la bouteille de champagne sur la table basse en teck en compagnie de Giulia, qu'il ne prenait plus du tout pour une pimbêche. Apparemment, elle n'avait pas de mari, et elle habitait sur place comme son frère, sa mère, son fils. Une drôle de famille, ces Bartoli. Corses de souche, attachés aux traditions et pourtant assez modernes dans leur conception de l'hôtellerie de luxe. Giulia avait-elle appelé l'architecte ? Elle semblait tenir à son projet de spa, et sa détermination ne faisait aucun doute.

Amusé de penser si souvent à elle, il s'arrêta devant la rotonde d'accès au parc Monceau. Un coin de verdure préservé où les nounous promenaient des enfants tandis que les joggeurs couraient dans les allées. L'escapade « nature » de Parisiens saturés de pollution. Et de grisaille, car le début du mois de juin était plutôt morose sur le nord de la France. En Corse, il avait appris qu'il venait de se produire de violents orages, et il regrettait d'autant plus d'être rentré car il aurait sûrement pu prendre de magnifiques photos du ciel zébré d'éclairs avec le maquis surgissant de la nuit dans un halo de pluie. Mais il aurait l'occasion d'en saisir d'autres une fois installé là-bas.

Renonçant à poursuivre sa promenade, il décida de rentrer pour appeler son architecte. Le harceler ne servait probablement à rien, mais au moins il saurait si Giulia l'avait contacté.

*

— Mon avis est de changer de psy, déclara Lucca. La conversation par téléphone que j'ai eue avec lui ne m'a pas convaincu. Il ne tente rien de nouveau pour Orso, se contente du service minimum, persuadé qu'il ne peut pas y avoir de progrès et qu'un contrôle routinier suffit.

Son portable posé devant lui, avec la fonction haut-parleur afin que Pia puisse suivre l'échange, Lucca avait écouté avec attention le récit de sa sœur qui venait de lui décrire l'attitude d'Orso durant la nuit de l'accident.

— Si j'ai bien compris, il danse, il drague, il est efficace quand on a besoin de lui... C'est vraiment positif, tu as pris une initiative géniale en l'emmenant là-bas !

— Il a révélé une autre facette de lui qui m'a bluffée, ajouta Giulia.

— Bon, ne nous emballons pas, mais je reste persuadé que nous devons trouver un autre praticien.

— Et si le changement l'effrayait ?

— Je ne crois pas qu'il soit très attaché à celui-là. Maman affirme qu'il va à ses rendez-vous en traînant les pieds.

— Alors tu as raison, changeons. Je vais m'en occuper avec Ange.

— Parfait. Tiens-moi au courant, et embrasse tout le monde pour nous.

Lucca mit fin à la communication, très satisfait de ce qu'il venait d'apprendre. Pia, qui l'observait, estima que la bonne humeur de son mari était le moment idéal pour aborder le sujet qui lui tenait à cœur.

— Tu vois, dit-elle doucement, aucune cause n'est jamais désespérée. Et à ce propos...

Rassemblant son courage, elle se leva pour aller chercher son sac dont elle sortit un dossier. Ils se trouvaient dans la véranda climatisée de leur maison, située à la sortie d'Ajaccio, sur la route des Sanguinaires. Ils y recevaient souvent, que ce soient leurs amis ou les nombreuses relations professionnelles de Lucca.

— Voilà, annonça-t-elle d'une voix mal assurée, je me suis adressée à diverses instances, le ministère chargé de la Famille, celui des Affaires étrangères... Bref, toutes les organisations qui permettent l'adoption hors de France.

Voyant la tête que faisait son mari, elle s'empressa d'ajouter :

— Pour obtenir des renseignements. Pour nous faire une idée plus précise et pouvoir avancer.

— Je croyais que nous étions d'accord ? protesta-t-il, contrarié.

— Plus maintenant, Lucca. J'ai vraiment envie d'un enfant à aimer, à élever. Et je crois que toi aussi.

— Nous en avons tellement discuté ! Un enfant, oui, mais le nôtre.

— Rends-toi à l'évidence, mon chéri. Nous avons tout essayé et nous n'y arrivons pas.

— Mais je ne suis pas stérile, et toi non plus. Laissons-nous encore du temps.

— Nous en avons déjà trop perdu. L'idée d'être une vieille maman me déprime.

Elle s'opposait si rarement à lui qu'il s'en trouvait déstabilisé. Douce, compréhensive, aimante, Pia pouvait aussi se montrer obstinée, il était en train d'en faire l'expérience.

— Tu sais que j'aime beaucoup ta mère, poursuivit-elle fermement, et toute ta famille, qui est devenue la mienne. Mais personne n'a à se mêler de notre vie.

Ayant perdu ses parents dix ans plus tôt, Pia s'était rapprochée de Lisandra jusqu'à cette histoire d'adoption qui les séparait aujourd'hui.

— Toi qui n'as peur de rien, Lucca, tu n'oses pas l'affronter ? Imposer ta volonté ?

Vexé, il maugréa :

— Bien sûr que si. Mais ses arguments sont valables.

Elle le dévisagea, puis soudain eut les yeux pleins de larmes.

— J'aurais tant aimé porter un bébé, le sentir grandir et bouger dans mon ventre ! Tu n'imagines pas ma frustration, mon désespoir certaines nuits d'insomnie. J'y pense tout le temps ! Alors même si je n'arrive pas à tomber enceinte, je veux être mère. Je veux combler ce vide dans mon existence ou je vais devenir folle.

Lucca aimait trop sa femme pour supporter de la voir aussi malheureuse.

— Attends, Pia, attends... Tu te tournerais donc vers un pays étranger ? Lequel ?

— Le Brésil. Ou bien le Vietnam. Mais c'est en Chine que ça paraît le mieux organisé.

Elle avait dû beaucoup y réfléchir. Il se demanda jusqu'où elle était allée dans ses recherches. Puis il essaya d'imaginer quel serait l'avenir de leur couple s'il s'entêtait à refuser. Elle ne pouvait pas entreprendre seule les démarches, il fallait presque toujours être un couple marié, de préférence avec de bons revenus. Ce qui était leur cas, à condition qu'ils restent unis dans la volonté d'adopter car les démarches seraient longues et compliquées. S'opposer l'un à l'autre risquait de créer une faille entre eux, impossible à combler par la suite. Un risque qu'il ne voulait pas courir, il tenait trop à sa femme.

— Ma chérie, j'ai besoin d'un petit délai de réflexion. Pas longtemps, je te le promets.

Il devait absolument prendre du recul. Et se poser la question sur son propre désir de paternité qui s'était un peu émoussé avec le laborieux parcours médical subi en vain. Pourtant, au fond de lui-même, il sentait qu'il avait toujours envie d'avoir un enfant et de fonder sa famille.

— Donne-moi ce dossier que je l'étudie, dit-il en tendant la main.

Elle le lui remit d'un geste solennel, comme s'ils scellaient un pacte.

*

Le début du mois de juillet était vraiment la pleine saison touristique. Il n'y avait plus aucune chambre ou suite disponible à Bleu Azur, et de nombreuses demandes n'avaient pas été satisfaites. Les réservations pour août et septembre se multipliaient, prouvant une fois de plus que l'hôtel était à la hauteur de sa réputation.

Giulia, poursuivant ses objectifs, avait solidement étayé le projet du spa. Contacté, l'architecte de Guillaume était venu pour une première estimation du coût de la construction. Ange devait se charger de discuter avec la banque quant à l'éventualité d'un emprunt, tandis que sa sœur chercherait le partenaire idéal parmi les grandes marques telles Nuxe, L'Occitane ou autres. Lisandra les laissait faire, toujours sceptique en apparence, mais finalement intéressée. L'avenir de Bleu était entre les mains de ses grands enfants, elle se répétait qu'elle devait leur faire confiance et respecter leurs initiatives. Avec Ettore, en leur temps, eux aussi s'étaient endettés, avaient pris des risques, fait des choix. Même si l'époque était différente aujourd'hui, et sans doute moins facile, il fallait continuer à s'améliorer, et la jeune génération était mieux armée qu'elle pour y parvenir.

L'autre impératif de Giulia était de trouver un nouveau psy pour Orso. Là encore, Lisandra se montrait réticente, craignant que son fils ne soit perturbé. Elle n'était pas certaine non plus qu'un autre praticien soit plus efficace. Celui qui suivait Orso depuis des années la tenait au courant de tout, s'entretenant avec elle après chaque visite. Or elle n'imaginait pas être mise à l'écart. Évidemment, Orso était adulte depuis longtemps, elle n'aurait pas dû s'immiscer dans sa relation avec son thérapeute ni avoir accès au secret médical. Jusqu'ici, elle avait cru bien faire, mais à présent elle doutait.

Ce matin-là, seule dans les bureaux de la direction, elle venait d'allumer une cigarette lorsque Giulia fit irruption, l'air affolé.

— Nous avons un gros souci ! Antoine est à l'hôpital, il a eu un infarctus !

— Antoine ? répéta Lisandra, effarée.

Le chef, avec son fichu caractère et ses plats farouchement corses, était donc hospitalisé, peut-être en danger, en tout cas indisponible.

— Mais c'est une catastrophe…

— Pour lui, sûrement, et pour nous aussi !

Un employé manquant pouvait toujours être remplacé, mais aux fourneaux le chef n'avait pas d'équivalent, surtout Antoine.

— Je viens de parler au gérant, il téléphone un peu partout pour trouver quelqu'un.

— Au pied levé ? Avec le restaurant plein ? Enfin, Giulia, on n'y arrivera jamais !

Lisandra prenait la mesure de l'énorme problème qui venait de leur tomber dessus.

— Tu nous vois renvoyer tous les clients au bord de la piscine avec des sandwichs ? ironisa Giulia.

— As-tu une autre idée ?

— Ange est parti aux cuisines, il fait le point sur ce qui est prêt dans les frigos et je vais le rejoindre. Tu viens ?

Lisandra écrasa rageusement sa cigarette et se leva.

— Comment l'as-tu appris ?

— Sa femme vient d'appeler, c'est arrivé dans la nuit.

— Elle aurait pu nous prévenir plus tôt.

— Maman ! Elle avait autre chose à penser, la pauvre.

Lisandra faillit répliquer mais choisit de se taire. Giulia se montrait toujours pleine d'empathie envers tous ceux qui travaillaient à Bleu alors que Lisandra se laissait rarement attendrir.

Elles gagnèrent ensemble le restaurant où elles trouvèrent Ange et le gérant, Éric, en train d'échafauder des solutions d'urgence.

— On va pouvoir faire face à midi en simplifiant la carte. Avec cette chaleur, les clients accepteront des plats plus simples, annonça Éric.

— Et ce soir ? s'inquiéta Lisandra.

— J'ai contacté un chef qui pourrait nous faire un remplacement.

— Un bon ?

— Mais non, un amateur, ricana Ange.

— Il n'y a pas de quoi rire ! Nous avons une réputation à tenir et les commérages vont vite. Ce chef en question, il peut récupérer les recettes d'Antoine ?

— Il fera son possible, quitte à proposer d'autres choses.

— De toute façon, personne ne cuisine le local et le traditionnel comme Antoine, déplora Lisandra.

— Et alors ? s'insurgea Ange. Je vous rappelle que nous nous sommes un peu enfermés dans ce parti pris qui ne plaît pas forcément à tout le monde.

— Tu comptes profiter d'un accident de santé de notre chef pour tout bouleverser ?

— Pas bouleverser, mais peut-être évoluer, risqua Éric.

— Oh, vous ! l'apostropha Lisandra. Vos petites querelles avec Antoine vous aveuglent. Les clients viennent chercher ici…

— Les gens d'un certain âge, l'interrompit Ange. L'irréductible vieille garde. Pour les autres, c'est assez restrictif, et je crois que nous devrions essayer de récupérer une clientèle plus jeune.

— Quoi qu'il en soit, intervint Giulia, si nous parvenons à avoir un chef, il fera ce qu'il voudra.

— Plutôt ce qu'il pourra. Quand doit-il arriver ?

— Si j'ai votre accord, je le rappelle tout de suite, proposa Éric.

— D'où viendra-t-il ?

— De Saint-Florent. Le temps de faire la route et il s'y met.

— Pourquoi est-il disponible ? demanda Ange. À la retraite ? Au chômage ?

— Rien de tout ça. Il travaille dans un bon restaurant à Paris, ici il est en vacances.

— Très bien, allons-y, trancha Lisandra. Ce sera sous votre responsabilité, Éric.

— J'ai fait ce que j'ai pu pour apporter une solution.

— Et vous avez trouvé un homme du continent, comme vous.

Éric ne releva pas cette petite pique, récurrente dans la bouche de Lisandra. Il connaissait la préférence marquée de la patronne pour les insulaires. Quand elle prononçait le mot « continent », on aurait pu croire qu'elle parlait d'un lointain pays étranger.

— Comment s'appelle votre oiseau rare ? voulut savoir Giulia.

— Maurice Grandjean.

— Dites-lui qu'on peut le loger au besoin, ce serait bien de l'avoir sur place. En attendant son arrivée, je vais préparer un contrat.

Elle sortit du restaurant avec Ange tandis que Lisandra s'attardait.

— Qui va le recevoir ? demanda-t-elle à son frère. Toi et moi ? Maman ? Éric ?

— Toi et moi.

En cas de problème, ils faisaient spontanément front commun. Et même si ce n'était pas délibéré, ils grignotaient petit à petit les prérogatives de leur mère.

— Giulia, j'ai oublié de te dire que j'ai invité Clémence à dîner, ce soir.

— Ici ?

— Elle avait très envie de venir. Elle ne connaît Bleu qu'à travers des articles et notre site Web, alors elle est curieuse de le découvrir en vrai. On mangera à la stalla, mais je ne pense pas qu'on puisse demander des plats au restaurant dans ces conditions...

— Ne me dis pas que tu comptes sur moi pour faire la cuisine ?

— Je peux toujours préparer du jambon-coquillettes.

— Quel repas de gala ! Bon d'accord, je m'en charge et tu me seras redevable.

— Merci, ma belle ! D'ailleurs, je vais payer ma dette tout de suite car figure-toi que Clémence s'est renseignée et qu'elle m'a donné les coordonnées d'un super psy. Jeune et titré, formé aux méthodes modernes.

— Psychanalyste ?

— Psychiatre.

— Et comment l'a-t-elle trouvé ?

— En tant que journaliste, elle a un sacré carnet d'adresses, et aussi beaucoup d'amis.

— Eh bien, essayons ! On va prendre rendez-vous pour Orso.

— Je te laisse le lui annoncer, il a toute confiance en toi depuis que tu l'emmènes danser.

— À propos, sais-tu s'il a revu Inès ?

— Comme il ne fait plus d'escapade avec son vélo, je dirais que non.

Revenus dans les bureaux de la direction, Ange demanda à sa sœur de venir jeter un coup d'œil sur l'écran de son ordinateur.

— Que penses-tu de ça ? C'est maman qui a sélectionné ce modèle.

Il fit défiler plusieurs images d'une vaisselle au dessin élégant.

— Porcelaine fine, motif séduisant, commenta-t-il. Éric signale depuis longtemps qu'il faut penser à changer la nôtre.

— Tu crois que c'est le moment ?

— Avant de manquer d'assiettes, oui ! Tu sais bien qu'il y a toujours de la casse, dans les cuisines. Je t'envoie les images sur ton PC, vous pourrez en discuter toutes les deux.

— Tu considères que la vaisselle est une affaire de femme, c'est ça ?

— Pas forcément. En ce qui me concerne, j'aurais été partisan d'ajouter les initiales de Bleu. Ou un logo, qui reste à créer, et qu'on retrouverait sur les assiettes et sur le linge.

Giulia réfléchit quelques instants avant d'acquiescer.

— Mets-toi en quête d'un dessinateur pour ce logo, suggéra-t-elle, moi j'appelle la femme d'Antoine pour avoir des nouvelles. Ensuite, je m'occuperai du contrat pour Maurice Grandjean.

Ils se répartissaient les tâches sans rivalité, leur collaboration était si bien rodée qu'il leur aurait sans doute été difficile de travailler ailleurs, avec d'autres. Installés devant leurs ordinateurs, ils remarquèrent à peine le retour de Lisandra.

*

Têtue comme elle l'était, et toujours accrochée à ses idées de revanche, Inès avait réussi à faire la connaissance de Clémence grâce à des relations communes. En fin de journée, les réunions des trentenaires sortant des bureaux avaient lieu principalement dans deux bars à la mode où la bière et les cocktails coulaient à flots. Les groupes se mélangeaient, discutaient à bâtons rompus et profitaient du soleil couchant sur la mer. Inès n'eut donc aucun mal à approcher Clémence à plusieurs reprises.

Ce soir-là, après un petit bavardage sur le tourisme et le rôle des agences de voyages, Inès décida de jouer franc jeu.

— En tout cas, il y a un hôtel que je ne recommande plus jamais à nos clients, c'est Bleu Azur ! déclara-t-elle d'un air narquois.

Choquée par le propos, Clémence fronça les sourcils, attendant une explication qu'Inès se fit un plaisir de lui fournir.

— J'ai longtemps fréquenté l'un de ses propriétaires, qui est quelqu'un de peu recommandable. Je parle d'Ange Bartoli, mais je crois que tu le connais ?

— Un peu…

— Nous avons été fiancés, tous les deux. Et même si je ne veux pas en dire du mal, tu devrais te méfier de lui, il n'est pas fiable. Un conseil entre femmes.

Une voix s'éleva dans le petit groupe qui se tenait juste derrière elles.

— Tu lui en veux parce qu'il t'a quittée ?

La réflexion fut suivie de quelques rires qui mirent Inès en colère.

— Quittée est un grand mot ! Il est parti sans explication, mais j'aurais dû m'y attendre. Il est incapable de rester longtemps avec la même, il en a séduit tellement ! L'idée de s'engager lui faisait peur, il tient par-dessus tout à sa liberté pour coucher à droite et à gauche. Au moins, il n'a pas eu le culot de me réclamer ma bague, je la garde en dédommagement de son attitude de mufle, mais je l'ai changée de côté.

Clémence baissa les yeux vers la main d'Inès. À son annulaire droit brillait un joli diamant.

— Je suppose qu'il ne prendra plus le risque de faire des promesses qui lui coûtent aussi cher, ricana Inès.

Satisfaite de voir que le visage de Clémence s'était brusquement fermé, elle décida de ne pas insister. Elle avait instillé le doute, c'était tout ce qu'elle voulait.

*

Tout en conduisant prudemment vers le cap, Clémence ne pouvait s'empêcher de repenser à ce qu'elle avait entendu une demi-heure plus tôt. Elle était assez intelligente pour comprendre que la rancune avait dicté les paroles d'Inès, mais n'y avait-il pas un fond de vérité ? Tout le monde semblait savoir qu'Ange avait quitté Inès malgré leurs fiançailles, une attitude étonnante de sa part. Clémence s'était forgé une opinion sur lui au fil de leurs sorties, or elle le prenait pour quelqu'un de sincère et de droit. Se fourvoyait-elle parce qu'elle en était tombée amoureuse ?

Alors que le soleil était déjà très bas sur l'horizon, elle emprunta l'allée conduisant à Bleu Azur. Bien qu'elle ait déjà vu des photos de l'hôtel, elle s'arrêta pour contempler la façade ocre-rose sur laquelle tranchaient des volets vert amande. Les balcons, les colonnes et les arches formaient un mélange harmonieux mais inattendu. Ceux qui l'avaient bâti s'étaient sans doute inspirés de l'Italie et des petits palais de la région de Florence. Pressée de découvrir le reste, elle tourna en direction du parking, bien dissimulé par la végétation. Une fois sa voiture garée, elle prit le temps de visiter le jardin, qu'elle découvrit planté des différentes essences propres à la Corse. Ensuite elle gagna les abords de la piscine à débordement. D'une taille impressionnante, ses mosaïques formaient un camaïeu de bleus, et on avait tout de suite envie d'y plonger.

En se détournant, elle vit Ange qui venait vers elle à grands pas.

— Tu ne m'as pas attendu pour la visite guidée ? lui lança-t-il en riant.

— Il n'y a pas besoin d'explication, ici les choses parlent d'elles-mêmes. C'est vraiment un bel endroit… qui ne ressemble à aucun autre hôtel.

— Sa particularité attire nos clients.

— Et son luxe, non ?

— Le haut de gamme est très exigeant. Pour s'y maintenir nous investissons en permanence. Le prochain projet de ma sœur est un spa.

— Quelle bonne idée !

— Je sais que les femmes adoreront.

— Les hommes aussi.

Il la prit par la main pour la conduire vers le perron.

— Je ne vais pas pouvoir te montrer les chambres, elles sont toutes occupées. Mais je t'emmène boire un verre au bar.

Dans le hall d'entrée, il désigna la porte des bureaux de la direction.

— Là, je travaille avec ma sœur et ma mère. Et crois-moi, on ne chôme pas pour gérer tout ça.

Passant devant la réception, il salua la jeune femme qui se trouvait derrière le comptoir d'acajou.

— Il y a toujours quelqu'un, y compris un veilleur de nuit au cas où un client aurait besoin de quelque chose. Et ici… on se détend !

Ils venaient de pénétrer dans le bar, un lieu intime et chaleureux.

— À n'importe quelle heure, tu peux aussi bien boire du café que de l'alcool. Et la porte du fond conduit à une jolie petite salle de billard.

Après s'être installés dans deux fauteuils club au cuir patiné, Ange proposa à Clémence une coupe de champagne.

— Je suis ravi que tu sois venue, dit-il en lui prenant la main, j'avais hâte de te montrer Bleu.

— Et tu es comme un gamin qui présente tous ses jouets. Mais je te comprends, il y a de quoi être fier.

— Je le suis. De tout ce que nous réalisons, et des générations qui m'ont précédé. Au début, il y a longtemps, ce n'était qu'une petite auberge.

Il fit signe au barman qui leur apporta presque aussitôt deux coupes, comme s'il avait été prévenu.

Clémence trinqua puis lâcha, sans transition :

— J'ai discuté avec ton ex-fiancée tout à l'heure…

— Inès ? Tu la connais ?

— Je l'ai rencontrée deux ou trois fois dans des bars où tout le monde aime se réunir en fin de journée, à la sortie des bureaux. On avait déjà bavardé à propos du tourisme et des agences de voyages, mais aujourd'hui c'est de toi qu'elle m'a parlé.

— Comme ça ? Sans raison ?

— Oh, je crois qu'elle a plein de raisons ! En tout cas, elle t'en veut beaucoup d'avoir rompu vos fiançailles et elle dresse un portrait de toi très peu flatteur.

— Tu m'étonnes... Inès n'est pas une bonne personne.

— Pourtant, tu voulais l'épouser.

— Je ne le nie pas, mais c'était avant de découvrir certains aspects de sa personnalité.

Devant l'air dubitatif et un peu distant de Clémence, il jugea nécessaire de mieux s'expliquer. En quelques phrases, il lui résuma ce qui s'était passé chez le notaire et de quelle façon, par la suite, leurs rapports s'étaient dégradés. Il avait choisi de rompre plutôt que poursuivre une relation qui s'envenimait et augurait mal de l'avenir. Inès en avait conçu une énorme rancune et avait cherché à se venger en séduisant son frère, Orso, qu'il avait fallu tirer de ses griffes.

— C'est un homme très fragile émotionnellement. Elle l'aurait détruit.

— Eh bien, vous avez un sacré contentieux, elle et toi !

— Pas moi. J'avais commis une erreur et j'ai fait marche arrière. Depuis, j'ai tourné la page.

— Elle dit que tu es capable du pire, que tu n'as pas de parole.

— Je vois...

— Et, autant que je te prévienne, elle conseille à ses clients de ne pas venir à Bleu Azur.

— Quelle mesquinerie ! Mais ça ne me surprend pas. J'espère seulement que ce sera sans conséquence. Elle sait très bien le mal que nous nous donnons pour que l'hôtel fonctionne au mieux. S'en prendre à l'outil de travail de toute une famille ne la grandit pas.

Elle vit qu'il se contenait pour ne pas être plus virulent.

— Que s'est-il passé avec ton frère ?

Ange soupira, vida sa coupe puis se recula dans son fauteuil.

— Ah, Orso ! Eh bien, il souffre de ce qu'on appelle le syndrome borderline. Donc il est instable, imprévisible et très vulnérable. Mais ça n'en fait pas quelqu'un d'anormal, il est seulement difficile à gérer en raison de ses réactions excessives. Nous veillons tous sur lui parce qu'il peut avoir des idées loufoques, des obsessions, voire des tendances suicidaires s'il se sent mal aimé. À part ça, c'est un chic type qui nous réserve parfois de bonnes surprises.

— Mais on ne peut pas le guérir ?

— Son état s'améliorera peut-être avec le temps. J'ai d'ailleurs l'impression que nous sommes en bonne voie. Je te remercie encore de nous avoir recommandé quelqu'un de bien. Aussi, qu'Inès ait eu la méchanceté de s'en prendre à lui… Veux-tu un autre verre ?

Sa question indiquait qu'il ne souhaitait plus parler d'Orso ni d'Inès.

— Non merci. Il faudra que je rentre et je me méfie de cette route du cap.

— Alors, allons dîner. Je te préviens, la stalla est bien plus modeste que Bleu !

— Stalla ?

— Une ancienne écurie aménagée en maison. J'y habite avec ma sœur et son fils. Une manière d'être indépendants et de ne pas occuper les précieuses chambres de l'hôtel.

Il la conduisit jusqu'à la stalla qu'elle découvrit avec plaisir.

— Ah, c'est moins imposant ! s'exclama-t-elle. On se sent tout de suite bien ici.

— Et voici ma sœur, annonça-t-il en entendant Giulia descendre l'escalier.

Elles se saluèrent chaleureusement, aussi curieuses l'une que l'autre de se rencontrer.

— Je n'ai pas eu le temps de faire la cuisine mais j'ai préparé un assortiment de charcuterie, une salade César et un plateau de fromages. Ça ira ?

— C'est parfait, affirma Clémence.

Elle n'avait pas exagéré, elle trouvait vraiment la grande salle très accueillante avec son atmosphère familiale, un brin de désordre et des meubles patinés. Dans un coin, une construction en Lego devait être l'œuvre du fils de Giulia.

— Matteo espère que tu monteras l'embrasser, il ne dort pas encore, il lit en t'attendant.

Ange se dirigea vers l'escalier tandis que Giulia expliquait à Clémence :

— Mon fils adore Ange, qui est un bon modèle masculin pour lui puisque je suis célibataire.

Elle l'énonçait simplement, comme une évidence qui ne la gênait pas.

— Mais asseyez-vous donc, ces bancs ne sont pas si inconfortables qu'ils en ont l'air ! Je vous sers un peu de patrimonio rosé ? Il est assez minéral et va bien avec les buffets froids.

Devant l'hésitation de Clémence, Giulia ajouta :

— Et si vous craignez le retour, nous avons une chambre d'amis très agréable.

Sa manière directe de présenter les choses la rendait sympathique. Clémence n'avait pas l'intention de finir la soirée dans le lit d'Ange, surtout pas dans une maison familiale. Et pour elle, quelle que soit son envie de se retrouver dans ses bras, il était encore trop tôt, elle voulait mieux le connaître. Heureusement, la mauvaise impression laissée par les propos d'Inès s'était estompée devant la sincérité des explications qu'il lui avait données.

— Je pense qu'il va s'endormir, maintenant, dit Ange à mi-voix en descendant.

S'il aimait les enfants, ce qui semblait être le cas, c'était un bon point pour lui. En fait, Clémence n'avait pas encore décelé chez lui un trait de caractère déplaisant. Restait la question la plus importante : était-il amoureux d'elle ou seulement attiré par une simple aventure ? Pour le savoir, elle devait continuer à prendre son temps et imposer son propre rythme.

Giulia était en train de disposer sur la table ce qu'elle avait préparé, tandis qu'Ange mettait le couvert avec des gestes qui dénotaient une longue habitude. Réprimant un sourire, Clémence proposa son aide.

9

Le premier rendez-vous d'Orso avec son nouveau psychiatre s'était très bien passé. Le praticien avait néanmoins demandé à Giulia un entretien en tête à tête pour se faire expliquer le contexte familial et le cadre de vie de son patient. Puis il avait déclaré que, jusqu'à nouvel ordre, il verrait Orso seul. La prochaine séance devait avoir lieu dès le surlendemain afin de mieux faire connaissance et de pouvoir déterminer quels médicaments seraient nécessaires, et quels autres pourraient être supprimés. Ensuite, il verrait Orso deux fois par mois. Restait à apaiser Lisandra qui était furieuse d'être tenue à l'écart. Mais Orso semblait avoir désormais placé sa confiance dans sa sœur, et mieux valait qu'il conserve cette bonne disposition. Jusque-là, son attachement viscéral pour sa mère était devenu problématique, à la plus petite réprimande, au moindre froncement de sourcils il en déduisait qu'elle ne l'aimait plus et sombrait dans l'angoisse.

Pour Lisandra, qui se voyait peu à peu mise en minorité par ses enfants dans les décisions concernant Bleu Azur, perdre en partie la responsabilité d'Orso créait un vide supplémentaire. Elle refusait de se retrouver dans un rôle passif, elle qui était habituée à tout diriger. Mais la manière dont Ange et Giulia géraient l'hôtel se révélait positive, le succès ne se démentait pas, au contraire, alors il lui était impossible de protester. Même Orso semblait bénéficier des nouvelles dispositions le concernant, en conséquence Lisandra se taisait, déstabilisée par l'impression d'avoir vieilli et de devoir à présent s'effacer.

En fin de matinée ce jour-là, alors que la chaleur de juillet devenait écrasante, Giulia recevait pour la deuxième fois l'architecte recommandé par Guillaume. Il était venu avec des croquis, en quelque sorte des pré-plans de ce que pourrait être le spa dont elle rêvait. Séduite par les propositions, elle ne modifia que quelques détails et lui demanda de chiffrer plus précisément le projet.

— Je peux estimer une enveloppe globale, mais ensuite tout dépendra des délais. Les matériaux ne cessent d'augmenter chaque trimestre, comme le bois ou les métaux, sans compter les difficultés d'approvisionnement.

— Un coût approximatif me suffira. J'en ai besoin pour finir de convaincre mon frère et ma mère. Je vous ai expliqué que comme nous prenons toutes les décisions à trois, il me faut leur accord préalable… que je pense obtenir. À ce moment-là, nous pourrons nous lancer ! Mais je vous avertis, nous ne démarrerons les travaux qu'avec une date de fin de chantier précisée sur le contrat, et des pénalités journalières en cas de retard. Vu l'importance de l'investissement, on devra impérativement commencer à exploiter dès le début de la haute saison.

— Tous les clients sont pareils, soupira l'architecte.

— À savoir ?

— Pressés ! Votre ami, monsieur Valmont, qui vous a donné mes coordonnées, eh bien il me harcèle pour sa villa ! Je sais qu'il a hâte de vivre ici mais les artisans veulent être partout à la fois, ils acceptent tous les contrats qu'on leur propose et ils sont un jour chez vous, un jour ailleurs, en croyant satisfaire tout le monde alors que personne n'est content. Aucun chantier ne s'achève en temps et en heure. C'est comme ça que fonctionne le bâtiment aujourd'hui…

— Et cette villa, elle sera bientôt terminée ? voulut savoir Giulia.

— Fin septembre ou mi-octobre, si tout va bien. Et je pense qu'il sera content, il s'agit d'une belle réalisation. Il avait une idée précise de ce qu'il voulait, et il a un œil d'esthète. Mais ça ne m'étonne pas, il fait des photos magnifiques.

Par curiosité, Giulia avait fini par visiter elle aussi le site Web de Guillaume, et les clichés qui l'illustraient étaient effectivement superbes. Inspiré par la vie sauvage, il en saisissait des instants rares et chargés de mystère avec un indéniable talent. Elle se demanda s'il reviendrait bientôt et s'il choisirait de séjourner à Bleu. Ou au moins de passer lui dire bonjour ? Avec une certaine surprise, elle s'aperçut qu'elle en avait envie. Était-ce parce qu'elle était en train de parler de lui avec l'architecte que cette pensée lui venait ? Elle souhaitait donc revoir Guillaume… Or elle ne s'intéressait jamais à un client de l'hôtel autrement que pour des raisons professionnelles, et Ange faisait de même avec les clientes. D'ailleurs, Lisandra n'aurait pas supporté la moindre histoire de ce genre.

— Avant tout, mademoiselle Bartoli, il nous faut déposer une demande de permis de construire. Et l'agrément prend parfois un certain temps !

— Alors, dépêchons-nous. Préparez le dossier que nous puissions le soumettre le plus vite possible.

Ange n'étant pas hostile à son projet, il lui restait à persuader leur mère. Car la mettre devant le fait accompli n'était pas la meilleure façon de s'y prendre, surtout en ce moment.

Elle raccompagna l'architecte à sa voiture puis fila au restaurant où le chef remplaçant, Maurice, semblait faire du bon travail d'après le gérant. Il avait modifié la carte tout en conservant certains plats corses emblématiques de son prédécesseur. Ce dernier avait fait savoir que son congé de maladie risquait de se prolonger par une longue convalescence. Un nouveau problème à régler puisque Maurice n'était sur l'île qu'en vacances. Fallait-il tenter de le débaucher de son poste à Paris ?

Devant la porte du restaurant, elle constata qu'Ange était déjà lancé dans une discussion avec Éric, le gérant, qui affirmait être pleinement satisfait par Maurice et n'était pas pressé de revoir l'ancien chef, trop caractériel à son goût.

— Je sais que la patronne l'appréciait beaucoup pour son amour des traditions, mais travailler avec lui n'était pas de tout repos ! En revanche, Maurice écoute, on peut discuter, il a de bonnes idées et il cuisine très bien. D'ailleurs, les clients nous font tous des compliments. Vous avez vu les commentaires élogieux sur notre site ?

— J'ai vu, acquiesça Ange, mais je ne peux pas mettre un terme au contrat d'un employé en arrêt de maladie. C'est illégal, et amoral.

— Alors on ne pourra jamais s'en débarrasser ?

— Sauf s'il décide de prendre sa retraite. Il n'est plus tout jeune, et son alerte cardiaque pourrait l'y inciter.

— Croisons les doigts !

— Maman sera déçue s'il ne revient pas, prédit Giulia.

— Quand c'est un problème de santé, personne n'a rien à redire, fit remarquer Éric.

Il s'entendait mieux avec Ange et Giulia qu'avec Lisandra. Mais pour cette dernière, ce serait de nouveau une bataille perdue. Connaissant bien sa mère, Giulia devinait qu'elle allait mal vivre tous ces changements. Le chef cuisinier, le projet du spa et, pire que tout, perdre son contrôle absolu sur Orso.

Elle suivit Ange qui entrait dans la salle du restaurant pour y jeter un coup d'œil. Les mises de table étaient parfaites, leur disposition bien pensée, des bouquets de fleurs fraîches ornaient les dessertes. Comme chaque jour, tout donnait envie de s'installer là pour savourer un bon repas.

— Vous avez pu voir pour la vaisselle ? s'enquit Éric. Parce que nous sommes vraiment justes, mon plongeur travaille en continu.

— Elle est commandée, elle va arriver ces jours-ci et elle devrait vous plaire !

Au moins une petite satisfaction pour Lisandra puisque son choix avait été approuvé. Penser à elle attristait Giulia. Malgré son autoritarisme – ou grâce à lui –, elle avait assumé tous ses rôles d'épouse et de mère, puis de chef de famille après le décès d'Ettore, et de patronne de Bleu Azur. Elle avait beaucoup travaillé dans sa vie, surmontant les difficultés les unes après les autres et acceptant la charge d'Orso sans se plaindre. Une femme forte, que ses enfants admiraient, mais dont ils souhaitaient parfois se libérer.

Après avoir quitté le restaurant, Ange et Giulia firent le tour du parc. Ils trouvèrent José occupé à couper les fleurs fanées, qui les arrêta.

— Il y a un souci avec la piscine, annonça-t-il. Le pH est trop élevé. J'ai mis les produits nécessaires mais il va falloir surveiller. En fait, l'ennemi de la piscine, c'est le baigneur !

L'entretien du bassin était assuré par des professionnels deux fois par an, néanmoins il fallait rester vigilant et analyser l'eau chaque matin. En repartant vers l'hôtel, Ange marmonna :

— Quel jour n'y a-t-il pas un nouveau problème ?

Sa sœur et lui essayaient de veiller à tout, cependant la gestion de l'ensemble des installations était très astreignante en pleine saison. Il y avait toujours quelque chose qui se détraquait, ou qui n'avait pas été livré, quand ce n'était pas un des employés qui manquait à l'appel. Mais au moins, aucun client ne se plaignait, et c'était l'essentiel.

Dans les bureaux de la direction, ils trouvèrent Lisandra et Orso assis l'un à côté de l'autre et qui se tenaient par la main. Une attitude habituelle pour Orso qui recherchait toujours l'affection de sa mère. Pourtant, il se leva d'un bond en voyant sa sœur, et il afficha un sourire béat.

— C'est l'heure de descendre à Bastia ?

Giulia consulta sa montre avant d'acquiescer.

— Le rendez-vous chez le psy ? s'enquit Lisandra d'un ton pincé. Je peux très bien y aller si tu as du travail, ma chérie.

— Ah non ! J'y vais avec Giulia.

La protestation d'Orso était un véritable cri du cœur. Choquée, Lisandra le vit se précipiter vers Giulia.

— Regarde, j'ai travaillé des figures acrobatiques de rock ! La prochaine fois qu'on ira danser, on va épater tout le monde !

Il esquissa quelques pas, prit sa sœur par la taille et la souleva avant de la faire basculer tête en bas. Giulia éclata de rire en se remettant sur ses pieds.

— Bravo, tu es mon cavalier préféré !

Leur gaieté manifeste assombrit l'humeur de Lisandra qui se sentit une nouvelle fois sur la touche. Ils sortirent bras dessus, bras dessous, tandis qu'elle restait assise à son bureau. S'était-elle jamais rendu compte à quel point l'affection d'Orso, même excessive, lui donnait la certitude d'être indispensable ? Le plus troublant était que, en se détachant d'elle, il semblait aller mieux. Un paradoxe qu'elle trouvait particulièrement injuste et humiliant.

Elle ferma le fichier sur lequel elle travaillait, éteignit son ordinateur. Durant un long moment elle réfléchit, les yeux dans le vague, puis elle prit une décision radicale.

*

En fin de journée, quand ils se retrouvèrent à la stalla, Ange annonça à Giulia qu'il souhaitait s'absenter deux jours.

— J'ai promis à Clémence de l'emmener à Nice pour un week-end.

Stupéfaite, Giulia dévisagea son frère. Il n'avait jamais proposé ce genre de chose à Inès. Quand il quittait Bleu Azur, c'était pour visiter un hôtel de luxe quelque part en Europe et y puiser des idées. Mais il y allait seul, et le séjour en amoureux était une grande première.

— Pas de problème, affirma-t-elle. Tu sais où vous allez descendre ?

— En me présentant comme un confrère, j'ai pu réserver au Mas de Pierre, à Saint-Paul-de-Vence. C'est à une dizaine de kilomètres de Nice.

— Je connais cet établissement, un beau cinq-étoiles, et je constate que tu ne te refuses rien !

— Ils me font un tarif préférentiel, d'ailleurs ce sera aussi un voyage d'études, précisa-t-il sans rire. L'hôtel fait partie du groupe hôtelier familial français, et j'aimerais en discuter avec la direction. En plus, il y a un super spa, que je vais pouvoir te décrire en détail.

Ne se laissant pas distraire, elle demanda :

— Tu t'intéresses à ce groupe ?

— Beaucoup d'indépendants, qui n'avaient pas les moyens d'investir pour moderniser leur hôtel et le mettre aux normes européennes, ont choisi d'y adhérer.

— Ce qui ne nous concerne pas, j'imagine ?

— Non. Pas tant qu'on peut tenir comme ça... On a injecté beaucoup d'argent dans Bleu, et on continue à y engloutir quasiment tous nos bénéfices. Tu sais que notre comptabilité est pour l'instant à l'équilibre, mais ton projet de spa nécessitant un emprunt, il faudra le rentabiliser très vite. La banque ne nous suit que parce que nous avons des terres en garantie.

— On a toujours procédé de cette manière, en prenant des risques.

— Je suis d'accord avec toi, et au fond je pense ton projet valable.

— Ne manque que l'accord formel de maman.

Ils furent interrompus par l'irruption d'Orso qui leur lança d'une voix tonitruante :

— Salut, vous deux ! Je peux dormir ici ?

— Ici ? s'étonna Ange. Maman sort ce soir ?

Ce qui était peu probable, Lisandra n'aimant plus conduire de nuit.

— Elle sort pour un bout de temps ! Elle a laissé ça pour nous.

Il extirpa de sa poche une feuille qu'il leur tendit.

Ange et Giulia lurent ensemble le contenu de la lettre, qui était bref et sans explication.

« Je pars quelques jours, j'ai besoin de changer d'air. Vous vous débrouillerez très bien sans moi. Vous avez mon feu vert pour votre spa. Je donnerai des nouvelles. »

— Pas de bisous, aucune précision sur sa destination, constata Giulia.

— Qu'est-ce qui lui prend ? s'écria Ange, stupéfait.

Giulia avait son idée mais elle ne voulait pas parler devant Orso.

— Tu récupères ton ancienne chambre, lui dit-elle. Prends des draps dans le placard du couloir. Matteo sera ravi que tu sois là !

— Et pour maman ?

— Elle nous appellera, sois tranquille. Il y a si longtemps qu'elle n'avait pas pris de vacances qu'elle devait en avoir besoin. Je me réjouis pour elle !

Rassuré, Orso partit comme une flèche vers l'escalier. Giulia attendit de l'entendre à l'étage pour se tourner vers Ange.

— J'ai remarqué qu'elle était morose, ces temps-ci. Orso s'est un peu éloigné d'elle, ce qui l'attriste. C'est mieux pour lui, pas pour elle sans doute. D'autre part, nous avons tendance à ne pas trop tenir compte de son avis, elle le voit bien.

— Quand toi et moi sommes d'accord, ça fait deux contre un, soupira-t-il.

— Être mise en minorité augmente son malaise. Souviens-toi, papa lui donnait toujours raison.

Ange eut un sourire ému en pensant à son père. Ettore était, lui aussi, une forte personnalité, mais il s'était pratiquement toujours incliné devant sa femme qu'il adorait. Sans doute lui manquait-il, ce qui créait un vide supplémentaire pour elle.

— Il y a peu, elle gérait encore beaucoup de choses, admit-il, mais son pouvoir s'amenuise, elle le remarque. Que veux-tu, c'est la loi de la vie, une génération chasse l'autre. Et peut-être n'y a-t-il pas la place pour trois à la tête de Bleu.

— Je ne sais pas… Cette situation m'embête.

— Tu n'y peux rien, Giulia.

— Où crois-tu qu'elle soit partie ?

— Pas chez Lucca en tout cas. Il m'a récemment annoncé qu'il n'allait pas pouvoir s'opposer encore longtemps au désir de Pia d'adopter.

— Eh bien, ça n'arrangera rien !

— Pia voit les années défiler, et avec Lucca ils ont vraiment tout tenté pour avoir leur enfant, sans y parvenir. Ils n'ont plus d'autre choix.

— Je les comprends, mais maman sera tétanisée. Alors, si elle n'est pas chez lui, où a-t-elle pu aller ?

— Ne t'inquiète pas, elle n'est pas gâteuse, elle trouvera un bon point de chute où mouronner en paix.

— Tu es dur, Ange.

— Réaliste. Et son départ ne m'arrange pas.

— Pour ton week-end d'amoureux avec Clémence ? Vas-y, je peux gérer seule deux jours.

— Vraiment ? Alors ça prouvera, en effet, qu'à trois nous sommes trop. En tout cas, c'est très gentil de ta part, je te revaudrai ça quand tu voudras.

— J'aime bien te voir avec les yeux qui brillent et l'air heureux. Inès ne t'empêche donc plus de dormir ?

— Plus du tout ! Maintenant, c'est avec Clémence que j'espère dormir.

Ils entendirent Orso et Matteo qui descendaient l'escalier en criant :

— Qu'est-ce qu'on mange ?

Ces deux-là étaient toujours contents de se retrouver pour d'interminables parties de jeux vidéo. Giulia leur adressa un clin d'œil malicieux et désigna Ange.

— Voyez ça avec lui, ce soir il cuisine pour nous.

— Il y a d'excellentes pizzas dans le congélateur, se défendit-il.

— Prépare-nous au moins une salade de crudités.

— À tes ordres, ma belle ! Je ne peux rien te refuser…

— Des nouvelles de maman ? voulut savoir Orso.

Il était moins collé à elle, mais il ne l'oubliait pas pour autant.

— Elle appellera bientôt, affirma Giulia qui n'en savait rien. En attendant, on va passer une bonne soirée tous les quatre. Et après le dîner, on pourrait même danser ici, Orso connaît de nouvelles passes.

Sa proposition déclencha des cris de joie de Matteo et d'Orso, tandis qu'Ange se contentait d'un sourire compréhensif.

*

C'était à Paris que Lisandra avait choisi d'aller. Elle voulait y retrouver les souvenirs de son lointain voyage de noces, cinquante ans plus tôt. Elle avait déniché un petit hôtel de charme dans le quartier de Saint-Germain, proche du jardin du Luxembourg, où elle pouvait se promener si la nature lui manquait. Dans la matinée, elle marchait au hasard en s'arrêtant devant les vitrines des magasins, et dans l'après-midi elle fuyait la chaleur de l'été en se réfugiant au musée ou au cinéma. Elle avait ainsi passé de longs moments au Louvre, et découvert les derniers films. Le soir, elle aimait dîner dans une brasserie ou un bistrot, recherchant les adresses où elle était allée avec Ettore.

Sa colère et sa déception, dues aux derniers bouleversements qui se multipliaient à Bleu Azur, s'apaisaient peu à peu au fil de ses déambulations.

Et si elle s'était sentie un peu désemparée en arrivant, elle finissait par prendre beaucoup de plaisir à ces quelques jours de solitude. Depuis combien de temps n'avait-elle pas été seule, tranquille, sans responsabilités ou décisions à prendre ? Elle avait l'impression d'être libre, étonnée de s'apercevoir qu'elle ne l'avait jamais été entre une vie de jeune fille très encadrée par sa famille, puis une vie d'épouse, de mère, de chef d'entreprise. Ensuite le pire était arrivé avec les bizarreries d'Orso. Prendre conscience que cet adorable bambin n'était pas comme les autres, s'interroger, s'angoisser avant de se résoudre à consulter, et entendre le verdict tomber… Depuis ce jour lointain, Lisandra se trouvait enchaînée. Or ici, à Paris, dans ce voyage entrepris par dépit, elle était soudain plus légère, peut-être même plus gaie. Et lorsqu'elle éprouvait quelques bouffées de culpabilité, elle les chassait aussitôt. Elle n'oubliait pas Orso – comment l'aurait-elle pu ? –, elle le mettait momentanément de côté. De toute façon, après elle, d'autres veilleraient sur lui. Lucca, Ange et Giulia étaient assez forts pour prendre la relève. La relève de tout, d'ailleurs, de Bleu et du reste !

Bien sûr, elle n'était plus la jeune femme coquette en voyage de noces, elle avait pris de l'âge et des rides, sa vie bien remplie était derrière elle. Mais elle savait qu'elle avait accompli son devoir, *tous* ses devoirs. Et comme elle était croyante, elle s'imaginait reçue au paradis sans trop de difficulté. À condition qu'il y ait une vie après la mort…

Elle n'avait pas donné de nouvelles à ses enfants. Une sorte de rancœur l'en empêchait. Ou bien la crainte qu'on la supplie de revenir, ce qu'elle ne souhaitait pas dans l'immédiat car il n'y aurait pas d'autre évasion, d'autres moments de paix, et elle tenait à jouir de celui-là jusqu'au bout.

*

Guillaume s'inquiétait pour son chantier, aussi se donna-t-il le prétexte de la chaleur insupportable à Paris pour repartir en Corse profiter de l'air de la mer. Par curiosité, il était allé sur le site de Bleu Azur et constaté qu'il n'y avait plus de chambre disponible, mais de toute façon les tarifs étaient trop dissuasifs pour lui. Il reprit donc un avion pour Bastia avec, dans ses bagages, un sac de couchage et une lampe torche. Faire du camping dans sa future maison pouvait être une expérience intéressante, en plus il serait sur place pour surveiller les travaux. Son architecte trouverait sûrement l'idée loufoque, et les ouvriers travaillant sur place aussi, mais tant pis. Habitué à de longues traques dans des endroits difficiles pour saisir les meilleurs clichés d'animaux sauvages, quelques nuits dans une maison en construction ne l'effrayaient nullement. De plus, la perspective de descendre à la plage pour se baigner dans cette eau bleu saphir qui bordait le cap Corse était réjouissante. Enfin, au fond de sa tête, une petite envie tenace de revoir Giulia le motivait, même s'il n'espérait rien de précis d'une nouvelle rencontre. Mais cette femme l'intriguait, il s'en voulait de l'avoir mal jugée, et surtout, autant se l'avouer, elle lui plaisait.

Mais pourquoi ? Il l'avait trouvée pimbêche avant de revoir son jugement, estimée à peine jolie avant de s'apercevoir qu'elle était ravissante. Et on pouvait rire avec elle, parler de projets. En fait, elle était le contraire de son ex-femme. Quel paradoxe ! Pourquoi était-on soudain séduit par quelqu'un qu'on n'avait pas remarqué ? Sans doute après avoir croisé son étonnant regard vert plein de lumière, entendu sa voix chaude, observé son sourire chaleureux, et apprécié la posture farouche d'une femme qui ne voulait pas se laisser apprivoiser. En faisait-il un challenge ?

Il loua une voiture à l'aéroport, s'arrêta en ville pour faire quelques courses puis refit la route du cap Corse avec plaisir, ne se lassant pas du paysage. À son arrivée sur le chantier, il fut agréablement surpris d'y trouver les ouvriers en train de travailler. Il alla leur serrer la main, apprit que le réfrigérateur commandé de Paris avait été livré et branché. Un soulagement, vu l'accablante chaleur de l'été. Il y rangea ses provisions, puis posa ses quelques affaires et le sac contenant ses appareils photo dans un coin du vaste séjour qui était loin d'être terminé. Au moins, il y avait de l'eau au tuyau, dehors. Il fit ensuite le tour de la villa et nota avec un certain découragement tout ce qui restait à faire. Malgré tout, il était heureux d'être là, il s'y sentait déjà chez lui.

Une heure plus tard, il décida qu'il avait bien gagné un plongeon dans la mer. Avec une idée en tête, il reprit sa voiture pour descendre à la plage.

*

Ange et Clémence avaient été logés dans l'une des bastides qui composaient l'ensemble du Mas de Pierre. À leur arrivée, ils avaient d'abord visité l'immense spa, discuté avec les divers responsables, puis dîné dans le restaurant gastronomique avant de regagner leur chambre, à la fois euphoriques et un peu intimidés. Clémence savait que le moment était venu d'aller plus loin dans sa relation avec Ange.

Elle le regarda baisser les lumières pour ne laisser que les petites lampes de chevet allumées. Il se tourna vers elle, l'observa comme s'il attendait son accord, et finit par la rejoindre pour la prendre dans ses bras. Avec des gestes doux mais précis, il défit un à un les petits boutons dorés de sa robe et la fit glisser sur ses épaules jusqu'à ce qu'elle tombe à ses pieds, puis il dégrafa son soutien-gorge, le lui enleva. Son habileté pour déshabiller une femme prouvait son expérience mais Clémence n'y pensait pas. Il s'agenouilla pour baisser son slip, et quand elle fut nue il se releva, la prit dans ses bras, la souleva sans effort et la porta jusqu'au lit où il la déposa délicatement.

— Tu es encore plus belle qu'en maillot de bain…

Il enleva lui-même ses propres vêtements avant de s'allonger à côté d'elle. Là seulement, elle prit l'initiative de poser ses mains sur lui, ce qui provoqua une flambée de désir réciproque. Mais Ange voulait prendre le temps de la découvrir, de comprendre ce qui lui plaisait, ce qu'elle attendait, et il savait se montrer patient. Quand il fut certain que leur envie de l'autre avait atteint son paroxysme, il vint sur elle pour la prendre. Pas une seconde l'image d'Inès ne l'effleura. C'était bien à Clémence qu'il était en train de faire l'amour, et il y prenait un plaisir fou.

*

Giulia commençait à s'inquiéter du silence de sa mère. Le cas ne s'était jamais présenté. Giulia avait fait ses études au loin, puis voyagé, et à chacun de ses retours Lisandra était là, fidèle au poste, à se demander si elle avait jamais quitté Bleu, et en tout cas pas l'île. Ce soudain besoin d'éloignement exprimait un réel problème pour une femme comme elle qui plaçait sa famille au-dessus de tout. Orso devait lui manquer, Matteo aussi, mais sans doute pas Ange et Giulia, tous les récents conflits ayant provoqué de la rancœur.

En revanche, Giulia avait une raison de se réjouir car Orso, malgré l'absence de sa mère, ne semblait pas angoissé ou déprimé. Il avait momentanément établi ses quartiers à la stalla pour rester sous la surveillance de son frère et de sa sœur, ce qui lui convenait.

Matteo, enfin débarrassé de sa botte en résine, avait retrouvé toute sa joie de vivre. Il passait de longs moments à bavarder avec José, apprenant le nom des fleurs et de tous les végétaux du parc. Comme il était en vacances, Giulia l'autorisait à se baigner dans la piscine tôt le matin, avant que les clients ne sortent de leurs chambres. Il le faisait sous le contrôle de José qui tournait autour du bassin avec son épuisette, traquant les insectes ou les feuilles à la surface.

En prenant son petit déjeuner à la stalla, le dimanche où Ange devait rentrer de son week-end sur le continent, Matteo osa enfin poser à sa mère la question qu'il gardait au fond de sa tête.

— Maman, il y a un truc que j'aimerais savoir… commença-t-il timidement.

— Vas-y, mon chéri, mais avale d'abord, on ne parle pas la bouche pleine.

Enjouée, souriante, Giulia ne s'attendait pas à la brutalité de la demande que son fils formula avec maladresse.

— J'en avais parlé à Ange mais il dit que c'est toi qui dois répondre. Alors voilà, euh… C'est qui mon père ?

Elle avait beau savoir qu'un jour ou l'autre il faudrait dire la vérité à son fils, elle n'y était pas du tout préparée. Critiquer cet homme, révéler tout le mépris qu'elle éprouvait pour lui serait très maladroit puisque Matteo était fait d'une partie de lui. Pourtant, il n'était pas question de mentir, le sujet était trop grave.

— Je l'avais rencontré un été, finit-elle par murmurer. Il était très séduisant et j'en suis tombée amoureuse. J'étais très jeune, sans expérience. Je croyais que nous aurions un avenir, tous les deux, mais en réalité sa vie était ailleurs. Il avait déjà une famille, et il est parti à la fin des vacances en m'expliquant qu'il ne reviendrait pas, qu'on ne se verrait plus. Je m'étais attachée trop vite, alors que pour lui c'était sans importance. Un peu plus tard, je me suis aperçue que j'allais avoir un bébé. Toi ! Et vois-tu, ta naissance m'a consolée de tout, y compris de ce premier amour raté. J'ai oublié cet homme. Lui n'a jamais su que j'avais eu un enfant, il ne connaît pas ton existence, donc il ne t'a pas abandonné. Quand tu seras plus grand, si tu veux le retrouver, tu pourras le faire.

Matteo l'écoutait, les yeux écarquillés.

— Il n'était pas gentil ? demanda-t-il d'une voix enrouée.

— Si ! Mais il ne m'avait pas dit la vérité, je n'avais pas toutes les cartes en main. Tu sais, dans la vie, il nous arrive à tous de faire des erreurs. Toi, mon Matteo, tu n'en es pas une, tu es ce qui m'est arrivé de plus merveilleux. Ne te sens pas coupable d'avoir demandé, ta curiosité est légitime. Est-ce que j'ai répondu à ta question ?

— Oui !

Ayant perçu l'émotion de sa mère, il se leva, contourna la table et vint l'embrasser en lui chuchotant à l'oreille :

— Tu es triste quand tu penses à lui ?

— Je n'y pense jamais, mon chéri !

Elle espérait ne pas l'avoir traumatisé, mais elle était persuadée que la vérité valait mieux que n'importe quelle fable.

— C'est à cause des copains, à l'école, que je voulais savoir.

— Je comprends.

— Je dois leur dire quoi ?

— Que ta maman et ton papa se sont séparés, ce qui arrive à des tas de gens et ce n'est pas une honte.

Le front plissé par la réflexion, Matteo hésita puis finit par hocher la tête.

— D'accord. Et que mon père vit loin d'ici.

— Absolument.

Rassuré, il alla se rasseoir et commença à beurrer une tartine. En l'observant, Giulia comprit que ce qui l'avait perturbé n'était pas forcément l'absence d'un père mais plutôt quoi raconter à l'école. À son âge, le jugement des petits copains comptait beaucoup. Ange avait eu raison de ne pas lui répondre, c'était à elle de le faire et elle pensait s'en être bien tirée. Toutefois, un jour, Matteo poserait de nouvelles questions, peut-être plus précises. Que pourrait-elle lui dire de plus ? L'histoire se résumait à si peu de chose ! Il ne restait que quelques souvenirs d'étreintes sur la couchette d'un bateau, et le coup de poignard infligé par ce départ à la sauvette. Mais tout était loin, devenu flou avec le temps.

Matteo mangeait de bon appétit et il s'était fait une moustache en buvant son chocolat. Attendrie, Giulia retarda encore un peu le moment d'aller travailler.

10

Ange était rentré enchanté de son week-end à Saint-Paul-de-Vence. Il s'étonnait d'avoir pris un tel plaisir lors de ces deux jours qu'il envisageait plutôt comme un test. L'entente physique avec Clémence avait été immédiate, il avait adoré lui faire l'amour. Surtout sans penser un seul instant à Inès, qu'il croyait pourtant impossible à oublier mais qui n'était pas venue le hanter. Clémence n'était pas seulement sensuelle et désirable, elle se révélait de très bonne compagnie. Durant la visite de l'hôtel, elle avait fait remarquer des détails intéressants, et au cours des repas elle avait fait rire Ange aux éclats avec son sens de la repartie.

De retour à Bastia, ils s'étaient séparés à regret, convenant de s'appeler très vite mais sans se fixer de rendez-vous. Ange voulait prendre un peu de recul et réfléchir à ce qui venait d'arriver. Comme il s'était engagé trop vite avec Inès, cédant à son impérieux désir de mariage, il ne voulait pas refaire la même erreur.

En arrivant à Bleu, il trouva Giulia dans les bureaux de la direction en train de téléphoner à Lucca. Elle lui expliquait les interrogations de Matteo et la manière dont elle lui avait répondu. Avec un sourire de bienvenue pour

Ange, elle mit le haut-parleur afin qu'il suive la conversation.

— Sa curiosité est normale, je suis même étonnée qu'il ne m'ait rien demandé plus tôt.

— Il voulait donc savoir qui était son père… répéta Lucca d'une voix songeuse.

— Tous les enfants veulent le savoir.

Elle ignorait l'effet que ces mots pouvaient produire sur Lucca et fut surprise de l'entendre dire :

— Alors, si nous adoptons un enfant, Pia et moi, il posera ces questions-là.

— J'imagine. Vous y pensez sérieusement ?

— De plus en plus. Pia a entrepris les premières démarches.

— Tu en as parlé à maman ?

— Il faudrait que je puisse la joindre ! Elle ne répond pas au téléphone, en tout cas pas à moi.

— À nous non plus. Mais elle a envoyé un petit texto comme quoi tout allait bien.

— C'est insensé, on dirait qu'elle a fugué, comme une ado !

— Ne sois pas cynique. Elle est partie en voyage, elle avait besoin de se changer les idées.

— Eh bien, ça ne lui ressemble pas, elle qui est toujours obsédée par Bleu.

— Justement. Elle voulait peut-être s'en libérer. Et même d'Orso.

— D'Orso ? Je rêve… Et il va bien ?

— Plutôt mieux.

— Est-ce que ça signifie *mieux sans elle* ?

— Non, mais je l'emmène danser, il rencontre des filles et il s'entend bien avec son nouveau psy.

— Parfait. Et vous vous en sortez avec Bleu, Ange et toi ?

— Oui. Surtout moi puisque Ange s'offre des week-ends d'amoureux sur le continent.

Lucca éclata de rire puis, sans transition, demanda d'un ton inquiet :

— Pas avec Inès, je suppose ?

— Bien sûr que non.

— Alors je lui souhaite une meilleure pioche, cette fois-ci !

Elle mit fin à la communication et leva les yeux vers Ange.

— Rien qu'à voir ta tête, je sais que tu es heureux.

— C'était un très bon week-end, reconnut-il. Vraiment. Si j'ai pu croire qu'il me faudrait un temps fou pour retomber amoureux, je me suis bien trompé.

— Après avoir couru les filles sans états d'âme, tu vas devenir passionné à chaque relation ?

— Je n'ai pas parlé de passion. Mais je suis sous le charme de Clémence.

— Tant mieux, parce que je la trouve très sympa, très ouverte.

Ange parut ravi d'avoir l'approbation de sa sœur. Lorsqu'il avait annoncé qu'il allait épouser Inès, il avait vécu comme une injustice les réticences évidentes de sa famille, avant de les partager.

— Maintenant, reprit-il, je vais te raconter le spa idéal… et aussi l'hôtel idéal ! Imagine un peu, soixante-seize chambres, toutes entièrement refaites en 2021 et réparties dans des bastides de charme. Le spa en question fait deux mille mètres carrés, il est d'un luxe fou. Pour s'aligner, on va avoir du mal.

— On ne va pas s'aligner, protesta-t-elle, on va faire à notre idée. D'ailleurs, nous n'avons pas soixante-seize chambres, Dieu merci ! Je t'ai envoyé sur ton PC les derniers plans de l'architecte. Tu me diras ce que tu en penses mais je suis enthousiaste. Si on va au bout de ce projet, on aura fait un pas en avant.

Ange alla s'asseoir à son bureau, mais avant de consulter les documents, il lui demanda ce qu'elle pensait de la décision de Pia. La réponse de Giulia fut catégorique.

— Elle a raison ! Pour une fois, elle impose sa volonté, ce qui ne lui arrive jamais. Mais c'est manifestement si important pour elle que Lucca est bien obligé de la suivre. Et je crois que lui aussi a très envie d'être père… et très envie que sa femme soit heureuse. Comme ils n'ont plus d'autre solution, adopter reste la seule option. Alors, quel que soit l'enfant et d'où qu'il vienne, nous l'accueillerons dans la famille en lui ouvrant les bras.

— Toi et moi, oui, Orso aussi, j'en suis sûr.

— Et maman finira par craquer après avoir bien ronchonné.

Ange se sentait moins optimiste que sa sœur. Face à un enfant de couleur qui porterait le nom de Bartoli, sa réaction restait imprévisible. Le seul espoir était que Lisandra avait toujours aimé les enfants, ce qui la ferait peut-être accepter le nouveau venu. D'ailleurs, les démarches étant longues, elle aurait le temps de s'habituer à l'idée de cette arrivée dans la famille.

— J'ai rendez-vous à la banque en début d'après-midi, annonça Ange.

— Croisons les doigts pour l'obtention du prêt, soupira Giulia.

— Il ne devrait pas y avoir de problème.

Elle avait conservé le mot manuscrit de Lisandra qui donnait son accord, en principe rien n'empêchait plus la réalisation du projet de spa. Les yeux dans le vague, elle se mit à y rêver.

*

Pour la troisième fois, après avoir nagé une bonne heure, Guillaume hésitait devant sa voiture. Il s'était promis d'aller boire un verre au bar de Bleu Azur, espérant y croiser Giulia, mais il renonçait toujours au dernier moment, pris d'une timidité qu'il ne s'expliquait pas. Son architecte lui avait raconté que le projet de spa avançait, le permis de construire ayant été déposé, ce qui lui fournirait un sujet de conversation. Mais si Giulia n'était pas là, de quoi aurait-il l'air à siroter tout seul son whisky ? Et même s'il la rencontrait, elle comprendrait vite qu'il n'était venu que pour la voir, ce qui semblait un peu ridicule.

Depuis son divorce, il avait connu quelques aventures sans lendemain, et charmer une femme ne lui posait pas de problème. Mais il ne s'attachait à aucune, devenu méfiant. De toute façon, son métier et ses fréquents voyages remplissaient sa vie. Alors pourquoi désirait-il tellement revoir Giulia, qu'il connaissait à peine ? Pourquoi avait-il si souvent pensé à elle ? À cause de cette incompréhensible alchimie qui déclenchait les attirances et dont personne n'était maître ?

Lassé de tergiverser, il décida de ne plus différer et prit la route conduisant à Bleu Azur. L'arrivée était toujours aussi spectaculaire, la façade insolite de l'hôtel étant illuminée par le soleil couchant. À peine descendu de voiture, il perçut le parfum des nombreuses fleurs que José savait si bien planter. Tout était parfaitement en ordre, comme toujours, et hormis un couple au bord de la piscine il n'y avait personne. D'un pas résolu, Guillaume se dirigea vers l'entrée.

— Monsieur Valmont ! l'interpella Ange qui sortait au même instant. Ravi de votre visite mais… je ne vous ai pas vu dans les réservations et je crains que nous ne soyons complets.

— Non, ne vous inquiétez pas, je fais du camping dans mon chantier. Je venais juste boire un verre, tout en me demandant si votre bar n'était pas réservé aux clients de l'hôtel.

— Vous plaisantez ! Vous êtes le bienvenu. Et, oui, c'est un bar privé, sauf pour le sauveur de mon neveu.

— C'est beaucoup dire…

— D'ailleurs, il serait heureux de vous revoir. En tout cas, venez quand vous voulez. Nous serons bientôt quasiment voisins, n'est-ce pas ?

Ange semblait d'excellente humeur, et Guillaume en profita pour lui demander des nouvelles de la famille d'un air innocent.

— Ma mère est à Paris, en vacances pour une fois, et ma sœur doit être dans les parages. Venez, je vous accompagne.

Il précéda Guillaume à l'intérieur et le conduisit au bar.

— Vous avez bien choisi votre moment, d'ici une heure tous les clients de l'hôtel ou presque descendront pour l'apéritif. Certains préfèrent être servis dehors, d'autres apprécient la climatisation, quelques-uns iront faire une partie de billard ou prendre un dernier bain dans la piscine. Mais pour l'instant, c'est calme.

Comme Giulia, Ange parlait de l'hôtel avec autant d'enthousiasme que de fierté.

— Que désirez-vous boire ?

— Un whisky, merci.

— Fumé, tourbé ?

En hôte attentif, il fit signe au barman, passa la commande et quitta Guillaume en lui recommandant de prendre tout son temps. Resté seul devant le verre qu'on venait de lui apporter, Guillaume se sentait presque gêné d'avoir été si bien reçu. Mais ce n'était pas avec

Ange qu'il aurait aimé discuter, malheureusement Giulia n'était pas en vue. « Dans les parages » ne voulait pas dire grand-chose vu la taille de l'hôtel. Sauf si son frère passait le message ?

Il sirota lentement son whisky puis, au bout d'une demi-heure, il quitta son fauteuil. Lorsqu'il voulut payer, le barman lui annonça que c'était offert par la maison. Cette fois, il ne pouvait plus abuser et devait quitter les lieux. Dehors, il faisait encore chaud, et ainsi qu'Ange l'avait prédit certains clients se dirigeaient vers la piscine. Regrettant de ne pas pouvoir séjourner à l'hôtel, et très déçu par cette tentative de rencontre ratée, Guillaume reprit sa voiture pour rentrer chez lui.

*

— C'est à la fois amusant, compliqué, et parfois angoissant, soupira Giulia.

Installée face à elle, Clémence l'écoutait avec attention.

— Chaque jour apporte son lot de contrariétés, de problèmes à résoudre, de factures à payer. Le but, pour Ange et moi, est de maintenir Bleu à son niveau mais surtout qu'il reste une affaire familiale, donc indépendante. Je t'avoue ne pas savoir si nous pourrons tenir longtemps. Nous avons régulièrement des propositions de rachat…

— Dont vous ne voulez pas, je suppose ?

Au lieu d'une réponse spontanée, à laquelle Clémence s'attendait, Giulia réfléchit quelques instants avant d'avouer :

— En principe, non. Nous n'écoutons pas le chant des sirènes, si tentant qu'il soit, parce que nous voulons continuer à travailler ici et faire à notre idée. Nous avons conscience que préserver notre héritage nous permet de prévoir notre avenir. Et puis c'est une histoire familiale que nous voulons continuer à écrire. La saga de nos parents, grands-parents et au-delà. Mais c'est une position fragile.

— Pourquoi ?

— Parce que la vie change tout le temps ! À ce jour, Ange et moi sommes célibataires, et nous nous entendons bien en ayant trouvé un équilibre dans le partage des responsabilités. Seulement, tout peut être bouleversé. Qu'arrivera-t-il si deux conjoints viennent s'en mêler ? Ici, au cap, nous sommes un peu au bout du monde, ça peut déplaire.

— Ou au contraire séduire.

— Tout à fait, d'ailleurs j'ai un bon exemple ! répliqua Giulia en riant. Quand Ange était fiancé à Inès, elle se voyait bien devenir patronne chez nous et évincer ma mère.

— Il trouvait ça normal ?

— Non, mais il l'a compris un peu tard.

— Il était vraiment fou de cette fille ?

— Je crois qu'il n'avait jamais été amoureux avant elle.

— Ah…

L'air mitigé de Clémence fit de nouveau rire Giulia.

— Avant elle, non, mais après, il t'a trouvée ! Sois rassurée, je connais mon frère, avec toi il est accro et il est sincère. De toute façon, il ne ment jamais. En plus, il t'a emmenée en week-end, et ça m'a épatée. Mélanger le travail et le plaisir n'est pas non plus dans sa nature.

— Il a travaillé là-bas, le défendit Clémence. Il a tout noté, tout évalué.

Elles furent interrompues par l'arrivée d'Ange qui paraissait énervé.

— Je viens du restaurant, annonça-t-il à sa sœur. Figure-toi qu'en déballant la nouvelle vaisselle, ils ont trouvé le moyen de casser une pile d'assiettes !

Puis, se radoucissant, il vint embrasser Clémence.

— Tu es là depuis longtemps ?

— Nous bavardions entre femmes, je n'ai pas vu le temps passer.

— Ah, Giulia, avant que j'oublie, devine qui nous a rendu visite ? Guillaume Valmont ! Je crois qu'il campe plus ou moins sur son chantier, mais il est là pour surveiller les travaux.

L'air déconfit de sa sœur le surprit.

— Tu aurais aimé le voir ?

— Le saluer... Ce n'est pas grave.

Elle était déçue et s'en voulait de l'être. Pour ne plus y penser, elle déclara qu'elle filait à la stalla afin de vérifier que Matteo et Orso ne soient pas rivés devant la console de jeux, comme à leur habitude.

— Je vais les emmener faire un petit tour à la plage. Se baigner au moment où le soleil disparaît à l'horizon est toujours un plaisir ! Je vous retrouve pour le dîner.

Ange la regarda sortir puis se tourna vers Clémence.

— Je la connais, elle regrette d'avoir raté Guillaume Valmont.

— Un ami ?

— Juste un client, un peu particulier. Et un excellent photographe.

— Ta sœur s'intéresse à lui ?

— Je viens de le découvrir. Ou bien je prends mes désirs pour des réalités. Je voudrais tellement qu'elle rencontre quelqu'un de bien ! Rester seule à son âge, quel gâchis...

— D'autant plus qu'elle est jolie, intelligente, et sûrement frustrée.

— Le père de Matteo lui a fait beaucoup de mal en lui ôtant toute confiance en les hommes. Un lâche et un menteur qui l'a plaquée sans remords après avoir profité d'elle, de sa jeunesse, de sa naïveté. Personne n'a plus jamais entendu parler de lui, il s'est bien gardé de remettre les pieds en Corse.

— S'il l'avait fait, est-ce qu'elle l'aurait mis au courant, pour Matteo ?

— Je ne pense pas. Elle a assumé son fils, il est à elle. Mais maintenant il est assez grand pour poser des questions, et elle lui a donné des réponses mesurées, en gardant sa rancune pour elle.

Il rejoignit Clémence, la prit dans ses bras.

— J'adore ta robe… et j'ai très envie de te l'enlever.

Quand elle avait rendez-vous avec lui, elle délaissait les jeans et les tee-shirts pour des tenues plus féminines, sachant qu'il était sensible à sa manière de s'habiller. Ce soir-là, elle portait une robe légère au décolleté drapé, des sandales à talons hauts, et le regard d'Ange sur elle la faisait se sentir belle. Leur relation était en train de prendre une tournure plus sérieuse, ce qui la comblait, mais elle restait vigilante, n'ayant pas tout à fait oublié les paroles d'Inès.

*

— Elle rentre quand, maman ?

Le ton geignard d'Orso alerta Giulia. Il avait refusé d'aller se baigner et semblait triste. Il n'avait pas beaucoup parlé de Lisandra depuis quelques jours, mais soudain il s'inquiétait de son absence.

— Bientôt.

— C'est quel jour, bientôt ?

Comme elle n'en savait rien, Giulia esquiva la question :

— Elle te manque ?

— Oui… Sauf qu'à son retour, je devrais réintégrer ma chambre à l'hôtel. Et j'aime bien être ici avec vous et Matteo.

Cette fois, Giulia resta muette. La perspective de cohabiter durablement avec Orso ne la réjouissait pas. Même si Ange avait fait remarquer qu'il récupérerait volontiers la chambre qu'occupait Orso à Bleu. Une perte sèche, d'après lui.

— Je vais essayer de l'appeler, décida-t-il brusquement.

Il se saisit du téléphone de Giulia, qu'elle venait de poser sur la table. Elle ne chercha pas à le lui reprendre parce que, après tout, leur mère répondrait peut-être enfin. Quelques instants plus tard, le visage d'Orso s'illumina.

— Maman ! Comment ça va ?

Il écoutait, l'air béat, tout en hochant la tête.

— Mais si, tu nous manques ! Tu reviens quand ? Non, aucun problème pour l'hôtel. Ni pour moi ! Je me plais bien à la stalla.

Giulia faillit lui demander de mettre le haut-parleur mais elle y renonça, estimant qu'Orso avait le droit d'avoir une conversation privée. Lisandra devait avoir des choses à lui raconter car il resta un moment silencieux. Puis il s'exclama :

— Après-demain ? Formidable ! Ton avion atterrit à quelle heure ?

Partagée entre soulagement et contrariété, Giulia se demanda dans quel état d'esprit se trouvait leur mère. Encore fâchée ou apaisée ?

— Je suis content, murmura Orso avant de couper la communication.

— Alors ? s'enquit Giulia.

— Elle a bien aimé Paris, mais là, elle rentre.

D'après les réponses d'Orso, Lisandra n'avait pas pris de nouvelles d'Ange ou de Giulia, et celle-ci, à sa grande surprise, en éprouvait de la déception. Ses rapports avec sa mère étaient devenus ambigus et contradictoires. Partager la direction de Bleu finissait par les diviser, et si c'était peut-être inévitable, ce n'en était pas moins regrettable.

Tout en observant Orso qui paraissait très joyeux, Giulia fut soudain submergée par des souvenirs d'enfance. Ses parents lui avaient offert une très belle jeunesse. Ils l'avaient préservée mais laissée indépendante, respectant ses goûts et ses choix. Elle se rappelait tous les moments consacrés à la danse, une discipline dont elle s'était toquée à dix ans, puis les mercredis après-midi au poney-club, les cours de tennis, d'escalade… Malgré tout leur travail, ils se rendaient disponibles pour conduire leurs enfants là où ils voulaient aller et applaudir leurs petits exploits de gamins. Quand Giulia avait décidé, après son bac, de suivre l'exemple d'Ange pour intégrer l'École hôtelière de Lausanne, son père avait été ravi. Lisandra, moins enthousiaste, avait su faire taire ses réserves par respect pour sa fille. Craignait-elle qu'Ange et Giulia ne se disputent un jour la direction de l'hôtel ? Supposait-elle qu'une rivalité mère-fille finirait par avoir lieu ? Mais elle n'avait rien dit parce que, pour ses quatre enfants, elle voulait le meilleur de la vie. Orso compris.

Avec le recul, Giulia était forcée de constater que sa mère s'était battue sur tous les fronts. Même après le décès brutal d'Ettore, elle était restée solide et tournée vers l'avenir, dissimulant son chagrin pour garder la tête haute. En somme, une très bonne mère, qu'Ange et Giulia avaient un peu bousculée ces temps-ci. Pour se débarrasser de son autorité ? Parce qu'ils trouvaient ses prises de position obsolètes ? N'était-ce pas faire preuve d'ingratitude et avoir la mémoire un peu courte ?

— On peut aller la chercher à l'aéroport ? demanda Orso.

— Elle est partie en voiture, donc elle a dû la laisser là-bas et elle reviendra avec. Mais si tu veux, on va lui préparer un bel accueil.

— Oh oui ! On n'a qu'à dire à Lucca et Pia de se joindre à nous.

Pourtant, à peine arrivée, Lisandra n'aurait pas forcément envie d'apprendre que les démarches d'adoption étaient entamées.

— On verra, répondit-elle prudemment. Je leur téléphonerai demain.

Maintenant qu'ils étaient décidés, Lucca avait promis de faire appel à toutes ses relations pour accélérer les choses, et mieux valait différer la nouvelle.

— Après-demain, c'est aussi le jour de ton rendez-vous chez le psy. Il veut te revoir au sujet d'un tout nouveau médicament. Alors, comme nous serons à Bastia, si ça te fait plaisir, tu iras l'attendre à l'aéroport et vous rentrerez ensemble.

— Génial !

— Bon, je vais voir notre nouveau chef pour organiser la petite fête pour maman. Je n'en ai pas pour longtemps. Demande donc à Matteo de t'aider à mettre le couvert, Ange et Clémence dînent avec nous.

En quittant la stalla, elle se remit à penser à la visite de Guillaume qu'elle avait manquée. Reviendrait-il ? Sans doute pas puisqu'il n'était pas client de l'hôtel. Mais elle pouvait demander à José où se trouvait la maison qu'il faisait construire et y aller sous un prétexte ou un autre.

Longer le chemin qui menait de la stalla à l'hôtel, puis de l'hôtel au restaurant lui permit de se vider la tête de toutes les questions qui l'avaient assaillie en cette fin d'après-midi. C'était l'heure où la chaleur se faisait moins accablante et où toutes les senteurs des plantes s'épanouissaient. José surveillait de près le travail du jardinier comme, d'ailleurs, il surveillait tout. Lisandra répétait qu'il était indispensable à Bleu et qu'on ne pourrait jamais le remplacer. Néanmoins, un jour lointain il le faudrait, José n'étant plus tout jeune. Ainsi qu'elle l'avait expliqué à Clémence, l'avenir n'était qu'un perpétuel bouleversement.

Au restaurant, elle trouva Ange et Clémence en train de discuter avec Maurice, le chef, qui s'enorgueillissait d'avoir trouvé un bon producteur local d'avocats.

— C'est une petite coopérative spécialisée dans les agrumes, et l'avocat pousse bien chez eux. En ce moment, ce n'est pas la saison, mais ils avaient quelques fruits tardifs et j'ai été bluffé. Au printemps prochain, on pourrait élaborer une recette originale.

Avec son esprit rapide, Giulia enchaîna aussitôt :

— Quand ce sera la saison de l'avocat, serez-vous toujours parmi nous ?

Maurice saisit la perche tendue, ce qui était bon signe :

— Tout dépendra de ce que vous me proposerez. Il faut d'abord savoir ce qui advient de mon prédécesseur. Est-il toujours convalescent ? Souhaite-t-il retrouver sa place une fois rétabli ? S'il ne devait pas revenir, je me laisserais peut-être tenter. J'ai plusieurs fois songé à quitter Paris pour gagner le Sud, alors…

— Je vais lui poser la question. Aux dernières nouvelles, il n'était pas chaud pour reprendre le travail. Il craint pour sa santé, ce qui est compréhensible. Si jamais il optait pour une retraite anticipée, vous seriez vraiment bienvenu parmi nous. Je vous tiens au courant rapidement.

D'un coup d'œil, elle s'était assurée qu'Ange était d'accord avec elle. Maurice pourrait être un atout pour le restaurant de Bleu. En meilleurs termes avec le gérant, moins accroché aux plats purement corses mais capable d'en proposer sur sa carte, et très attentif aux goûts des clients qui appréciaient désormais une certaine légèreté, il avait séduit tout le monde.

— Maman rentre mercredi, annonça-t-elle à son frère. Je venais pour demander à Maurice de nous préparer un bon petit dîner.

— Tu l'as eue au téléphone ? s'étonna Ange.

— Pas moi, Orso. Mais c'était mon portable et elle a tout de même décroché.

Comme Maurice était toujours à côté d'eux, ils le saluèrent et sortirent afin de poursuivre leur échange hors du restaurant. Une fois qu'ils se furent éloignés, en compagnie de Clémence, Ange demanda d'un ton ironique :

— Elle a donc fini de bouder ?

— Nous lui manquions sûrement.

— Pas nous, Bleu !

— Ne sois pas injuste.

— Elle ne pouvait pas rester bien longtemps loin de l'hôtel, loin d'Orso, loin de la Corse, et même loin de José. Mais de toi et moi, j'en doute.

— Et pourquoi, à ton avis ?

Ange leva les yeux au ciel, toutefois la question le fit réfléchir.

— Je crois que nous devrions avoir une véritable conversation avec elle pour redéfinir la place de chacun. On ne peut pas rester sur des non-dits, de l'implicite, parce qu'on finit par empiéter sur le territoire des autres.

— Ange ! Nous ne sommes pas cadres dans une quelconque entreprise ! Nous avons décidé de diriger en famille sans nous disputer le pouvoir, alors faisons taire nos petits conflits.

— Tu n'es pourtant pas la dernière à en provoquer. Je te rappelle que l'histoire du spa l'a contrariée. Ce qui est dommage puisque l'idée est bonne. La preuve, la banque nous suit, estimant le projet très valable.

— Tu ne peux pas demander à maman de raisonner comme nous. En fait, elle est une sorte de contrepoids, de garde-fou qui nous protège. Et on peut finir par la convaincre, tu l'as bien vu.

Clémence les écoutait avec curiosité, découvrant que tout n'était donc pas si facile dans cette gestion à plusieurs. Pour avoir une chance de rester indépendants, ils devaient demeurer unis malgré tout, quels que soient leurs désaccords, apparemment imputables au choc des générations.

Voyant son intérêt pour leur discussion, Ange jugea bon d'expliquer :

— Il fut une époque où investir ne faisait pas peur à nos parents. Mais les investissements étaient moins lourds qu'aujourd'hui, les normes moins contraignantes, la paperasse moins pléthorique… et les clients moins exigeants. Gagner des étoiles était un beau défi, alors qu'aujourd'hui certains de nos confrères les évitent pour ne pas se retrouver dans un carcan.

Tout en marchant, Giulia jeta un regard à son frère, surprise par le mot « carcan ». Il était généralement plus enthousiaste concernant Bleu. Le retour de leur mère l'agaçait-il ?

Alors qu'ils arrivaient devant la stalla, Orso en sortit en trombe.

— Maman revient ! cria-t-il à Ange.

Il paraissait très agité et Giulia espéra que les progrès de ces dernières semaines n'allaient pas être remis en question. Elle en avait presque oublié la fragilité d'Orso tant il s'était bien comporté à la stalla avec eux.

— Je vais préparer le dîner, marmonna-t-elle, contrariée.

— Je t'aide, décréta Clémence.

Elle venait souvent et ne voulait plus être traitée en invitée. Giulia acquiesça avec un sourire, ayant peu de goût pour cuisiner alors que Clémence s'en sortait très bien. Et comme une amitié était en train de se tisser entre elles, Giulia se prit à souhaiter que Clémence reste dans la vie d'Ange pour longtemps.

*

Les fenêtres grandes ouvertes laissaient entrer l'air tiède de la nuit. Apaisés après avoir fait l'amour, Clémence et Ange, lovés l'un contre l'autre, écoutaient le chant des grillons. Pour éviter une invasion de papillons nocturnes et de moustiques, les lumières étaient éteintes.

— Je voulais te demander quelque chose, dit soudain Clémence.

D'une voix ensommeillée, Ange lui assura qu'il l'écoutait.

— Tout à l'heure, quand tu discutais avec ta sœur en partant du restaurant, je t'ai trouvé un peu agressif envers ta mère. Pourquoi ? Tu ne t'entends pas avec elle ?

— Si…

— Tu es généralement plus indulgent, avec à peu près tout le monde. Et j'apprécie ta façon de ne pas juger. Mais on dirait qu'elle fait exception à la règle.

Ange se redressa puis se racla la gorge. Il resta un moment silencieux avant de se lancer.

— Depuis qu'Inès m'a traité de petit garçon tremblant devant sa mère et qu'elle a insinué que j'obéissais à ses diktats, je fais attention à ne pas donner cette image de moi, qui est fausse. Surtout à toi !

— Mais ça risque de te rendre injuste.

— C'est ce qu'a dit Giulia.

— De toute façon, respecter sa mère n'a rien d'infantile.

— Peut-être, mais à cause des critiques d'Inès, je me suis senti… Comment dire ?

Il hésitait à poursuivre et elle lui souffla :

— Tu ne voulais pas qu'on te voie comme faible ou timoré ?

— À peu près ça, oui.

— Décidément, Inès ne t'a pas épargné ! Tu devrais balayer ces idées, Ange. Tu n'es pas quelqu'un d'influençable, Inès l'a appris à ses dépens et c'est tant mieux. Je déteste cette femme, elle est vraiment perverse. Je sais que tu l'as beaucoup aimée, mais oublie-la pour de bon.

— Serais-tu jalouse ? demanda-t-il d'un ton amusé.

— Il ne faut pas être jaloux du passé de l'autre. Même si c'est difficile !

Ils rirent ensemble, puis Ange se leva et alla fermer les fenêtres.

— Je vais allumer, prévint-il, parce que cette fois j'ai envie de te regarder en faisant l'amour.

Lorsqu'il revint près du lit, il la contempla quelques instants.

— Je suis amoureux de toi, Clémence. Et très heureux que tu sois arrivée dans ma vie. Si ça ne t'effraie pas, j'ai plein de projets d'avenir avec toi dans ma tête. Et je voudrais qu'on ne parle plus jamais d'Inès, pour moi elle est aux oubliettes, ce qui est sa vraie place.

— Alors, une dernière question à son sujet. T'a-t-elle fait du tort dans son agence à disqualifier ton hôtel ?

— Bleu est impossible à disqualifier, ma chérie, il est au top ! Une petite punaise comme elle ne peut rien contre lui. Si elle me fait perdre trois clients, ça fera de la place pour les dix qui sont sur liste d'attente.

Il le disait avec une telle fierté que Clémence en fut émue, et elle tendit les bras vers lui pour l'accueillir. La déclaration d'Ange sur des projets d'avenir l'avait comblée tout en l'effrayant un peu. Les choses n'allaient-elles pas trop vite entre eux ? Pourtant, dès qu'elle sentit ses premières caresses, elle oublia aussitôt le doute qui venait de l'effleurer.

11

Le mois d'août avait été moins beau que les années précédentes, mais Bleu Azur n'avait pas désempli. À deux reprises, Giulia s'était rendue sur le chantier de Guillaume qu'elle avait manqué chaque fois. D'après les ouvriers travaillant chez lui, il s'absentait souvent durant des journées entières, chargé de ses appareils photo. Estimant qu'elle allait frôler le ridicule, Giulia n'avait pas fait d'autre tentative.

Depuis son retour, Lisandra se montrait aimable bien qu'un peu distante avec ses enfants, et seul Matteo la faisait craquer. Orso, tiraillé entre le désir de faire plaisir à sa mère et son envie de rester à la stalla, semblait désemparé. Consulté par téléphone, son psy suggéra de lui procurer un nouveau centre d'intérêt. À la stupeur de Giulia, il évoqua des leçons de conduite dans une auto-école. L'obsession d'Orso pour les voitures trouverait là un certain apaisement. Giulia jugeait la proposition bizarre, mais elle avait confiance dans ce praticien qui réussissait bien avec Orso, aussi décida-t-elle, en accord avec Ange, qu'il fallait tenter le coup. Lisandra leva les yeux au ciel, prédisant que ce serait une catastrophe. Toute la famille évitait depuis des années qu'Orso touche à un volant, et vouloir soigner le mal par le mal ne pouvait être qu'une mauvaise idée. Bien entendu, Giulia s'entêta et emmena Orso s'inscrire à l'auto-école Cap Conduite de Bastia.

Lisandra, qui ne s'étonnait plus de ne pas être écoutée, se borna à avertir José pour qu'il ait toujours un œil sur le parking afin de surveiller les voitures des clients, et que lui-même garde la clef de la sienne dans sa poche. Elle était finalement assez contente d'être rentrée chez elle, mais elle gardait un souvenir délicieux de son voyage à Paris, de cette bouffée de liberté qu'elle y avait ressentie. Elle avait repris ses tours d'inspection, que ce soit dans les chambres après le passage des femmes de ménage, à la réception ou au bar, du côté de la piscine ou du jardin. Elle s'était aussi astreinte à contrôler la comptabilité et avait même jeté un coup d'œil aux plans de l'architecte pour le spa. Toutes ces activités démontraient que, loin de se désintéresser de Bleu Azur, elle tenait à y reprendre sa place. Si elle n'était plus vraiment le chef de famille, elle restait la patronne de l'hôtel. Mais ce que son absence de quelques jours avait vraiment changé était son rapport à Orso. En partant, elle avait redouté qu'il se croie abandonné et sombre dans une dépression, or il avait bien réagi. Était-il concevable que son état se soit réellement amélioré ? Qu'on puisse enfin espérer qu'avec l'âge ce fichu syndrome borderline s'atténue ? Dans cette perspective, et ne voulant pas être tenue pour responsable d'une rechute, elle le laissait libre de choisir où il voulait habiter. Giulia aurait apparemment préféré qu'il regagne l'hôtel, et Ange était de l'avis contraire afin de récupérer une chambre pour les clients. Mais Ange ne tarderait peut-être pas à quitter la stalla pour s'installer avec Clémence, il était donc moins concerné que sa sœur par la cohabitation avec Orso.

Clémence plaisait bien à Lisandra. D'abord parce que n'importe quelle femme était préférable à Inès, ensuite parce que Ange avait l'air heureux. Clémence aimait les enfants, à en croire son attitude avec Matteo, elle voudrait certainement avoir les siens assez vite. Lisandra s'était donc montrée aimable avec elle, différente du portrait de tyran qu'avaient dû lui brosser Ange et Giulia.

Restait l'énigme posée par sa fille. Pourquoi Giulia demeurait-elle obstinément célibataire ? Elle emmenait Orso danser et il faisait des rencontres mais pas elle. Combien de temps encore continuerait-elle à se préserver des hommes ? Aucun ne semblait trouver grâce à ses yeux, la plupart de ses aventures se terminant aussitôt qu'elles étaient commencées. Si l'expérience avec le père de Matteo avait été catastrophique, elle avait eu d'autres bons modèles masculins autour d'elle comme Ange et Lucca, ainsi que son père avant son décès. Mais Lisandra ne voulait plus se mêler de la vie de sa fille, elle était décidée à garder avec ses enfants la distance qu'elle s'imposait depuis son retour. Une petite revanche… ou bien un test pour voir s'ils s'en apercevraient.

*

Tandis qu'Orso était chez son psy, Giulia en avait profité pour se rendre à l'auto-école Cap Conduite. Elle tenait à expliquer les bizarreries de son frère avant qu'il ne prenne sa première leçon. Un moniteur très sympathique l'avait écoutée avec attention, promettant de veiller lui-même sur ce nouvel élève un peu particulier.

Rassurée, Giulia décida de se promener un peu, ce qu'elle faisait rarement. Après avoir laissé sa voiture dans un parking, elle prit la rue Napoléon pour descendre jusqu'au vieux port. Sur une impulsion, elle entra dans l'église Saint-Jean-Baptiste et alluma un cierge tout en récitant une prière à l'intention d'Orso. Une fois sortie, elle se dirigea vers le boulevard Paoli, s'arrêta dans un magasin de jouets qu'elle connaissait bien pour y trouver un nouveau jeu destiné à la console de Matteo, puis elle entra dans une boutique de vêtements où elle essaya deux robes d'été en solde et un ravissant spencer qu'elle décida d'acheter. Suivant l'exemple de sa mère, elle était toujours bien habillée vis-à-vis des clients de l'hôtel. Ce qui pouvait apparaître comme une contrainte mais était en réalité un plaisir.

Elle avait donné rendez-vous à Orso dans un café où il l'attendait sagement en sirotant une bière.

— Ta première leçon de conduite est prévue après-demain, lui annonça-t-elle.

— Ce n'est pas vraiment la première, souviens-toi.

— Tu avais fait une mauvaise expérience. Je compte sur toi pour que tout aille bien cette fois.

Avec la précédente auto-école, trois ans auparavant, Orso s'était montré très mauvais élève, n'écoutant pas le moniteur et ne pensant qu'à accélérer.

— Si tu en as assez de ton vélo… marmonna-t-elle.

Sans la suggestion du psychiatre, personne dans la famille n'aurait laissé une seconde chance à Orso. Le risque était évident car il aimait la vitesse, mais peut-être réussirait-il enfin à se maîtriser ? Il était si imprévisible que Giulia ne savait plus quoi penser. Cent fois il avait réclamé un scooter ou une voiture sans permis, et toute la famille croyait le protéger en refusant. Pourtant, le maintenir dans cet état de dépendance n'était sans doute pas une bonne solution. D'autant plus que ses progrès étaient indiscutables depuis quelques mois.

— On peut rapporter des fleurs à maman ? demanda-t-il soudain.

— Des fleurs ? Il y en a plein le jardin !

— Non, pas celles-là. Un bouquet joliment emballé, comme quoi on a pensé à elle.

— Si tu veux.

— Elle n'est pas très gaie depuis son voyage à Paris. Je crois qu'elle aimerait que je regagne l'hôtel.

— Et qu'en penses-tu ? demanda prudemment Giulia.

— Je ne sais pas trop... J'aime bien la stalla et j'aime bien ma chambre à Bleu. Maintenant, si j'ai envie d'inviter une fille, je suis plus indépendant à l'hôtel.

Il l'avait déjà fait, mais pas souvent et pas depuis longtemps. Il menait une drôle d'existence, pour un homme de son âge. Giulia éprouva brusquement une bouffée de compassion. Dans la bouche d'Orso, le mot « indépendant » ne signifiait pas grand-chose. Elle eut alors une pensée reconnaissante pour Clémence qui avait trouvé le bon psy. Celui-ci avait réduit le nombre des médicaments et il utilisait une méthode différente de ses prédécesseurs pour traiter le syndrome borderline.

— Et si je retourne à Bleu, on reprendra nos petits dîners au restaurant. Le gérant nous met dans un coin de la salle ou, s'il y a trop de monde, il nous fait installer une table dans la cuisine où on peut regarder travailler le chef. En ce moment, maman doit prendre ses repas toute seule, et elle ne m'a même pas demandé de la rejoindre.

Il semblait avoir de la peine pour sa mère, mais il n'était ni angoissé ni agité. Quelques semaines plus tôt, en panique, il serait allé quémander son affection.

— Reprends ta chambre dans l'hôtel, lui conseilla Giulia, et quand tu en auras envie tu viendras dormir à la stalla.

Elle se sentait presque soulagée, ce qui la culpabilisait, mais elle s'était beaucoup occupée d'Orso depuis un bon moment et il prenait un peu trop de place dans ses journées. Ange passait son temps libre avec Clémence,

Lucca était loin, et elle avait assumé seule toute la charge d'Orso. S'il allait mieux, elle pouvait s'en attribuer le mérite, néanmoins elle souhaitait passer la main pour se consacrer à Matteo, à Bleu… et à sa propre vie.

Elle régla les consommations, nota au passage que son frère avait peu d'argent « de poche » et lui fit signe de la suivre.

*

Le cœur battant, Pia fixait le test de grossesse sans y croire. Mais elle avait acheté une boîte de deux, et le second disait la même chose que le premier. Était-ce possible ? Tant de résultats négatifs ces dernières années, tant d'espoirs déçus ! Elle avait fini par se croire stérile, même si les médecins continuaient d'affirmer qu'elle ne l'était pas.

Enceinte, elle ? Par quel miracle ? Elle ne pouvait pas annoncer la nouvelle à Lucca avant d'avoir une certitude. Toujours incrédule, elle téléphona au secrétariat de son gynécologue et insista lourdement pour avoir un rendez-vous en urgence. On lui proposa d'être reçue l'après-midi même, et elle décida d'aller déjeuner hors de chez elle, incapable d'affronter son mari parce qu'elle ne saurait pas se taire et qu'elle ne voulait rien lui dire. Au cas où il rentrerait à midi, ce qui n'était pas toujours le cas, elle lui laissa un mot expliquant qu'elle allait faire du shopping.

Elle gagna la Paillote du Scudo, située non loin de chez elle, route des Sanguinaires. Installée sur la terrasse, face à la mer, elle commanda une eau minérale avec une salade corse qui comportait des courgettes et des aubergines grillées. Certaines de ses amies, lorsqu'elles étaient enceintes, se plaignaient volontiers de ne pouvoir ni boire d'alcool ni fumer, et d'être astreintes à un régime alimentaire imposant trop de privations. Pia ne leur avait jamais avoué qu'elle les enviait et aurait tout donné pour être privée à son tour.

Incapable de penser à quoi que ce soit d'autre, elle essayait pourtant de ne pas trop espérer. Mais quelle horrible déception ce serait si ces tests l'avaient trompée ! Par ailleurs, comment expliquer cette grossesse tout à fait improbable ? Jusqu'à ce matin, elle était concentrée sur les démarches d'adoption qui avançaient bien grâce aux nombreux appuis de Lucca. Avec lui, elle avait envisagé un voyage au Vietnam durant l'hiver. Alors, quel que soit le verdict du gynécologue tout à l'heure, la lueur était au bout du tunnel. Mais bien sûr, ce ne serait pas la même lumière...

Après avoir grignoté quelques bouchées, elle repoussa son assiette. Les yeux rivés sur la mer, elle se mit à respirer lentement et profondément pour se calmer.

*

— Mais si, affirma José, elle a dû passer vous voir puisqu'elle m'avait demandé de lui expliquer où se trouvait votre villa.

Dubitatif, Guillaume se tourna vers l'un des artisans qui était en train de peindre les murs du séjour.

— Quelqu'un a demandé après moi, en mon absence ?

Le peintre secoua la tête mais descendit de son échelle pour aller interroger le carreleur qui travaillait dans la cuisine. En revenant, il dit que oui, une jeune femme était venue, toutefois elle n'avait laissé aucun message à l'intention de Guillaume.

— Elle vous a même raté deux fois, paraît-il. D'après elle, c'était sans importance.

— On aurait pu me le faire savoir ! s'emporta Guillaume.

Le peintre haussa les épaules, peu concerné par cette histoire, puis il remonta sur son échelle en maugréant.

— Ce n'était sans doute que pure curiosité pour votre chantier, supposa José. Comme vous avez le même architecte, elle voulait peut-être voir son travail de près.

Dépité, Guillaume ravala sa colère. José n'y était pour rien, et il n'était pas question de se brouiller avec les ouvriers. Après les absences du mois d'août, dues aux vacances de chacun, les travaux avaient enfin repris sur un rythme plus soutenu, et les choses avançaient bien. Heureusement pour Guillaume qui en avait assez de camper dans sa maison. Il déplaçait d'une pièce à l'autre son sac de couchage et ses quelques affaires, et il était réveillé dès l'aube par les bruits du chantier, les ouvriers préférant commencer à la fraîche pour arrêter plus tôt. Par bonheur, l'électricien avait enfin installé la veille le système de climatisation qui rendrait le travail plus facile.

— J'ai parlé à mon cousin, reprit José. Je lui ai dit qu'il fallait accélérer un peu, que vous aviez hâte d'habiter chez vous dans de meilleures conditions.

Le cousin en question faisait partie des artisans que José avait recommandés et, se sentant responsable, il venait de temps en temps les remotiver. Reconnaissant, Guillaume lui proposa une bière.

— Merci, mais je file, madame Lise n'aime pas qu'on s'absente longtemps !

Guillaume le regarda partir en se disant que la famille Bartoli avait de la chance d'avoir un tel employé modèle. Quant aux deux visites de la jeune femme qui n'avait laissé ni son nom ni un message, s'agissait-il vraiment de Giulia ? Il en était persuadé et rageait d'autant plus de l'avoir ratée. Devait-il retourner à Bleu Azur ? Mais si ce n'était pas elle, de quoi aurait-il l'air ?

Il décida d'aller prendre une douche, de mettre une chemise propre et de retenter sa chance, quoi qu'on puisse penser de lui.

*

— Il n'a pas beaucoup d'argent parce qu'il est capable d'en faire n'importe quoi, fit remarquer Ange. Souviens-toi du jour où maman lui avait confié son portefeuille pour aller régler le boucher, à Saint-Florent, et où il a donné l'intégralité de son contenu à un clodo !

Giulia se mit à rire, amusée par ce souvenir.

— Maman était furieuse, parce qu'elle a toujours beaucoup d'espèces sur elle, mais Orso ne comprenait pas pourquoi il n'avait pas le droit de faire une bonne action.

— C'est ce que je dis. On ne peut pas se fier à sa manière de gérer de l'argent.

— Il est généreux et il est sensible. Nous devrions arrêter de le traiter comme un attardé mental.

Ange soupira, secoua la tête et finit par répliquer :

— Je sais que tu es heureuse de ses progrès. Mais ils ne suffisent pas à en faire quelqu'un de tout à fait normal. Attendons de voir si l'amélioration se poursuit, ou au moins se consolide. Avoir regagné Bleu risque de le remettre dans le giron de maman, et il peut rechuter. Ne prenons pas nos désirs pour des réalités uniquement parce que ce serait plus confortable de ne plus sentir l'épée de Damoclès qu'il fait peser sur nous tous. Sur toi en particulier ces temps-ci. Je peux très bien me charger de l'accompagner chez son psy ou à l'auto-école une fois sur deux. Ce serait d'ailleurs préférable pour qu'il ne transfère pas sur toi l'amour excessif qu'il portait à maman. Mieux vaut qu'il ne dépende pas d'une seule personne.

— Le partage des tâches ? Ah, je suis bien d'accord !

Agréablement surprise par la bonne volonté d'Ange, elle se sentait de nouveau pleine d'énergie.

— Et cette fois-ci, je n'oublie pas de te le dire, ajouta-t-il d'un air malicieux, monsieur Valmont est en train de boire un apéritif au bar.

— Oh…

Ne voulant pas paraître trop enthousiaste, elle prit le temps de fermer les dossiers en cours sur son ordinateur avant de se lever.

— Je vais le saluer, déclara-t-elle d'un ton qu'elle espérait désinvolte.

En réalité, elle était ravie de cette visite et si impatiente de le retrouver qu'elle s'étonnait elle-même.

Ouvrant la porte des bureaux de la direction, elle tomba nez à nez avec la réceptionniste qui était décomposée et qui bredouilla :

— Il y a un problème avec un client.

— De quel ordre ?

— Une montre a disparu. Monsieur Fischer, au numéro quatre, l'avait laissée dans sa chambre avant de descendre à la piscine avec sa femme. Quand ils sont remontés, la montre n'était plus sur la console où il l'avait posée… Il criait au téléphone et il menace de descendre faire du scandale.

Atterrée, Giulia avait du mal à assimiler la portée de l'incident. Des choses de ce genre n'arrivaient pas à Bleu. Elle se tourna vers Ange qui s'était levé pour les rejoindre.

— Appelle Lucie, c'est elle qui est chargée de la chambre quatre, lui demanda-t-elle.

En fin d'après-midi, quand les clients descendaient pour se baigner, boire un verre ou aller se promener, les femmes de chambre refaisaient un passage afin de vérifier que tout était en ordre, préparer les lits pour la nuit et déposer des chocolats sur les oreillers. Elle renvoya la réceptionniste à son poste et attendit l'employée avec Ange.

— Si on avertit maman, elle va pousser des hurlements et on ne tirera rien de Lucie, prédit Ange.

— À voir la tête de la réceptionniste, dès que maman passera la porte à tambour, elle comprendra qu'il y a un drame. Pour l'instant, elle est du côté de la piscine, elle fait sa tournée quotidienne auprès des clients.

Un coup discret à la porte précéda l'entrée de Lucie, une petite brune qui travaillait à l'hôtel depuis cinq ans. En quelques mots, Giulia lui exposa les faits, guettant sa réaction.

— La quatre ? Le couple d'Anglais ? Oui, je suis allée ranger la chambre tout à l'heure, ils laissent toujours un désordre fou. Mais je n'ai vu aucune montre sur la console.

— Il semblerait pourtant que cet objet ait disparu.

— Vous parlez d'un objet ! C'est une montre de valeur, il l'avait laissée hier matin au bord du lavabo et, après avoir nettoyé la salle de bains, je l'ai remise à la même place. Aujourd'hui, je ne l'ai pas vue. Et jamais je ne l'aurais prise, évidemment ! Je ne suis pas une voleuse, j'espère que vous me croyez.

— Je ne demande pas mieux, Lucie. Toutefois, si on ne la retrouve pas, c'est très ennuyeux pour l'hôtel.

Elle voyait que l'employée était sincère, ce qui ne simplifiait pas la situation.

— Qu'est-ce qu'on va faire ? demanda-t-elle à Ange.

— Je ne sais pas. Appeler la police ?

— Tu plaisantes ? Nos clients ont à leur disposition des coffres-forts dans chaque chambre, ils doivent s'en servir.

— Lucie, demanda-t-il à la femme de chambre, quand vous dites une montre « de valeur », c'est quoi au juste ?

— Elle vient de chez Cartier, je l'avais déjà vue en photo dans une publicité. Je ne l'ai pas volée mais je l'ai regardée. Les clients ont souvent de beaux bijoux, ça fait rêver.

— Qu'ils laissent en vue parce qu'ils ont confiance dans le personnel de Bleu Azur, soupira Ange. Ou alors parce qu'ils s'en foutent. Bon, je vais monter les voir.

— Annonce-toi, lui suggéra Giulia.

Hochant la tête, il prit le téléphone interne et composa le numéro de la chambre quatre.

— Monsieur Fischer ? Ange Bartoli de la direction de l'hôtel. Vous avez signalé…

Il s'interrompit, écouta tandis que son expression se durcissait.

— Ah, très bien… Je vois. Non, je vous en prie. Bonne soirée monsieur.

Il raccrocha violemment, attendit deux secondes et explosa :

— Impensable ! Son abrutie de femme avait mis cette putain de montre dans la poche de son peignoir avant de descendre, ce qu'elle a fait après son mari, pour avoir l'heure au bord de la piscine ! Et quand il a engueulé la réceptionniste, sa femme était sous la douche et ne l'a pas entendu. En sortant de la salle de bains, elle lui a tendu sa montre. Mais tu crois qu'il nous aurait prévenus, qu'il aurait rappelé la réception ? Bordel, les clients, quelle engeance !

Comme il était rarement vulgaire, sa façon de parler exprimait sa fureur.

— L'incident est clos, dit posément Giulia. Merci, Lucie.

Quand la jeune femme fut sortie, elle alla vers son frère et lui tapa sur l'épaule.

— Surveille-toi devant le personnel, et n'oublie pas que ce sont les clients qui nous font vivre.

— D'accord, mais ce couple-là, quelle arrogance, quelle légèreté…

Son inquiétude étant passée, Giulia se souvint que Guillaume buvait un verre au bar. Y était-il encore ? Elle partit précipitamment, traversa le hall mais dut s'arrêter pour expliquer à la réceptionniste qu'il n'y avait eu aucun vol et que tout était arrangé.

En entrant dans le bar, elle constata d'un coup d'œil que Guillaume n'était pas là. Déçue, elle sortit sur la terrasse, adressa un sourire machinal aux quelques clients qui prenaient déjà l'apéritif, et elle se dirigea vers le parking sans grand espoir. Il avait dû repartir, elle l'avait manqué encore une fois. Ces ratés successifs la frustraient et, forcément, attisaient son envie d'une rencontre.

Arrivée en vue des voitures garées à l'ombre, elle découvrit que l'une d'elles était en train de reculer. Le chauffeur, interrompant net sa manœuvre, descendit précipitamment.

— Madame Bartoli ! l'interpella Guillaume d'un ton joyeux.

— Bonjour, ou plutôt bonsoir, monsieur.

— Guillaume, je vous en prie.

— D'accord. Moi, c'est Giulia.

Il y eut un petit silence, aucun des deux ne sachant comment poursuivre. Avec un sourire embarrassé, Guillaume finit par se lancer :

— Mon architecte m'a dit que vous aviez obtenu votre permis de construire. Un record de rapidité !

— Mon frère Lucca a beaucoup de relations.

— Et votre famille est bien connue ici. Pour ma part, mon dossier étant celui d'un étranger, j'ai dû attendre.

— Pas étranger, corrigea-t-elle en riant, mais « du continent ».

Comme elle voulait le retenir, elle proposa la seule chose qui lui venait à l'esprit.

— Puis-je vous offrir un verre ?

— J'en ai déjà bu un, je sors de votre bar.

Conscient d'être en train de refuser, il ajouta en hâte :

— Un endroit très agréable, où je vous accompagne volontiers ! J'en ai pour une seconde...

Il remonta dans sa voiture et la remit à sa place. Une fois encore, il avait cru repartir bredouille, mais Giulia était bien là, ravissante avec son chemisier bleu, sa jupe blanche et ses sandales assorties. Elle n'était pas grande, en revanche elle était vraiment bien faite. Mais par-dessus tout, c'était son sourire espiègle, comme celui d'une gamine, qui faisait craquer Guillaume. En l'escortant vers l'hôtel, il se mit à chercher des sujets de conversation susceptibles de rendre intéressant le moment qu'ils allaient partager et de le faire durer.

— Champagne ? proposa-t-elle.

Après l'avoir consulté du regard, elle fit un signe discret au barman puis elle entraîna Guillaume vers une table entourée de profonds fauteuils au cuir patiné.

— Il va nous apporter du Ruinart parce que c'est mon préféré. J'apprécie le Roederer aussi. Et vous ?

— J'aime le champagne, c'est la boisson de toutes les circonstances...

— Et on ne s'en lasse jamais ! Alors dites-moi, Guillaume, vous habitez votre maison bien qu'elle soit en travaux ?

— Je campe. C'est spartiate mais ça ne me gêne pas.

— Vous n'allez donc plus à Paris ?

— J'ai rendu mon appartement qui était en location. Une dépense inutile car je n'avais aucune envie d'y être. L'endroit était sans âme. Je ne l'ai jamais vraiment habité après mon divorce.

— Ah oui, vous êtes divorcé…

— Un épisode pénible, mais finalement pas un gros chagrin. En fait, mon ex-femme est partie un beau jour sans explication. Il a fallu que ce soit sa propre mère qui m'annonce qu'elle était tombée amoureuse d'un autre. Une blessure d'orgueil parce que l'autre en question était mon meilleur ami. Comme dit le proverbe, on n'est jamais trahi que par les siens.

— Et avant ça, vous vous entendiez bien ?

— Oui, mais elle avait du mal à accepter mes voyages. Je traque la bonne photo n'importe où, y compris au bout du monde. Quand nous nous étions mariés, elle connaissait pourtant les impératifs de mon métier.

— Beaucoup de voyages… répéta Giulia d'une voix songeuse.

— La France n'a pas énormément d'animaux sauvages, hormis les loups et les ours. Qui sont si beaux à photographier ! Pour les autres, il faut aller loin, parfois au bout du monde, et ensuite se montrer très patient.

— Donc, vous l'êtes.

— Oui, parce que j'ai pour vocation d'immortaliser en images un monde en danger critique d'extinction ou simplement en voie de disparition. C'est un peu présomptueux, je sais.

— Quelles espèces ?

— La liste est longue, du léopard des neiges au diable de Tasmanie. Les éléphants d'Afrique aussi. Et il y en a d'autres.

— Vous êtes un défenseur de la cause animale ?

— Plutôt un témoin… consterné. Quand j'étais jeune, j'ai réalisé pas mal de portraits car il y a toujours des gens intéressants à photographier. Mais j'étais déjà très attiré par la profondeur et le mystère du regard des bêtes sauvages, par la dureté de leur mode de vie, par leur courage, par leur façon de mourir dignement… Et par tout ce que nous ne savons pas d'eux. En fait, ils ont le don de me fasciner et de m'émouvoir.

Guillaume s'animait en parlant de ce qu'il aimait, ce qui le rendait séduisant. Giulia avait bien compris que son histoire de divorce était vraie, qu'il ne s'agissait pas d'un prétexte. Néanmoins, elle voulait en savoir davantage.

— Vous n'avez pas eu d'enfants ? demanda-t-elle.

— Mon ex-femme voulait attendre. Je suppose qu'elle avait peur de se retrouver souvent seule à gérer un bébé. Ou alors, c'était un prétexte car elle disait par ailleurs que nous devions profiter de la vie avant de nous mettre un boulet au pied, selon son expression.

— Un boulet, ce n'est pas faux, mais aussi une bénédiction. Matteo est la plus grande joie de ma vie.

— Et vous… Vous n'avez pas…

Hésitant à formuler une question qui devait lui paraître trop personnelle, il laissait sa phrase en suspens.

— Je n'ai jamais été mariée, si c'est ce que vous voulez savoir. Matteo n'a qu'un père biologique dont j'ai oublié jusqu'au nom de famille.

Rendu muet par cette confidence inattendue, Guillaume prit sa coupe et but une gorgée de champagne.

— Ce sujet ne me dérange pas, précisa Giulia.

Un silence s'installa, que Guillaume finit par rompre :

— Je suppose que vous n'avez pas le temps de voyager, ou peut-être n'aimez-vous pas quitter l'île ?

— Au contraire ! Je profite chaque hiver de la fermeture de l'hôtel pour changer d'horizon pendant une ou deux semaines. Avec une prédilection pour l'Italie et pour la Grèce, mais j'ai aussi découvert les pays nordiques avec plaisir. Je me comporte en touriste, je me promène le nez au vent, alors que mon frère transforme toutes ses escapades en voyages d'études. Il descend dans les grands hôtels, compare, prend des notes.

— Matteo vous accompagne lors de vos escapades ?

— En janvier, il y a école. Mais pendant ses vacances scolaires, je l'emmène skier à Val d'Ese ou à Ghisoni.

— Ça me rappelle de bons souvenirs ! Quand j'étais étudiant, nous allions skier dans l'une ou l'autre de ces petites stations avec mes copains. Et on revenait l'été sur la côte pour faire de la plongée. Je suppose que mon attachement pour la Corse vient de ces merveilleux moments que j'y ai passés. Sur votre île on peut tout faire, et toujours dans un décor magnifique.

— Quand vous habiterez votre maison, vous pourrez dire « mon » île.

Ils avaient bavardé longtemps, la bouteille de champagne était vide et à présent ils étaient seuls dans le bar. Giulia jeta un coup d'œil à sa montre, ce qui fit lever Guillaume.

— Je vais vous laisser.

— Je vous raccompagne, déclara-t-elle.

Ils sortirent et se dirigèrent en silence vers le parking. Devant sa voiture, Guillaume se tourna vers Giulia, esquissa un sourire gêné et prit une grande inspiration pour réussir à proposer :

— C'était vraiment agréable de parler avec vous. Puis-je vous inviter à dîner, un de ces soirs ?

— Pourquoi pas ! répondit-elle sans hésiter. Je vous donne mon numéro de portable.

Elle s'assurait ainsi qu'ils ne se rateraient plus à l'avenir. Il enregistra le numéro et lui tendit la main.

— Merci pour tout, Giulia.

Il semblait prendre du plaisir à prononcer son prénom. Elle n'attendit pas qu'il monte dans sa voiture, fit demi-tour et repartit vers l'hôtel de sa démarche décidée.

12

— Très bien, je vous envoie un acompte aujourd'hui même.

Assise à son bureau, Lisandra afficha un air satisfait en raccrochant. Puis elle se tourna vers Ange qui était plongé dans sa comptabilité et lui demanda le chéquier de Bleu Azur.

— À qui devons-nous faire un chèque ? s'étonna-t-il.

— Au pépiniériste.

— Pourquoi ? José a passé une commande ?

— Pas du tout. Il s'agit de la haie que je veux planter.

— Une haie ? Où donc ?

Lisandra désigna les plans du spa qui étaient posés sur un coin de son bureau.

— Pour cacher ça… Oh, je ne dis pas que la construction sera laide, c'est moderne, sûrement au goût du jour, mais tellement différent de l'architecture de Bleu qu'il est inconcevable d'avoir les deux bâtiments dans le même champ de vision.

Médusé, Ange dévisagea sa mère pour s'assurer qu'elle ne plaisantait pas.

— Le spa sera loin de l'hôtel, maman.

— Encore heureux ! Néanmoins, je vais le dissimuler. Les clients auront le plaisir de le découvrir une fois la haie franchie.

L'humour de sa mère déstabilisa Ange. Et aussi le fait qu'elle avait préparé son plan sans prendre l'avis de ses enfants, comme si elle voulait ainsi leur signifier qu'elle était toujours la patronne.

— J'ai fait venir notre pépiniériste et nous avons choisi ensemble des thuyas du Canada et des cyprès parce qu'ils poussent très vite. Tu verras, ce sera une réussite !

— Sûrement, mais… En principe, nous décidons des aménagements ensemble, non ?

— Comme vous avez rompu la tradition, je me suis autorisée à en faire autant, répliqua-t-elle en souriant.

— Giulia est au courant ?

— Pas plus que toi. D'ailleurs, Giulia a traîné des heures au bar avec le charmant monsieur Valmont. Un ancien client et je n'aime pas ça. Enfin, on peut faire une exception pour lui. Si ta sœur trouve chaussure à son pied…

— Quelle expression ! Espérons seulement qu'elle trouve quelqu'un de bien.

— Guillaume Valmont l'est peut-être, qui sait ? José dit que c'est un homme bien.

— Parce que tu interroges José sur ce genre de sujet ?

Lisandra se leva et vint se planter, les mains sur les hanches, devant le bureau d'Ange.

— Tu sais quoi, mon chéri ? Je fais ce que je veux. Surtout avec José, surtout à Bleu ! Concernant Orso, ta sœur l'a pris en main et au fond ça me soulage, mais pour le reste vous ne m'enlèverez plus rien !

Quittant sa posture agressive, elle avait soudain le menton qui tremblait. Consterné, Ange se leva et vint vers elle.

— Nous n'avons jamais cherché à t'enlever quoi que ce soit…

— Je vieillis, je cède du terrain ! Tu vas me dire que c'est la loi de la vie, mais elle est dure.

Elle se redressa, toisa Ange et tendit la main.

— Le chéquier.

Il le lui donna et la regarda se réinstaller à son bureau comme si de rien n'était. Mais leur échange avait secoué Ange. Sa mère avait montré un instant de faiblesse, pourtant elle ne renonçait pas à cet autoritarisme qui faisait partie de son caractère et que, au fond, il ne voulait pas voir disparaître. Il se demanda ce que Giulia allait penser de la dissimulation de son spa derrière une haie. Même si, en effet, les deux architectures étaient peu compatibles.

Il se tourna vers son écran, regarda les colonnes de chiffres sans les voir. Diriger l'hôtel à trois devenait difficile alors que tout s'était bien passé durant des années. Était-ce toujours le cas, dans une entreprise familiale ? Bataille de pouvoir, lutte des ego, visions différentes… Et, à trois, il y en avait toujours deux contre un. Pour la génération d'Ange et Giulia, il fallait investir et se moderniser sans cesse alors que Lisandra voulait seulement maintenir Bleu Azur à son niveau, qu'elle estimait suffisant puisque l'hôtel était toujours plein. Mais elle ne tenait pas compte de l'évolution des nouvelles exigences des clients ni de la concurrence qui offrait toujours plus. En y réfléchissant, Ange fit le constat que c'était davantage avec Giulia que leur mère se braquait. À cause du spa, d'Orso, ou d'une simple rivalité de femmes ? Si lui-même, en tant que fils, pouvait prendre la place d'Ettore, dans l'esprit de leur mère Giulia visait forcément la sienne. Retour à la même équation, trois n'était pas un bon chiffre pour diriger.

Ange essaya de mettre de côté toutes ces questions pour se replonger dans la comptabilité. Ce domaine ingrat, personne ne le lui contestait.

*

— Je vois très bien son problème, affirma le moniteur. Il aime aller vite, ça le grise. Avec moi à côté, il se surveille, mais quand il sera lâché seul au volant…

Découragée, Giulia se demanda si ces leçons de conduite étaient une bonne idée.

— Je vous proposerais bien quelque chose, reprit le moniteur. Un stage sur un circuit automobile. Il y en a un à Corte, où je vais emmener deux élèves. Orso pourrait venir aussi.

— Vous voulez soigner le mal par le mal ? ironisa Giulia.

— Démystifier la vitesse et comprendre comment la maîtriser serait constructif pour lui.

Perplexe, Giulia hésitait. Ne serait-ce pas flatter un penchant dangereux chez Orso ? Mais au moins, ça lui apprendrait quelque chose, et il serait sous la responsabilité de son moniteur.

— On peut essayer, décida-t-elle. Inscrivez-le et envoyez-moi la facture, vous avez mon adresse e-mail.

Elle prit congé et quitta l'auto-école, espérant ne pas s'être trompée en acceptant. Orso allait être fou de joie, mais sûrement pas leur mère. De toute façon, la première personne à qui elle comptait en parler était le psy. S'il donnait son aval, tout le monde devrait s'en accommoder.

Elle regagna sa voiture pour quitter Bastia et se rendre à Saint-Florent. Guillaume lui avait donné rendez-vous au restaurant situé dans le parc de l'hôtel Bellevue, où l'on pouvait déguster d'excellentes grillades de viande ou de poisson. Pour ce premier dîner, elle avait mis une robe bleu saphir et un spencer blanc. Comme seul bijou elle ne portait que des boucles d'oreilles, mais elle avait soigné le maquillage de ses yeux. La plupart des gens étaient fascinés par ce regard vert clair si lumineux qu'elle partageait avec Ange, et qu'elle savait mettre en valeur.

En arrivant sur la terrasse du restaurant, elle vit que Guillaume l'avait devancée. Il se leva pour l'accueillir, lui demanda si l'endroit lui convenait puis fit signe à un serveur.

— Du champagne, bien sûr ? proposa-t-il avec un sourire désarmant.

Il voulait lui montrer qu'il se souvenait de leur conversation dans le bar de Bleu Azur. Ils se mirent à parler de tout et de rien, chacun essayant de mieux connaître l'autre. Guillaume semblait sous le charme de Giulia, et elle ne demandait qu'à se laisser séduire. Depuis longtemps, elle ne s'était pas sentie aussi bien face à un homme. Elle le devinait sincère, sans artifice, il était lui-même et ne jouait pas un rôle pour lui plaire, une attitude qu'elle avait perçue trop souvent chez ceux qui avaient traversé brièvement sa vie.

À la fin du dîner, Guillaume proposa d'aller boire un dernier verre dans un bar sur le port, mais ils avaient tous deux de la route à faire pour rentrer, et même s'ils avaient envie de prolonger la soirée, mieux valait s'abstenir. En retrouvant leurs voitures, il y eut un petit instant de gêne. Se tendre la main pour se dire au revoir aurait été stupide, et Guillaume prit l'initiative de poser ses paumes sur les épaules de Giulia.

— Je peux vous embrasser ?

Il lui laissa une seconde pour refuser ou tourner la tête, puis il l'embrassa comme il en mourait d'envie depuis le début du dîner. Leur étreinte s'éternisa, et quand ils s'écartèrent enfin l'un de l'autre ils se dévisagèrent en souriant.

— Je peux aussi vous tutoyer ?

— Je crois que ça s'impose, répondit Giulia avant d'éclater de rire.

Elle se sentait légère et joyeuse, une impression presque oubliée. Guillaume la raccompagna à sa voiture, la laissa s'installer au volant et déclara, avant de claquer la portière :

— Viens quand tu veux prendre un café à la maison, j'ai hâte de te montrer mes travaux en détail. Mais envoie-moi un texto d'abord, je ne veux plus te rater !

Elle manœuvra pour quitter le parking, agitant la main par sa fenêtre baissée. Cette soirée était une promesse, quelque chose de bien venait d'arriver, qui lui faisait enfin voir les hommes sous un autre jour. Elle comptait prendre son temps, comme Clémence l'avait fait avec Ange, mais elle était presque certaine que sa relation avec Guillaume irait dans une bonne direction, et que sa vie ne tarderait pas à changer. Si l'avenir lui donnait raison, elle avait bien fait d'attendre.

*

Lisandra regardait, avec un pincement au cœur, la tractopelle qui avait commencé à creuser la terre en vue des fondations du spa. En fait, l'endroit était bien choisi, mais ce début d'un chantier qui la concernait peu lui rappelait la construction de la piscine, tant d'années auparavant. Ettore et elle, épaule contre épaule, avaient assisté à la destruction du vieux bassin, jugé trop petit, et s'étaient lancés avec enthousiasme dans le projet d'une très grande piscine à débordement. Elle se souvenait très bien de l'échange qu'ils avaient eu au bord du trou qui s'agrandissait. Évoquant la possibilité de tomber sur des objets d'archéologie comme on en trouvait souvent en Corse, elle avait demandé à Ettore ce qu'ils feraient dans ce cas. Tourné vers elle, il avait souri et déclaré qu'ils feraient… comme s'ils n'avaient rien vu ! Vraie ou fausse, l'affirmation de son mari avait déclenché un fou rire partagé. Cette période avait été la plus active pour eux deux, et l'une des plus heureuses. Quelle belle vie ils avaient eue malgré le travail, souvent épuisant, et les risques qui les empêchaient parfois de dormir ! Mais ils étaient unis, toujours d'accord, ils affrontaient les difficultés ensemble et ils s'aimaient. La mort d'Ettore l'avait anéantie, la laissant seule devant toutes les responsabilités, dont la plus lourde était celle d'Orso. Elle avait alors caressé l'idée de vendre Bleu Azur et de se retirer quelque part avec son grand fils ingérable. Un projet vite abandonné car elle ne voulait pas déposséder Ange et Giulia qui s'investissaient à fond dans l'hôtel. De toute façon, cette vente lui aurait brisé le cœur, et quatre générations de Bartoli seraient venues la hanter la nuit.

— Maman ?

Giulia la tira brutalement de ses sombres pensées en surgissant derrière elle. Prête à assumer une discussion mouvementée avec sa fille, Lisandra fut très étonnée de l'entendre dire :

— Cette haie que tu fais planter est une trouvaille géniale ! Comment n'avais-je pas prévu ça moi-même ?

Lisandra se retourna pour lui sourire.

— Vraiment ?

— Sincèrement. Le camion du pépiniériste vient d'arriver, Ange le guide pour le conduire jusqu'ici.

Lisandra observa sa fille en se demandant d'où lui venait cette gentillesse inattendue. Giulia aurait pu s'agacer qu'on veuille dissimuler son spa, mais au contraire elle semblait calme et de bonne humeur.

— Je te trouve très jolie ce matin, constata Lisandra.

— Oh, merci !

— Serais-tu… amoureuse ?

Giulia eut un sourire désarmant avant de répliquer :

— À quoi vois-tu ça ?

— Je te connais bien, ma chérie. Et à mon âge, on connaît aussi la vie. Laisse-moi deviner, je pense qu'il s'agit de notre ami monsieur Valmont ?

Giulia restait hilare mais Lisandra ajouta :

— Attends, ne me fais pas de confidence, garde ces premières émotions pour toi, ce sont les meilleures.

Il y avait longtemps que mère et fille n'avaient pas vécu un moment de complicité joyeuse, et elles en étaient attendries toutes les deux. Désignant la tractopelle qui creusait toujours, Lisandra déclara :

— Avec Ange et toi, Bleu est entre de bonnes mains.

Ses derniers mots furent couverts par le bruit du camion chargé de plantations. À son tour, le pépiniériste allait creuser des trous un peu plus loin pour y installer les végétaux.

— On va regarder grandir ensemble tes arbustes et mon spa, prophétisa Giulia. Et l'année prochaine…

L'avenir semblait chargé de promesses, aussi radieux que ce matin d'automne plein de soleil.

*

Tout en conduisant sur cette route qu'elle connaissait désormais par cœur, Clémence se posait beaucoup de questions. Mais elle se gardait bien de les poser à Ange, jugeant que ce serait prématuré. Ils étaient de plus en plus amoureux et heureux lorsqu'ils se retrouvaient, ce qui leur donnait envie de vivre ensemble. Mais où ? À mi-chemin de Bastia et du cap, comme Ange l'avait envisagé lorsqu'il était fiancé à Inès ? Et quelle orientation professionnelle Clémence finirait-elle par prendre ? Est-ce que cette reconversion ne risquait pas de l'éloigner ? Mais surtout, elle voulait des enfants.

Elle savait qu'Ange ne quitterait jamais Bleu Azur, elle le comprenait parfaitement, cependant elle avait une curiosité du monde qui lui donnait envie de voyager. Comment concilier ses désirs et les impératifs de la vie ? Ange la voyait parfois songeuse, pourtant il ne disait rien. Connaissait-il le même genre de doutes ? S'imaginait-il fonder une famille avec elle ? Il était bien trop tôt pour y songer, pourtant elle ne pouvait pas s'en empêcher.

En arrivant à la stalla alors que le soleil disparaissait à l'horizon, elle eut la surprise de découvrir toute la famille Bartoli réunie dehors pour l'apéritif. Ange vint l'accueillir et lui présenta Lucca et Pia qu'elle ne connaissait pas encore.

— Mon grand frère avocat dont je t'ai parlé, expliqua-t-il. Avec Pia, ils sont là pour le week-end.

Mais l'ambiance semblait un peu tendue malgré les efforts de Giulia qui allait de l'un à l'autre pour remplir les verres et lancer une plaisanterie. Très sociable, Clémence s'adressa à Pia pour évoquer la vie à Ajaccio, différente de celle de Bastia. Lisandra, sa coupe de champagne à la main, regardait son fils aîné sans indulgence, ce qui était surprenant. Au bout d'un moment, elle profita d'un silence pour déclarer :

— Eh bien, mon chéri, je crois que vous êtes venus pour nous annoncer une nouvelle ? Tu as été un peu mystérieux au téléphone, alors nous t'écoutons.

Elle paraissait cependant prête à en découdre plutôt qu'à l'écouter.

— Je laisse la parole à Pia, répondit-il sans se troubler.

La jeune femme eut un sourire tout à fait désarmant et se racla la gorge.

— Voilà, je... je suis vraiment heureuse de vous apprendre que nous allons avoir un enfant, déclara-t-elle avec une évidente émotion.

— Bravo ! s'exclama Lisandra d'un ton crispé. De quel pays vient-il ?

Pia secoua la tête, toujours souriante, avant de répondre doucement :

— D'ici. Je suis enceinte.

Un silence stupéfait s'abattit sur la famille. Clémence, qui vivait la situation en spectatrice, savait seulement qu'il avait été question d'adoption, ce qui ne semblait plus d'actualité.

— Nous étions très impatients de vous le dire, ajouta Pia avec un peu plus d'assurance, mais c'est récent, nous voulions être sûrs... Et on croise les doigts pour que tout se passe bien.

— Comment est-ce possible ? finit par lâcher Lisandra, incrédule.

— Apparemment, il suffit de ne plus s'obséder sur le problème. Or je n'ai pensé qu'à ça depuis des années. Une fois la procédure d'adoption en marche, j'étais enfin mobilisée sur autre chose, et mon corps s'est libéré.

— Tout est dans la tête, intervint Orso.

Personne ne s'attendait à sa réflexion. Se contentait-il de répéter ce que disait son psy ? Ou bien pensait-il à sa propre tête où tant de choses se bousculaient ? Pia alla vers lui et lui posa une main amicale sur l'épaule.

— Tu as raison, Orso.

Lisandra les rejoignit, prit sa belle-fille dans ses bras.

— Bravo, ma chérie ! Je suis très heureuse pour toi et pour Lucca. Un bébé Bartoli, quelle joie...

— Pas seulement Bartoli, maman, protesta Lucca. Pia a aussi une famille.

Le rappel à l'ordre ne parut pas contrarier Lisandra. La perspective d'un nouvel héritier, cette fois légitime à ses yeux, la comblait enfin. Clémence, qui l'observait, réprima un sourire amusé. Elle trouvait Lisandra à la fois impressionnante et émouvante. Si elle entrait un jour dans la famille, cette belle-mère lui plairait bien, elle saurait l'apprivoiser.

— Je vais avoir un cousin ou une cousine ? demanda Matteo qui passait un plateau de charcuterie dans lequel il se servait largement.

— Trop tôt pour le dire, répondit Lucca avec un clin d'œil à son neveu.

Giulia, qui venait de s'asseoir sur le banc de pierre pour profiter du dernier rayon de soleil, était soudain perdue dans ses souvenirs. Des années auparavant, l'annonce de sa grossesse avait provoqué l'indignation et la fureur de la famille. En guise de félicitations, son père avait tempêté et menacé d'aller tuer le « suborneur ». Il n'accusait pas sa fille, qu'il aimait trop, persuadé que sa naïveté l'avait égarée. Mais elle n'était pas naïve, seulement amoureuse pour la première fois, et avant d'être abandonnée par le père de Matteo elle avait vécu sa liaison avec passion. Comment aurait-elle deviné à qui elle avait affaire ? Cet homme était un charmeur né, un bon amant, un beau parleur. Devant la fureur d'Ettore, Lisandra, pragmatique, avait suggéré l'avortement, et Giulia s'était braquée. Contre sa mère ou parce qu'elle désirait vraiment un enfant ? En tout cas, elle n'avait jamais regretté sa décision.

Regardant les visages heureux autour d'elle, elle se disait qu'elle aurait aimé un tel enthousiasme au lieu du psychodrame auquel elle avait eu droit. Pourtant, la première colère passée, sa famille avait fait bloc autour d'elle. Puisqu'elle voulait garder l'enfant, ils allaient tous veiller sur elle et la protéger, sans jamais lui demander de se cacher mais au contraire en gardant la tête haute. Les Bartoli étaient solides, c'était rassurant d'appartenir à un clan aussi soudé.

— À quoi rêves-tu ? voulut savoir Ange en se laissant tomber à côté d'elle sur le banc.

— Je me disais que je vous aime beaucoup, tous...

Ange éclata d'un rire sonore et communicatif, puis il entoura de son bras les épaules de Giulia.

— Bientôt un de plus à aimer, dit-il en désignant Lucca et Pia.

Orso se tenait à côté de Pia dont il voulait absolument toucher le ventre.

— Tu ne sentiras rien, c'est trop tôt, affirmait-elle gentiment sans le repousser.

Pour Orso aussi la famille était là. Malgré ses récents progrès, il demeurait une énigme, peut-être un danger pour lui-même et pour les autres, néanmoins les Bartoli continueraient à s'en partager la responsabilité sans faillir.

— Où en es-tu avec Guillaume Valmont ? chuchota Ange à l'oreille de sa sœur.

Le visage de Giulia s'éclaira d'un franc sourire.

— Il me semble que nous avançons dans la bonne direction.

Elle réfléchit un instant puis ajouta :

— Pour le dire plus simplement, il me plaît beaucoup, il est gentil, intéressant, patient... et sincère puisqu'il est réellement divorcé ! Je l'avais pris pour un menteur et j'avais tort.

— Alors ne fais pas comme d'habitude, ne mets pas un terme à ta relation par peur de t'attacher.

— Tu es injuste. En réalité, les précédents n'en valaient pas la peine.

Ils restèrent un moment sans parler, se contentant de regarder les autres. Lisandra venait de dire non à Orso qui voulait encore du champagne, et Lucca servait un jus d'orange à Pia. Giulia appela Matteo et lui demanda d'aller chercher des biscuits salés pour sa tante Pia.

— Elle n'a pas droit à la charcuterie, aux fromages non pasteurisés, à l'alcool, aux fruits de mer et plein d'autres choses, expliqua-t-elle à son fils. Mais elle est tellement heureuse qu'elle serait prête à s'en priver pendant dix ans ! Trouve-lui des crackers.

Matteo partit comme une flèche, et Ange se leva pour rejoindre Clémence. Le soleil avait disparu, les ombres s'allongeaient, l'automne était bien là.

*

Le lendemain matin, le ciel était chargé de nuages menaçants. Assise à son bureau, Lisandra alluma sa première cigarette et aspira nerveusement une bouffée. Que cette addiction finisse par la tuer lui était devenu presque indifférent. De toute façon, à son âge, une maladie ou une autre ne tarderait pas à se manifester et finirait par l'emporter.

Sauf qu'elle voulait connaître le bébé de Lucca et Pia. Elle écrasa la cigarette, essaya de chasser ses inquiétudes mais elle se faisait du souci pour sa belle-fille. Une fausse couche était possible, n'importe quoi pouvait arriver dans les mois à venir. Si ça se produisait, ce qu'à Dieu ne plaise, la déception de Lucca serait immense. Elle avait bien vu, la veille, la fierté de son fils aîné. Lui non plus, elle voulait s'en convaincre, n'avait pas été emballé par la perspective d'une adoption.

D'un geste superstitieux, elle caressa son pendentif, cet œil de sainte Lucie qui ne la quittait jamais. Si la sainte accordait la prospérité, celle de la famille Bartoli passait par des héritiers. Puis elle repensa à Matteo qui, tout en proposant son plateau de charcuterie, avait lâché une petite phrase ambiguë : « Vous parlez tout le temps de Bleu ! » En effet, après avoir longuement fêté la bonne nouvelle de la grossesse de Pia, les conversations avaient, comme d'habitude, concerné l'hôtel. Bien sûr qu'ils en parlaient tous, et tout le temps, mais que ce garçon, unique successeur à ce jour, trouve ça lassant, c'était de mauvais augure. Et si, plus tard, il préférait être avocat comme son oncle, ou pilote de chasse ou n'importe quoi d'autre ? Et si le bébé de Pia n'allait pas à terme ?

Anxieuse, elle reprit une cigarette mais se mit à jouer avec au lieu de l'allumer. Quand Lucca avait choisi des études de droit, Ettore et elle avaient approuvé puisqu'il restait Ange et Giulia pour reprendre le flambeau, ce qu'ils avaient fait tout naturellement. Mais aujourd'hui, la situation familiale était bien différente.

Bon, elle se faisait trop de souci. Pourquoi s'inquiéter autant de ce qui arriverait après elle ? Pourquoi vouloir planifier un avenir qu'elle ne verrait pas ? Et puis, Ange avait jeté son dévolu sur cette charmante Clémence, alors eux aussi pouvaient avoir des enfants et la continuité de Bleu serait assurée !

Vous parlez tout le temps de Bleu... Oui, dans l'univers de Lisandra, l'hôtel était au centre, il occupait presque toute la place malgré la bouffée d'oxygène qu'elle avait connue à Paris et qui aurait pu lui ouvrir de nouveaux horizons. Sauf qu'il n'était plus temps pour elle de s'intéresser à d'autres choses. Avait-elle vu le monde par le petit bout de la lorgnette depuis sa rencontre avec Ettore ?

Au bout d'un moment, son caractère fort reprit le dessus. Elle se redressa dans son fauteuil, alluma la cigarette et ouvrit le dossier des réservations sur son ordinateur. Les questions qui n'avaient pas de réponses ne méritaient pas d'être posées.

*

En fin d'après-midi, après avoir déposé Orso, Giulia poursuivit sa route jusqu'à la villa de Guillaume. Son campement provisoire, loin de la gêner, l'amusait beaucoup. Habituée au luxe de Bleu Azur ou même au confort de la stalla, elle trouvait cette façon de vivre spartiate assez courageuse. Mais Guillaume était habitué à des conditions bien plus dures lorsqu'il cherchait des clichés rares. Donc il ne se plaignait pas, désireux de suivre pas à pas les progrès de son chantier. Du coup, au vu de son installation sommaire, ils s'étaient d'abord limités à un flirt poussé avant de craquer un soir sur le sac de couchage de Guillaume. Une expérience qui les avait comblés avant de les faire rire comme des collégiens. Depuis, ils se sentaient complices et en harmonie.

Lorsqu'elle arriva, elle découvrit qu'il l'attendait et elle lui tomba dans les bras. Elle avait besoin de réconfort, ce qu'il sentit immédiatement.

— Un problème, ma belle ?

— Juste une déception. J'ai récupéré Orso à son auto-école, il revenait de son stage sur circuit, et ça ne s'est pas passé comme on l'espérait.

— À savoir ?

— L'attrait de la vitesse lui a fait faire des bêtises. Avec son moniteur à côté de lui, il a réussi une sortie de route ! Heureusement, les bas-côtés sont sécurisés. Il paraît qu'il a eu peur, qu'il était tout pâle… Mais est-ce que ça suffira à lui mettre du plomb dans la tête ? Tu sais, c'est étrange, il a dit hier soir que tout était dans la tête. Qu'y a-t-il dans la sienne ? Des idées emmêlées ? Il fait deux pas en avant et aussitôt un en arrière !

— Tu désespères ?

— Non… Son psy est confiant, mais son psy ne vit pas avec lui.

Toute la journée, le ciel était resté bas, et à présent le vent se levait. Dans un réflexe quasi enfantin, Giulia se serra contre Guillaume.

— Il va y avoir de l'orage, murmura-t-elle.

— J'ai un bon paratonnerre, une pizza dans le frigo avec des bières Pietra à la châtaigne.

— La bière est forcément Pietra, ici, Guillaume !

Elle avait retrouvé le sourire, amusée à l'idée de tout ce qu'elle allait devoir lui apprendre pour qu'il se sente vraiment corse.

— Des meubles de jardin ont été livrés aujourd'hui, annonça-t-il. Une table et quatre chaises en teck. J'ai apprécié ce bois au bord de ta piscine, il est parfait pour l'extérieur. Mais avec ce vilain temps je les ai déballés dans le séjour, et donc ce soir nous ne mangerons pas par terre…

— Quel luxe ! ironisa-t-elle.

Tandis qu'elle s'asseyait, il traversa la grande pièce jusqu'à la cuisine ouverte et revint avec les bières dans une main et un appareil photo dans l'autre.

— Je n'ai pas fait de portraits depuis longtemps, mais tu m'en donnes trop envie pour que je résiste.

— Tu n'as pas assez de lumière, protesta-t-elle.

— Ne t'inquiète pas pour ça.

— Et je ne me suis pas remaquillée ni coiffée.

— Pour ça non plus. Tu es toi-même, tu es magnifique, crois-moi !

Pendant cinq longues minutes, il tourna autour d'elle en parlant d'autre chose pour qu'elle reste naturelle.

— Comme tu vois, il y a encore beaucoup à faire, ici. Mais le gros œuvre est quasiment terminé, on va bientôt passer à la décoration et je compte sur toi pour le choix des peintures, des sols…

— Sur moi ?

— Je veux que tu te plaises dans cette maison, qu'elle soit à ton goût.

C'était une belle déclaration. Pourtant, Giulia pensa aussitôt à la stalla, à Orso, à Matteo, à tout ce qui l'enchaînait à Bleu Azur, s'apercevant qu'elle n'était pas vraiment libre. Mais pourquoi ? Ange se sentait tout à fait libre, lui !

— Tu sais, commença-t-elle en cherchant ses mots, depuis quelque temps j'ai pris la responsabilité d'Orso parce qu'il devait cesser de s'agripper à maman comme à une bouée de sauvetage. Il me fait confiance, il a progressé, même si l'incident d'aujourd'hui sur le circuit ne plaide pas en sa faveur. Je ne sais pas s'il arrivera un jour à vivre normalement ou presque, mais je ne peux pas le lâcher.

— Personne ne te le demande.

— Et d'autre part Bleu, ce n'est pas que mon travail, c'est bien davantage.

— Je n'en doute pas. Toutefois je te rappelle que nous habitons à dix minutes l'un de l'autre, on peut se voir aussi souvent qu'on veut. Et quand tu amènes Matteo à la plage, arrêtez-vous donc ici au retour pour un goûter.

Il faisait ouvertement des projets, espérant que Giulia prenne une vraie place dans sa vie.

— Tu dois trouver que je vais trop vite, reprit-il avant qu'elle ait pu protester. Si tu veux y aller pas à pas, aucun problème, mais la vie est courte et nous n'avons pas vingt ans. Alors, si un jour tu as envie de poser tes valises chez moi, elles peuvent bien contenir la moitié de ta famille et tous tes problèmes, je serai content.

La voyant sourire, il se sentit encouragé à poursuivre.

— Pour tout t'avouer, après mon séjour à Bleu Azur j'ai été surpris de penser aussi souvent à toi. Nous n'étions pas sortis ensemble, nous n'avions eu que quelques conversations au bord de la piscine, pourtant ton image s'imposait. Avec ton incroyable regard si plein de lumière, tes robes légères, tes jambes bronzées, ta voix, ton rire… On ne sait pas pourquoi on tombe amoureux, surtout à distance ! Je me suis dépêché de tout liquider à Paris pour revenir vite, et ce n'était pas seulement pour mon chantier.

Une sorte de sérénité nouvelle était en train d'envahir Giulia. Être aimée, le savoir, ne pas en avoir peur, n'était-ce pas ce qu'elle souhaitait depuis bien longtemps ?

Et puisqu'il se livrait si honnêtement, elle décida d'en faire autant.

— Au début, je t'avais pris pour un de ces hommes qui se prétendent divorcés, cœurs à consoler, bref qui mentent. Le pire à mes yeux ! Et puis je te trouvais… arrogant. Un Parisien qui parlait sans cesse de sa villa en construction et qui me prenait pour la réceptionniste. Ma vision a changé quand tu as ramené Matteo accroché à ton cou. Je me suis souvent souvenue de cet instant pendant l'été, jusqu'à admettre que je serais contente de te revoir. Je suis allée sur ton site, et en regardant tes photos j'en ai déduit que tu ne pouvais ni être un menteur ni être un méchant.

Comme tous les amoureux, ils revenaient sur les premiers moments de leur rencontre avec complaisance et émotion, c'était bon signe. Guillaume alla mettre la pizza dans le four, rapporta deux autres bières. Debout à côté de la chaise de Giulia, il lui caressa la nuque, passa tendrement la main dans ses cheveux.

— L'avenir est toujours un mystère, n'est-ce pas ? lui dit-il à l'oreille.

Elle avait expliqué la même chose à Clémence. Tout pouvait changer n'importe quand, comme une menace ou une promesse. On tentait d'établir un programme, de suivre une ligne, voire de forcer le destin, et le hasard bouleversait le jeu, rebattait les cartes. La boussole la plus fiable était de se faire confiance. Et, par-dessus tout, d'aimer.

Décidée à accepter le pari, Giulia tourna la tête vers Guillaume pour lui sourire. Derrière lui, elle découvrit à travers la baie vitrée que le vent avait dissipé les nuages et que le soleil était de retour, au ras de l'horizon.

DU MÊME AUTEUR (*suite*)

Dans le silence de l'aube, 2008 ; Pocket, 2014
Une nouvelle vie, 2008 ; Pocket, 2010
Un cadeau inespéré, 2007 ; Pocket, 2008
Nom de jeune fille, 1999, rééd. 2007 ; Pocket, 2010
Les Bois de Battandière, 2007 ; Pocket, 2009
Les Sirènes de Saint-Malo, 1997, rééd. 1999, 2006 ; Pocket, 2012
Berill ou la Passion en héritage, 2006 ; Pocket, 2007
Une passion fauve, 2005 ; Pocket, 2007
Les Vendanges de Juillet, 1999, rééd. 2005 ; Pocket, 2009 (volume incluant *Les Vendanges de Juillet*, 1994, et *Juillet en hiver*, 1995)
Rendez-vous à Kerloc'h, 2004 ; Pocket, 2006
Le Choix d'une femme libre, 2004 ; Pocket, 2005
Objet de toutes les convoitises, 2004 ; rééd. 2020
Les Années passion, 2003 ; Pocket, 2005
L'Héritage de Clara, 2001 ; Pocket, 2003
Le Secret de Clara, 2001 ; Pocket, 2003
Crinière au vent, éditions France Loisirs, 2000
Terre Indigo, TF1 éditions, 1996
Corrida. La fin des légendes, en collaboration avec Pierre Mialane, Denoël, 1992
Sang et or, La Table ronde, 1991
De vagues herbes jaunes, Julliard, 1974
Les Soleils mouillés, Julliard, 1972

Pour en savoir plus
sur les Éditions Plon
(catalogue, auteurs, vidéos, actualités...),
vous pouvez consulter
www.plon.fr
www.lisez.com
lisez!
et nous suivre sur les réseaux sociaux

Editions Plon

@EditionsPlon

@editionsplon

MIXTE
Papier issu de sources responsables
FSC® C003309
FSC www.fsc.org

L'éditeur de cet ouvrage s'engage dans une démarche de certification FSC® qui contribue à la préservation des forêts pour les générations futures.
Pour en savoir plus :
www.editis.com/engagement-rse/

Achevé d'imprimer en avril 2022
par CPI Brodard et Taupin
N° d'impression : 3048113